阅读1+1工程

根据中小学语文教学要求编写。青少年必读的100部中外名著

顾振彪◎主编

福尔摩斯探案选

［英］柯南·道尔◎著　肖达娜◎译

延边人民出版社

主编推荐

　　文学是人类感情的最丰富最生动的表达,是人类历史的最形象的诠释。优秀的文学作品传达着人类的憧憬和理想,凝聚着人类美好的感情和灿烂的智慧,是大师们智慧的结晶,那里面充满了智者的箴言。正如德国诗人歌德所言:"读一本好书,就等于和一位高尚的人对话。"

　　文学名著的最大特点,是丰富的情感内涵。作家在文学作品中投入了深沉炽热的情感,文学故事中体现了人与人之间最普遍的情感,那至死不渝的忠贞,热情似火的浪漫,纯洁无瑕的童真,舐犊情深的母爱,山盟海誓的爱情,使读者的心灵受到震动,受到洗礼,受到启迪,从而激发出其内在的激情,增强对世界、对人生、对情感的感受力。

　　因此,亲近文学,阅读优秀的文学作品,是一个文明人增长知识、提高修养、丰富情感的极为重要的途径,这已经成为很多人的共识。

　　这套书所选的都是经历史和时间检验的文学经典名著,这些经典名著凝聚着人类的大智慧和高尚情感,是我们取之不竭的精神源泉。我们相信,这套书能够成为读者的良师益友,成为大众家庭的必备藏书。

顾振彪

目 录

书路领航 ·· 1
    作者简介 ··· 1
    故事梗概 ··· 1
    艺术特色 ··· 2
    人物画廊 ··· 3
    人物关系表 ·· 4
    阅读指导 ··· 4
    名家点评 ··· 4

血字的研究 ·· 1

    第一章　歇洛克·福尔摩斯先生[精读]······································· 3
    第二章　演绎学[精读]··· 13
    第三章　劳里斯顿花园街之谜[精读]··· 25
    第四章　约翰·兰斯的叙述[精读]·· 38
    第五章　失物招领[精读]·· 47
    第六章　托拜厄斯·格雷格森一试身手[精读]··························· 56
    第七章　黑暗中的一线光明[精读]··· 67
    第八章　在荒芜的大平原上[精读]··· 78
    第九章　犹他之花[精读]·· 90

第十章　约翰·费里厄　同先知的谈话[精读] ·············· 98

第十一章　逃命[精读] ······································· 105

第十二章　复仇天使[精读] ··································· 116

第十三章　约翰·华生医生　回忆补记[精读] ··············· 127

第十四章　案情盘点[精读] ··································· 140

四个签名 ·· 147

第一章　演绎法 ··· 149

第二章　案情陈述 ·· 156

第三章　寻求答案 ·· 161

第四章　秃头的故事 ·· 165

第五章　彭地治利小屋的悲剧 ································ 173

第六章　福尔摩斯的推断 ····································· 179

第七章　木桶的插曲 ·· 186

第八章　贝克街小分队 ······································· 195

第九章　线索中断 ·· 203

第十章　凶手的末日 ·· 212

第十一章　了不得的阿格拉财宝 ······························ 219

第十二章　乔纳森·斯莫尔传奇 ······························ 224

综合测试 ·· 244
读后感 ·· 245

书路领航
SHULULINGHANG

阿瑟·柯南·道尔（1859年5月22日—1930年7月7日），英国小说家，因成功地塑造了侦探人物——歇洛克·福尔摩斯而成为侦探小说历史上最重要的小说家之一。除此之外，他还曾写过多部其他类型的小说，如科幻、悬疑、历史小说、爱情小说、戏剧、诗歌等。阿瑟·柯南·道尔经典的作品是侦探小说《福尔摩斯探案全集》，包括《冒险史》系列、《新探案》系列、《回忆录》系列、《归来记》系列、《血字的研究》《恐怖谷》《巴斯克维尔的猎犬》《四个签名》。

《血字的研究》第一部分主要介绍案情，写的是华生医生因受伤从战场回到英国后，在一次偶然的机会下认识了要和他共同租房的福尔摩斯。有一天，福尔摩斯接到了格雷格森上校的来信邀请他去破一件案子，于是他便与华生一同前往劳里斯顿街的凶案现场。在那里，他们在一座无人居住的空房子里发现一具没有外伤的尸体，死者是美国人。现场的墙壁上用鲜血赫然写着"RACHE"。同时，他们还发现了一枚滚落的戒指、两种不同的脚印和墙上的几处指痕。之后，经过福尔摩斯细致的调查和缜密的推理，终于找到了凶手。第二部分主要回忆了凶手之前在美国与死者的一些恩怨情仇，解释了凶手的杀人动机，并交代了凶手的作案过程，使故事变得更加圆满，组成了《血字的研究》这个有关爱与复仇的惨案。

1. 抓住人物的性格特点，进行细微地刻画

作者柯南·道尔在本书中所塑造的人物性格鲜明。尽管书上只有几幅插图，但通过他的描写，读者的脑海中马上会浮现出人物的形象。你可以通过几个细节判断出人物的社会地位及孰善孰恶。比如，福尔摩斯那双会闪现灵光的双眸；华生那时时作痛的肩膀；墨里亚蒂那泛着冷峻笑容的嘴角……都活灵活现地展现在我们面前，让人不禁拍案叫绝。

2. 经典的推理和扣人心弦的过程

读侦探小说冲的就是那精彩绝伦的推理。那一个个悬念迭起的谜题不断撞击着读者的心灵。在《四个签名》中，你一开始会以为凶手有四人，直到故事结束，你才恍然大悟，罪犯原来只有一个……福尔摩斯和华生带领我们揭开了一个又一个谜团，就如拼拼图一样，在谜底没有揭开之前你绝对不可能有十足的把握判断凶手是谁。随着"拼图"的接口不断衔接上，读者的心也不停地绷紧，吸引着你继续读下去。

3. 英雄不孤

侦探小说有很多，优秀作品也不少，无论是江户川乱步的小五郎，或是莫里·恩卢布朗塑造的那兼神探和怪盗于一身的亚森·罗宾，还是阿加沙·克里斯蒂作品中那冷静沉着的波洛……都是小说界的精品，但他们身边却缺少了得力的助手和知心的朋友，使得读者无法深层次地了解主人公的心灵世界，让英雄们都变成了"孤胆奇侠"，而福尔摩斯则不同。由于拥有约翰·H.华生这一值得信任的朋友，我们可以通过他的阐述来走进主人公的内心。记得书中曾经有过这样一段：华生中枪后，福尔摩斯的眼中闪出了泪花，平时一向沉稳的他居然冲着凶手咆哮道："要是华生有什么三长两短的话，我决不会放过你的！"此时，展现在读者面前的是一个有血有肉、关心好友的福尔摩斯，而并非是一个纯粹的推理机器。

4. 贴近读者，情节出人意料却又在情理之中

再完美的人也有瑕疵，而大多数侦探小说家却不太注重对主人公缺点、陋习的刻画，使他们都变得太完美了，但福尔摩斯则不同。在面对繁重的工作压力时，他会静脉注射吗啡、可卡因；他会不经允许在卧室里进行气味呛人的实验；他也会不在乎一旁的朋友，把整个屋子弄得烟雾缭绕……但或许就是因为他有些许缺点，才让本书更贴近读者吧！此外，《歇洛克·福尔摩斯短篇故事集》的情节虽曲折离奇却切合实际，不像江户川乱步的部分作品，多少带着一点科幻色彩。《歇洛克·福尔摩斯短篇故事集》吸引我们的决不止这些，因为它的魅力只有在你阅读时才能完完全全了解。

歇洛克·福尔摩斯

歇洛克·福尔摩斯是一个虚构的侦探人物，是由19世纪末的英国侦探小说家阿瑟·柯南·道尔所塑造的一个才华横溢的侦探形象。福尔摩斯自己称自己是一名"咨询侦探"，也就是说，当其他私人或官方侦探遇到困难时常常向他求救。大部分故事都集中讲述一些比较困难、需要福尔摩斯出门调查的案子。福尔摩斯善于通过观察与演绎法来解决问题。柯南·道尔是从自己见习于爱丁堡皇家医院时认识的一名善于观察的老师的身上获得灵感，创造了福尔摩斯这一人物的。

福尔摩斯 ⟵→ 华生
　　　助手兼
　　　好友

　　大多数人在看完《福尔摩斯探案选》后,都会相信历史上真的存在过这个人物。产生这种看法的原因首先是《福尔摩斯探案集》的书写方式。该书大部分都是摘自华生的回忆录,每部分(案件)之间的联系不是很连贯、密切;在书中我们能发现,随着华生对福尔摩斯的认识加深以及福尔摩斯因时间的推移而产生的性格上微小的改变,福尔摩斯的形象是有前后差异的,但作者又并没有刻意用语言表达出来,一切都很自然。

　　柯南·道尔笔下的福尔摩斯,从"出生"以来,就一直被读者当作活生生的人物,读者还为他修建了个人博物馆。在他的贝克街211号的B室里,每年都有信件从世界各地源源不断地寄来。这是其他任何一个文学人物所无法企及的。和柯南·道尔所写的《福尔摩斯探案全集》相比,没有任何其他侦探小说曾享有这么大的声誉。

——毛　姆

血字的研究

第一章 歇洛克·福尔摩斯先生 [精读]

导 语

在阿富汗战争中,"我"遭遇了种种的磨难,身心饱受战争之苦,最后获准回到"我"的故乡英国休养。一个偶然的机会,"我"与福尔摩斯先生成了室友。

1718年,我获得了伦敦大学的医学博士学位,继而又在内特利完成了军医的必修课程。在那里结束了我的全部学业后即被派往诺森伯兰郡的第五燧发枪团任助理军医。当时该团驻扎在印度,在我加入这个团之前,第二次阿富汗战争就已经爆发了。

船到孟买,就听说我所属的那支部队已经开拔,过了山隘,已深入敌境。不过我还是跟着好几位像我一样处境的军官一起去追赶部队,并安全到达了坎大哈,找到了自己的部队,便立刻投入新职务的工作中去。

这场战争为许多人提供了晋升和获得荣誉的机会,我得到的却是痛苦和灾难。我所在的部队被调到伯克郡旅,跟他们一起参加了梅旺达那场倒霉的战斗。

在这次战役中,我的肩部中了一粒子弹,结果肩骨粉碎,锁骨下的动脉擦伤。要不是我那忠诚勇敢的护理

名师批注

‖阅读看点‖

这段话总述了"我"在这场战争中的遭遇,为下文回国养伤埋下了伏笔。

员默里迅速把我扶上马背,并把我送到英军阵地,我就要落到残忍的回教徒士兵的手里了。

由于伤痛和长途跋涉的辛劳,我的身体虚弱不堪,于是我和一大批伤员一起被送到了白沙瓦的后方医院。在这里我很快恢复了健康,已经能在病房里走动,甚至到阳台晒太阳了。但是,我突然病倒了,染上了我们印度属地那种倒霉的传染病——伤寒。

一连好几个月,我的生命岌岌可危。临末了我总算从死神手里挣脱出来,病情有了好转,可我极其虚弱,面容枯瘦,医生会诊后决定将我遣送回国,一刻也不能耽搁地把我送回英国。于是,我被部队的运输船"奥仑蒂斯号"急速地遣送回国。经过一个月的航行,"奥仑蒂斯号"到朴次茅斯着陆,我便在此上岸,此时,我的健康几乎糟到无望康复的地步,好在仁慈的政府给了我九个月的假,让我调养身体。

在英国,我无亲无故、形单影只,然而,我却像空气般地自由——或者说,生活得像一个日收入有十一先令六便士的人那么逍遥自在。在这种情况下,我自然而然地被吸引到伦敦,这个藏垢纳污、大英帝国所有的游手好闲者都不可抗拒地云集于此的大泥潭中。我在河滨路的一家私营旅馆里住了一段时间,生活得既不舒适又百无聊赖,开支也严重地入不敷出;瘪下去的钱包不免对我敲起了警钟,使我意识到要么离开这个污水池,搬到乡下去,要么从此洗心革面。我走了另一条路,决心从公寓搬出,另找一个不那么阔气、花销少些的住处。

就在我打定主意的那天,在"典范"酒吧里,忽然有人拍了拍我的肩。回头一看,原来是我在巴茨时的助手小斯坦福德。在伦敦这一举目无亲的大城市里,遇到这位旧相知,我这个孤苦伶仃的人不免大喜过望。想当

阅读看点

接二连三的霉运使我幸运地回到了国内,摆脱了战争这个大泥潭。

阅读看点

交代了我要搬家的原因,为下文故事的开展奠定了基础。

年斯坦福德算不得是我的知己，然而此时我对他欢喜有加，套起近乎来。他见了我也非常高兴。我在欣喜之余请他跟我一起到"霍尔本"餐厅用餐，于是我俩坐上了马车。

"华生，你近来都干了些什么？"在我们的马车嘎啦嘎啦地穿过伦敦热闹的街道时，他非常惊奇地问我，"你现在骨瘦如柴，面有菜色。"

我简要地叙述了我的惊险经历，还没有讲完我们就到达了目的地。

"可怜的家伙！"在听完我的不幸经历后，他十分同情地说，"那你现在打算怎么办？"

"找个住的地方，"我答道，"看看有没有办法觅个价钱公道、住着舒服的寓所。"

"真奇怪，"我的这位伙伴说，"今天你是第二个跟我讲这种话的人。"

我问他："第一个讲这话的人是谁？"

"是一个在医院化验室工作的人。今天早上他一直在惋惜，虽然他已经找到了几间不错的房子，可他一个人租不起，又没找到能和他合租的人。"

"哦！"我说，"如果他真想找人和他合住来分担房租的话，我就是他想找的人。我觉得有个伴比一人独居要好些。"

小斯坦福德的目光掠过酒杯，他惊讶地看着我。"你还不了解歇洛克·福尔摩斯，"他说，"否则你也就不会愿意和他做伴了。"

"为什么？他有什么毛病吗？"

"不，我可没说他的名声不好。只是他的脑子有点怪，瞧他研究学问的劲头甭提有多足。我知道，他这人十分正直。"

‖阅读看点‖

通过斯坦福德的视角侧面写出了我的病容。

‖阅读看点‖

设置悬念吸引读者往下读，福尔摩斯到底是一个怎样的人？

名师批注

‖阅读看点‖

从斯坦福德的嘴中可以得知福尔摩斯的很多学问都是自学得来的。

"我想他是专攻医学的吧？"我问。

"不是，我也不知道他一门心思在干吗。不过我相信他对解剖学很在行，又是个一流的药剂师。我知道他从来没有接受过系统的医学教育，他研究的学问既杂乱又古怪。他的脑子里装了不少稀奇古怪的知识，连教授也感到惊讶。"

"你从来没有问过他在搞些什么研究吗？"我问。

"没有。要从他的嘴里引出话来可不容易，不过他一时高兴也会滔滔不绝地说个没完。"

"我很想见见他，"我说，"如果我想和别人合住，我宁愿和一个好学习又文静的人合住。我现在身体还不够壮实，忍受不了喧闹和刺激。这两样东西，我在阿富汗早已受够了，这辈子不想再领教。我在哪儿能见到你这位朋友呢？"

"他一准在实验室里，"小斯坦福德回答说，"他要么一连几个星期不上那儿去，要么从早到晚在里面忙个不停。你愿意的话，我们吃完饭就一起去吧。"

"好呀。"我回答说，随后话题就转到别的事情上去了。

在我们离开"霍尔本"餐厅前往医院的途中，斯坦福德又给我讲了些有关我打算与其合住的那位先生的详细情况。

‖阅读看点‖

斯坦福德没有直接说福尔摩斯性格古怪，但是通过他的语言可以觉出一二。

"如果你和他合不来，可别怪我啊，"他说，"我只是偶尔在实验室里碰到他，才对他略知一二，此外我对他就一无所知了。既然你提出这个主意，那么，你可别让我承担什么责任啊。"

"真要是合不来，散伙也很容易，"我说。"我看哪，斯坦福德，"我紧紧地盯着我的同伴补充道，"对这件事你好像要撒手不管了，其中必有原因。是不是因为这个伙伴性情不好，难对付，还是有其他什么原因？你就别那么吞吞吐吐、拐弯抹角了吧。"

"怎么说好呢，本来就是件说不清的事，要说清楚可难哩。"他笑着答道，"我看呢，福尔摩斯的学究味太浓了点。他的血简直是冷的，我还清楚记得这么一件事。有一次他竟把一撮刚提炼出来的植物碱让朋友去尝。他倒不存什么坏心，纯粹想查清这种植物碱的确切效果。说句公道话，我看，他自己也会二话没说一口吞下去的。他对知识就爱讲求精确无误，一丝不苟。"

"他这种精神也没有什么不对。"

"可不，就是太过分了点。瞧他居然在解剖室里用棍子打尸体。你说怪不怪？"

"打尸体？"

"可不，说是要证明人死后挨打会产生什么样的伤痕。这件事可是我亲眼所见的。"

"可是你说他不是学医的，对吗？"

"对呀，天晓得他在研究些什么。瞧，我们到了。关于他是学什么的，你自己去问吧。"他说完话，我们就下了车，走进一条小胡同，从边门进去，来到了一家大医院的一栋侧楼。我熟悉这种地方，用不着别人带路。我们爬上石阶，走下长长的走廊，走廊两边的墙刷得白白的，有许多褐色的门。靠近走廊的尽头有条带着低矮拱顶的通道，一直通向实验室。

实验室是一间高大的房子，到处排列着无数的瓶子。几张宽大低矮的桌子分散摆开，上面放着许多蒸馏器、试管和几只小小的闪动着蓝色火焰的煤气灯。

实验室里只有一个人，他俯身在稍远的一张桌子上，全神贯注地做着实验。听见我们的脚步声，他回头瞥了一眼，随即一跃而起，欣喜地对斯坦福德喊道：

||阅读看点||

通过举例子来说明福尔摩斯的学究味和冷血。

||阅读看点||

对工作的细致认真、执着是"我"对福尔摩斯的第一印象。

名师批注

写作看点

"发现一座金矿"也比不上福尔摩斯此时发现血红蛋白淀析反应的兴奋,用类比的手法把福尔摩斯对钻研的执着和热爱表现了出来。

阅读看点

与上文小斯坦福德所说的话相照应,在福尔摩斯身上确实有一种为科学献身的精神。

"我找到了!我找到了!"边喊边拿着一个试管朝我们跑来,"我找到了一种试剂,只有碰到血红蛋白时才会产生淀析反应,别的东西都不起作用。"瞧他那喜形于色的神情,恐怕即使他发现了一座金矿,也不会比这更高兴了。

"华生医生,歇洛克·福尔摩斯先生。"斯坦福德给我们彼此做了介绍。

"您好。"福尔摩斯热情地握住我的手说,他的手劲这么大,很有点出乎我的意外,"我想,您在阿富汗待过。"

"您怎么知道的?"我惊奇地问。

"这没什么,"他轻轻一笑说,"现在的问题是血红蛋白。毫无疑问,您已经看出我这项发明的重大意义了。"

"从化学方面来说,无疑它是很有意思的,"我回答说,"但在实用方面却——"

"哎哟,先生,这可是实用法医学上最大的发现了。难道您不认为这会使我们在鉴别血迹上准确无误、万无一失了吗?请到这边来!"

他急切地拽着我的袖子,把我拉到他正工作的那张桌子边。"让我们弄点鲜血,"说着,他便用一根长针扎破自己的手指,再把那滴血吸入一个滴管里。"现在,我把这滴鲜血放到一公升水里面,你会看到,血与水混在一起。但水仍旧像清水一样,看不出别的东西来,因为血与水的比例不到百万分之一,但是我坚信还是能得到一种独特的反应。"他说着,往容器里倒入一点白色晶体,又加入几滴透明的血水混合物。片刻后,这溶液就变成了暗红色,接着一种褐色的颗粒便沉淀到玻璃瓶底。

"哈！哈！"他拍着手，大声说道，乐得像个小孩得到了新玩具，"怎么样？"

"看来这实验挺精密。"我说。

"妙极了！真是妙不可言！过去用愈创术做实验，既困难又不准确，用显微镜验血球的方法也有同样的不足。而血迹搁置了几小时后，就不能用显微镜检验了。现在，不论血迹新旧，这种新试剂都起作用。要是这种检验方法早发明出来的话，那么现在世界上数以万计的逍遥法外的罪犯，早就得到应得的惩罚了。"

"那当然！"我喃喃地说。

"许多刑事犯罪案件都碍于这一点，致使案发几个月后才能查到犯罪嫌疑人。检查他的内衣或外衣，找到了褐色渍迹。<u>它们是血迹呢，还是泥渍或者是沾上的锈迹、果汁和别的什么痕迹呢？这个问题，曾经使许多专家伤透脑筋。为什么呢？因为没有确凿可靠的检验方法。现在我们有了歇洛克·福尔摩斯检验法，一切问题就都迎刃而解了。</u>"

<u>他说这话的时候，两眼简直在闪闪发光，他一手按在胸前，鞠了一躬，仿佛是在对他想象中热烈鼓掌的观众致意。</u>

看到他这么兴奋，我感到很吃惊。我对他说："的确应该祝贺您。"

"去年法兰克福有桩案子牵涉冯·比绍夫。如果当时就有这种检验方法，他肯定早就被绞死了。此外，还有在布雷德福这地方的梅森案件和臭名昭著的马勒案件，还有蒙特佩利尔的利菲弗以及新奥尔良的萨姆森等案件。这类案件我可以举出二十来个，在这些案件中，用这种方法检验都会起到决定性的作用。"

"你倒真像一部犯罪案例的活档案，"斯坦福德笑起

‖写作看点‖

一连串问题的提出既表明了福尔摩斯思维的跳跃，也能吸引读者的眼球。

‖写作看点‖

用一个比喻写出了福尔摩斯陶醉于他的工作之中。对这项工作的成功，他感到非常自豪。

‖阅读看点‖

由此可以看出福尔摩斯为做这类的实验经常拿自己当实验品。

‖阅读看点‖

福尔摩斯是一个坦率的人，也希望他身边的朋友对他坦率。

来说，"也许你还可以办一份与此相关的报纸，就叫它《治安新闻回忆报》吧。"

"这样的报纸读起来一定很有意思。"歇洛克·福尔摩斯说着把一小片橡皮膏贴在手指伤口上。"我得处处小心谨慎，"他笑吟吟地对我说，"因为我经常接触有毒的物品。"他说着把手伸给我看，但见上面斑斑驳驳，贴满同样大小的橡皮膏，而且被强酸腐蚀得变了色。

"我们是有事来找你的。"小斯坦福德在一张只有三只脚的长凳上坐下，又用脚推给我另一条凳子，"我的朋友想找个住处，你不是说过一时找不到人同住吗？我看不如让你俩住在一块儿吧。"

看来歇洛克·福尔摩斯听了这主意挺满意。"我看中了贝克街上的一套房子，"他说，"很适合你我合住。我想你不讨厌强烈的烟草味吧？"

"我自己总抽'船'牌烟丝。"我说道。

"那太好了。我在房间里到处放着化学药品，有时做做实验，这会使你生气吗？"

"一点不会。"

"让我想想——我还有些什么缺点呢？我有时会变得很沉闷，一连几天不开口说话。碰到这种时候，您可千万别以为我在生气。您不用管我，我很快就会好的。您这会儿有什么缺点要说吗？两个人要住在一起以前，最好彼此先了解一下对方主要有哪些缺点。"

我看他这么自己讲完又来盘问我，不由得笑了起来。"我养了一只小雄狗，"我说，"我的神经受过刺激，很怕吵闹的声音，还有，我起床压根儿就没个准时辰，而且我这人特懒。在我身体好的时候，还有些其他的恶习，但目前的主要毛病就是这些了。"

"您把拉提琴也算在吵闹的范围之内吗？"他急切地

问道。

"这得看是谁拉了,"我回答说,"一名优秀提琴手拉出来的声音会像仙乐般的悦耳动听——如果拉得不好——"

"哦,那就好了,"福尔摩斯高兴地笑着说,"如果您对那住所无异议的话,那咱们就算是谈妥了。"

"咱们什么时候去看看房子呢?"

"明天中午您先上这儿来找我,咱们再一块上那儿,把一切事情都决定下来。"他回答说。

"好吧——明天中午准时见。"我握着他的手说。

我俩走了,让福尔摩斯忙他的化学实验。我和斯坦福德一起回公寓。

"想顺便问一下,"我突然停住脚步,对斯坦福德说,"活见鬼了,他到底怎么知道我在阿富汗待过?"

我的同伴神秘一笑。"这正是他的小小独特之处。"他说,"许多人都想弄明白,他到底是怎样发现问题的。"

"是吗,挺神秘的是不是?"我搓着双手问,"真是怪事。我很感激你把我与他拉在一起。'研究人类最好的办法是研究具体的人',这道理你是知道的。"

"那你就好好研究研究吧,"斯坦福德说罢与我道别,"但是你会发现,他是块难啃的骨头。我敢担保,到头来他更了解你,你却不如他。再见。"

"再见。"我说罢迈步回自己的公寓,念念不忘自己的这位新相识。

‖阅读看点‖

　　福尔摩斯不但是个执着坦率的人,而且很自负。

‖写作看点‖

　　此处问题的提出是作者在设置悬念,为下文对此问题的解答埋下伏笔。

阅读理解

作为小说的首章,作者介绍了华生与福尔摩斯的不解之缘的由来,只源于华生过去一位熟人的引见,华生才有幸与福尔摩斯成为室友。

作者写作的奇妙之处是善于以反笔写主要形象,让读者产生错觉。在第三者对福尔摩斯的叙述中,他并不是一位友好热情的人,而是描述了他近乎冷酷的性格。

回味思考

1. 华生在阿富汗有哪些经历?

2. 华生与福尔摩斯第一次见面时,福尔摩斯正在做什么实验?

福尔摩斯探案选
FUERMOSITANANXUAN

第二章　演　绎　学 ［精读］

 **导语**

在朋友的引见下，"我"与福尔摩斯进行了见面后的第一次交流，在交流中我们互道了双方的缺点，并约定第二天一起去看房子。贝克街221号B室到底是什么样的呢？

按照福尔摩斯的安排，第二天我们又见面了，并且一同去看了上次见面时他谈到的贝克街221号B室的那所住宅。<u>这所住宅有两间舒适的卧室和一间宽敞、通风颇佳的起居室，室内陈设给人以愉快之感，房间里还有两扇大窗子，使室内的光线十分充足。</u>

房子的方方面面都令人满意，由我们两个人合租下来租金也适中，于是我们当场拍板成交，立刻租了下来。当天晚上我就把东西从公寓搬了过来。

第二天早上，歇洛克·福尔摩斯也带着几只大箱子和手提箱，来跟我会合了。接下来的一两天，我俩都忙于拾掇行李，尽可能把东西安排得妥当一些。这事做完以后，我们就开始安顿下来，慢慢熟悉新的环境。

<u>福尔摩斯不是一个难以相处的人。他这个人性格温和，起居有常。每晚他很少在十点以后继续工作。早晨，他总是在我起床之前就吃完早点出去了。白天，他有时在实验室度过，或是在解剖室度过。他偶尔步行到</u>

‖ 名师批注 ‖

‖ 阅读看点 ‖

简笔描述了故事发生的重要场所，贝克街221号B室。

‖ 阅读看点 ‖

这里华生描述了他与福尔摩斯同住后对福尔摩斯的一个总体印象，纠正了之前对他性格怪异的论断。

13

名师批注

‖写作看点‖

通过华生的视角，对福尔摩斯进行肖像描写，详细地刻画了他的身高、身材、眼睛、鼻子、下颌、手。

‖写作看点‖

用"一潭死水"形象地表现了华生单调乏味的生活。

远处去，好像走到伦敦的贫民区一带。当工作劲头来时，谁也比不了他的干劲十足。

有时，他也反常，一连几天躺在起居室的沙发上，一动不动，一言不发。每逢这种情况，我都注意到，在他的眼里总流露出一种恍惚而又茫然若失的神情。若不是看到他平时生活有节制、无恶习，我肯定会怀疑他是个吸毒成瘾的瘾君子了。

几个星期之后，我对他的为人和生活目标越来越感兴趣，好奇心也越来越浓。他的相貌和外表，看上一眼就引人注目。他身高六英尺以上，长得精瘦，因而越发显得颀长，他目光锐利，咄咄逼人——但上文提到他处于恍惚状态时，另当别论。他生就一只细而长的鹰钩鼻子，给他平添了几分机警而果断的神态。他的下颌突出而方正，说明他办事坚定。他的双手虽然满是墨水和药品的污迹，但我经常注意到他使用那些易碎而精巧的仪器无不得心应手。这时候我往往在一旁观察。倘若我承认，说这个人如何激起我的好奇心，我如何一心想撬开他的嘴，改变他闭口不谈自己的积习，您大概会以为我是个无可救药的好管闲事之徒吧。不过，在做出这样的判断之前，请您别忘了，那时我的生活实在是无所事事，能引起我注意的事情也真是少得可怜。

我的健康状况不佳，不能外出活动，除非气候特别宜人；而且，我又没有朋友来往，生活单调如一潭死水。在这种情况下，我就急切地迷上了我的朋友身上的这个小小的秘密，并把大部分时间花在设法揭开这个秘密上面。

福尔摩斯的确没有进行什么医学研究，在回答我的一个问题时，他自己就证实了斯坦福德的这一看法是对的。看来，他既不像是为了获得科学学位而在从事某种

14

适合于他的学科的研究,也不像在采取其他的途径使自己迈入学术界。然而,他对某些研究的热忱却是令人惊叹的,在某些古怪、不可思议的领域内,他的学识异常博大而精深,因此,他观察某种事物后所发表的言论或意见,往往语出惊人,完全让我感到震惊。毫无疑问,一个人如果没有明确的目的,是不会像他那样勤奋地工作,或者获得如此精确的知识的。因为一个盲目学习的人,是不可能获取如此精确的知识的。如果不是有着某种充分的理由而这样做,那么,没人会愿意为某些细小的问题去耗费自己的精力。

但在某些方面,他知识的贫乏也如他知识的渊博一样令人惊诧。如在现代文学、哲学以及政治方面,他几乎所知无几。当我引用托马斯·卡莱尔的文章时,他很幼稚地问我,他是何许人,都干过些什么。然而,最令我惊讶不已的是,我无意中发现,他对哥白尼学说和太阳系的构成竟然一无所知。在19世纪的当今,一位有识之士,竟然不懂地球围绕太阳运行的道理,这真是让我百思不解的怪事。

‖阅读看点‖

举例说明他知识结构的令人诧异之处。

他见我如此惊讶,不觉笑了笑,"你吃惊了吧,"他说,"即使我懂这些,我也要尽力把它忘掉。"

"忘掉它?"

"你想想,"他解释道,"我认为,人的脑子本来就像一间空空的小阁楼,你应该把经过选择的家具放进去。只有一个傻瓜才会把各种杂七杂八的东西堆在里面,这样一来,对他有用的知识就不得不被挤出来,或者,最多不过是和那些杂物乱堆在一起,而一旦要用它的时候,想唾手而得就很困难了。所以说,一个会工作的人,在往他那个小阁楼似的脑子里放东西时,就必然要精心挑选了。除工作所必需的工具外,他什么也不会

‖写作看点‖

福尔摩斯把人的大脑比喻成"小阁楼",知识比喻成"家具",非常生动形象。

往里面放。而这些工具品种齐全,井井有条地摆放在里面。如果认为这个阁楼的墙壁是富于弹性的,而且还可以任意地伸缩,那就错了。请你相信这点,有那么一天,当你增加了新的知识时,你就会把以前的某些东西忘掉。而最重要的是,你别让一些无用的东西把有用的东西挤出去!"

"但我们谈的是太阳系。"我辩解道。

"那和我有什么关系?"他不耐烦地打断我的话,"你说我们绕着太阳走。即使我们是绕着月亮走的,与我和我的工作都同样毫不相干。"

我正想问他到底在干什么,一看他的神情明显地表示他是不会回答这个问题的。我把这一短短的交谈内容默默地想了想,设法得出结论来。他说他对那些与自己研究的对象无关的知识不感兴趣,而他所掌握的知识都是有用的。于是我默默地列出我所知的、他了解特别深的所有学科,拿铅笔写了下来。写完之后一看,忍不住笑了。列表如下:

歇洛克·福尔摩斯的知识能力

1. 文学知识:零。

2. 哲学知识:零。

3. 天文学知识:零。

4. 政治学知识:肤浅。

5. 植物学知识:因对象而异。在阿托品、鸦片及毒品方面知识丰富,对园艺方面一无所知。

6. 地质学知识:实用,但有局限性。看上一眼,就能分辨不同土质。曾在散步回来时让我看他裤腿上的泥渍,并根据这些泥渍的颜色和黏稠度,一一说出它们是在伦敦的什么地方溅上的。

7. 化学知识:渊博。

‖阅读看点‖

通过这次交谈增加了福尔摩斯工作的神秘性。

‖阅读看点‖

用华生的"笑"概述了福尔摩知识结构的怪异之处。

8. 解剖学知识：精确但无系统。

9. 惊险文学知识：广博。他似乎知道近一个世纪发生的每一宗恐怖事件的每一个细节。

10. 小提琴拉得好。

11. 擅长棍术、拳术和剑术。

12. 关于英国的法律，他有足够的实用知识。

写到此，我感到失望，便把这张单子扔到火里了，"如果我把他的这些才干一一联系起来进行分析，仍找不出它们的用武之地，仍不知道他到底是在干什么，"我自言自语地说，"那我还不如就此罢休，放弃我的意图更好。"

前面我曾提到过他演奏小提琴的才干。他小提琴拉得出奇好，但也跟他其他的本事一样，古里古怪。我清楚记得他能拉一些调子，而且是难度很高的曲子。在我的请求下，他曾拉过门德尔松的浪漫曲和其他一些他喜欢的作品。

但他独自拉琴的时候我却难得听见优美的旋律，而且根本听不出他拉的是什么曲调。黄昏时分，他会靠在椅背上，闭着双眼，小提琴搁在腿上，随手拨着弦。有时候，拨出的和弦响亮而使人感到忧郁，有时候，曲调古怪却欢快，显然，这些曲调都反映了他当时的思绪。但是，是乐曲催动了他的思绪呢，还是他在即兴发挥，我就不能肯定了。我很烦他拉的那些独奏曲，要不是他接着又拉上几支我喜欢的欢快乐曲，我真要发脾气了。

在头一两个星期内，没人来拜访我们，我原以为我的朋友和我一样，是个不善交往的人。但不久之后，我便发现他有许多相识，而且，他们些来自社会各个不同阶层的形形色色的人物。其中，有一个面色灰黄、贼眉鼠眼、长着一双黑眼睛的人，经福尔摩斯介绍，这位

‖阅读看点‖

增加了对福尔摩斯工作性质了解的难度，吸引读者往下读。

‖阅读看点‖

通过两种曲调侧面描写了生活中福尔摩斯常有的两种心情。

名师批注

‖阅读看点‖

通过不同人物的描写说明福尔摩斯交往的人群很复杂。

‖阅读看点‖

"道歉"可以看出福尔摩斯是一个非常尊重他人的人。

先生名叫莱斯特雷德。一星期内他连续来了四次。一天上午,来了一位年轻的女郎。她装扮入时,待了半小时才走。同一天下午又来了一位头发灰白、破衣烂衫的人,看模样像个犹太小贩,显得异常激动不安。跟他一起来的是一位穿得邋邋遢遢的老妇人。还有一次,我的伙伴接见了一位白发苍苍的老绅士。再有一次,来了位穿棉绒制服的火车搬运工。每当这些身份不明的人来访,歇洛克·福尔摩斯就会请求我让他使用那间客厅,我只好待在卧室里。他常常为给我这样添麻烦而道歉。"我只能把这个房子当作办公室了,"他说,"这些人都是我的顾客。"这又是一次直截了当向他提问的机会,而我过于识趣的个性,又一次让我没去强人所难,要人家向我吐露自己的秘密。当时我心想,他不跟我提起这桩秘密,准是有什么重要的原因,但没过多久,他就主动揭了这个茬儿,打消了我原先的想法。

那是3月4日,我记得很清楚,我比平常起得早了一点,我发现福尔摩斯还没有吃完早点。女房东习惯了我晚起的习惯,因此桌上没有摆上我的餐具,也没有备好我的咖啡。我忽然没来由地发起了脾气,按下铃铛,直截了当地告诉她:我已准备好吃早点。接着我从桌上拿了一本杂志翻看起来,借以消磨时间,而我的朋友却一声不吭地啃着面包。

杂志上有一篇文章,其标题下画了铅笔道,我自然而然地就先看起这篇文章了。这篇文章的标题似乎有点故弄玄虚,叫什么《生活之鉴赏》。

文章企图说明:善于观察的人,对所接触事物只要做出精确而系统的观察,就能受益匪浅。文章自有与众不同之处,既精辟又荒谬,两者兼而有之。立论倒也严密紧凑,但据我看来,论断未免失之牵强生硬,颇有夸夸其谈之病。作者称，可以根据一个人一时的表现、肌肉的伸缩或眼睛的转动，洞察其内心的思想。作者称，在一个观察和分析方面训练有素的人面前，什么也骗不了他。作者的结论和欧几里得的命题一样无懈可击。

这些结论，很容易把那些不清此道的人一下子给镇住，他们在看完他得出这些结论的推理过程之前，是很可能把他当作一个巫师的。

"从一滴水，"作者说，"逻辑学家就能够推断出大西洋或尼亚加拉瀑布的可能存在，而不必见到或听说过二者之一。所以，全部生活就像一条巨大的链条，不论什么时候我们只要见到一环，就可以推断出整个链条的性质。和其他科学一样，演绎学是门只有通过长期而艰苦的潜心钻研才能掌握的科学，而人们即使用尽毕生的精力，也未必能达到登峰造极的境地。所以要学会从基本问题入手，进而去研究十分棘手的事件及精神和心理领域。当你遇到一个人时，要学会第一眼就能识别出对方的经历和职业。这类训练看似十分幼稚，却能提高人的观察力，教你从哪里着手观察、观察什么。人的指甲、衣袖、靴子、裤子的膝盖部分、拇指和食指间的茧，乃至表情、衬衣袖口无不清楚说明一个人的职业。若是把它们联系起来，有经验的调查人员还不能有所领悟，那是不可想象的。"

"简直是胡说八道！"我啪的一声把杂志放在桌上，大声说道，"我有生以来从没见过这么通篇废话的文章。"

"什么文章？"歇洛克·福尔摩斯问。

"喏，是这篇文章，"我一边坐下来吃早点，一边用小勺指了指那篇文章，"我知道你看了那篇文章，因为你用铅笔在标题下画了一道。我不否认这篇文章写得漂

‖ 阅读看点 ‖

把作者说成是"巫师"既说明了作者说法的超前性，也表达了文章的超乎现实性。

‖ 写作看点 ‖

用"链条"比喻生活，非常符合逻辑学家的身份、性格。

名师批注

‖阅读看点‖

华生的激愤与福尔摩斯的心平气和作对比,从这种反差的语言中,我们对于福尔摩斯的超强观察力有了更深的了解。

‖阅读看点‖

在设置了许多悬念之后,福尔摩斯的职业终于在此真相大白。

亮,但是我读后很生气。显然,这不知是哪个纸上谈兵、吊儿郎当的家伙,坐在他那与世隔绝的小屋里,发表了这一套似是而非的谬论。它一点也不切合实际。我倒真想把他马上关到地下三等火车的车厢里,让他说出每个同车人的职业。我愿意和他打赌,以一千比一的赌注都可以。"

"那你输定了。"福尔摩斯心平气和地说,"文章可是我写的。"

"你写的?"

"不错。我在观察和推理方面有一两手。我在文章里阐明的见解你认为是胡说八道,事实上非常实用。我就是凭它来挣钱过日子的。"

"怎么个挣钱过日子?"我禁不住脱口问道。

"哦,我有我自己的行当。干这行当的,恐怕是独此一家,再无别人。我是个咨询侦探,但愿您能明白这是什么意思。在伦敦这儿,有许多官方侦探,还有许多私人侦探。这些老兄摸不着方向的时候,就会来找我,我帮他们找出线索,给他们指个方向。他们把所有的证据全摆在我面前,而我凭着自己犯罪史的知识,帮助他们理清思路。种种罪行都有很多的内在的相似处,如果你对一千宗案件了如指掌的话,而你对一千宗案件中的第一案却不能阐明,那才是怪事呢。莱斯特雷德是一位著名的侦探,最近他在处理一宗案件中深感困惑,这就是为什么他来找我的原因。"

"那么,来这儿的另外一些人呢?"

"他们大都是经一些私人咨询机构的指点而来的。所有的人都因为在某件事上遇到了麻烦,想从这里得到些指点。我叫他们陈述所发生的事,他们则听取我的意见去处理,然后他们就付给我酬金。"

"您的意思是说，"我说，"您足不出户，就能解决别人虽亲眼目睹，了解案件的各个细节、却又解决不了的疑难问题啦？"

"说对了。在这方面我有一种直觉，偶尔也会遇到一些较为复杂的案件，非得出去跑跑，亲眼看看不可。你是知道的，我有许多专门的知识可用来解决难题，效果十分理想。我在文章中提到的那些推理原则受到你的一番奚落，但在实际应用中却非常宝贵。观测力是我的第二天性。你我初次见面时我就说过你在阿富汗待过，当时你大概很惊讶吧？"

"自然是有人跟你说过了，没错。"

"没这回事。我是凭推理，知道您是从阿富汗回来的。出于长期的习惯，我脑子里的念头来得飞一样快，往往还没来得及等我意识到中间有哪些步骤，结论就已经出来了。不过，这些步骤还是存在的。推理过程是这样的：'这位先生看上去像个医生，但又有几分军人气质。那就显然是个军医了。他刚从热带地区回来，因为他的脸色黝黑，但那不是他本来的肤色，因为他手腕的肤色较白。他那憔悴的面容明白无误地说明他经历了艰难困苦并且久病初愈。他的左臂受过伤，抬举动作僵硬不自然。请问，在热带地区的什么地方一名英国军医会历尽苦难，手臂受伤呢？很显然是在阿富汗。'这整个的思绪持续不到一秒钟，我马上就说你是从阿富汗回来的，而你听了感到很惊讶。"

"听您这番解释，这事还真是很简单的，"我微笑着说，"你这番话使我联想到爱伦·坡笔下的杜宾。想不到小说里的人物，现实中也存在。"

歇洛克·福尔摩斯立起身来，点燃烟斗。"您把我比作杜宾，无疑是觉得在恭维我，"他说，"不过，在我

‖ 写作看点 ‖

呼应了上文，也说明了福尔摩斯超强的观察力。

‖ 阅读看点 ‖

福尔摩斯相当自负，在此可见一斑。

名师批注

‖阅读看点‖
　　福尔摩斯的性格在此可见，同时也表达了作者对以往侦探形象的态度。

‖阅读看点‖
　　用两个问句把福尔摩斯的自负个性表达得淋漓尽致。

　　看来，杜宾是个平庸的家伙。他喜欢先沉默上一刻钟，再冷不丁打断朋友的思路，抛出句一针见血的话来，这种做派实在既肤浅又卖弄。当然，他分析问题有几分天赋，可他并不是爱伦·坡想象中的那种奇才。"

　　"你读过加博里欧的作品吗？"我问道，"你认为勒科克够得上一个侦探吗？"歇洛克·福尔摩斯轻蔑地哼了哼。"勒科克是个蹩脚的蠢货，"他恼火地说，"他只有一件事值得一说，那就是他的精力。那本书简直让我倒胃口。对于如何辨认出一名还未确认出来的罪犯这个问题，我能在二十四小时之内解决。可是勒科克却花了六个月左右的工夫。这么长的时间，都可以为侦探们写一部教科书了，教他们应该如何避开哪一类的弯路。"

　　听了他把我一向佩服得五体投地的两个人物，说得一无是处，我十分恼火，便转身走到窗口，打量人来人往的街道。"这家伙也许真有几分才气，"我暗自想道，"可实在太目中无人了。"

　　"这几天没发生什么罪案，也没罪犯出现，"他发起牢骚来了，"干我们这一行的，空长着个好脑袋瓜又有什么用？可我知道，我凭这个脑袋瓜就能名扬远近。古往今来，没有一个人像我这样对案件的侦破做过如此大量的研究，也没有一个人有我这种与生俱来的才华。可是结果怎么样呢？没有案件可以侦破，或者说，至多只有几个小毛贼在犯事，作案动机一清二楚，就连苏格兰场的警官也看得挺明白。"

　　我对他这种自以为是的谈话仍然十分恼火。我想最好还是换个话题。

　　"我纳闷那个人在找什么呀？"我问道，用手指了指马路对面慢慢地走着的一个高大健壮、衣着朴素的人，

他正焦急地寻找门牌号码，手里拿着一个蓝色的大信封，显然是个送信人。

"您指的是那个退伍的海军陆战队的中士吗？"歇洛克·福尔摩斯问。

"又在吹牛夸口了！"我心里想，"他明知我不能证实他的推测是否正确。"

我刚想到这里，只见我们一起注意的那个人发现我们的门牌，迅速穿过街面跑了过来。只听见一阵重重的敲门声和几声低沉的话语，接着楼梯上传来有力的脚步声。

"歇洛克·福尔摩斯的信。"来人进了房间，信递给我的伙伴。

这可是个揭穿他吹牛的好机会。他信口开河的当口，压根儿就想不到这一层。"劳驾，朋友，"我用最和蔼的语气说道，"请问您是干什么工作的？"

"信差呗，先生，"他粗声回答，"制服送去织补了。"

"那以前呢？"我一边问，一边有点幸灾乐祸地瞟了一眼福尔摩斯。

"海军陆战队卫士，皇家轻步兵团的，先生。没有回信？好的，先生。"

他两腿一并，举手敬了个礼，转身走了出去。

‖ 阅读看点 ‖

福尔摩斯又迅速地做出了自己的观察判断，但是华生仍然不太相信。

‖ 阅读看点 ‖

邮差用语言和行动证明了福尔摩斯的推断是正确的，这不由得让华生和读者佩服。

阅读理解

本章介绍了福尔摩斯超凡的推理能力，以华生对福尔摩斯的好奇心层层揭开了福尔摩斯所干的职业以及他的独特之处，但福尔摩斯的惊人之处不仅于此，还有他的推理演绎能力。

作者运用平实的语言将福尔摩斯的超凡演绎能力娓娓道来,并通过他与华生的对话与华生对他的试探将其描述出来。

1. 经过一段时间的相处,华生对福尔摩斯的好奇与日俱增,但又百思不得其解。为弄清他到底是做什么职业的,华生做了哪些努力?

2. 福尔摩斯到底是干什么的?

第三章 劳里斯顿花园街之谜 [精读]

 导语

对于福尔摩斯超强的推理能力,"我"进行了一次又一次的试探,仍然对此半信半疑,一封来信打断了这种疑问,也使福尔摩斯陷入了沉思,这到底是一封怎样的信呢?

我承认,我同伴所阐述的那些理论的实践性,再次被证实是正确的,这也使我再次感到相当惊讶。我越来越赏识他的分析才干。尽管如此,我的内心却仍然潜藏着某种怀疑,整个事情是不是他预先安排好的圈套,好让我上当?可是他这样做又居心何在?我不理解。他已看完信,我打量他,只见他的眼神游移不定,一副心烦意乱的样子。

"你到底是怎样推论出来的呢?"

"推断出来什么?"他没好气地说。

"他是退役的海军陆战队中士呗。"

"我没时间说这些鸡毛蒜皮的事情。"他粗声粗气地回答,随即笑了笑,"请原谅我的粗鲁。您打断了我的思路,不过也许这样也好。怎么,您当真看不出那人是个海军陆战队中士?"

"确实看不出。"

"知道这一点比较容易,但要解释为什么就比较困

名师批注

‖阅读看点‖

用华生更进一步的疑问推动故事的发展。

名师批注

阅读看点

详细地描述了福尔摩斯整个推理过程，从而说明他不是单纯地碰运气。

阅读看点

此处华生终于相信了福尔摩斯超强的推理能力，同时福尔摩斯的自豪之感表现无遗。

难了。如果有人要你证明二加二等于四，你不免觉得有点为难，虽然您确信这是个无可置疑的事实。在这个人穿过街道时，我就看到他手背上文了一个很大的、蓝颜色的锚。那就带点海的味道。他有点军人的气质，还留着络腮胡子，因此，我们就可以说，他是个海军陆战队的士兵。此外，他看上去有点妄自尊大，并且还带点发号施令的神态。您可能注意到他那副昂首挥杖的姿态了吧。从其外貌来看，他又是个稳健而体面的中年人——综上所述，就使我相信他曾是个海军陆战队的中士了。"

"对极了！"

"说来也不足为奇，"福尔摩斯嘴上这么说，但我发现：他见我明显地流露出惊讶和钦佩之情，显得得意扬扬。"我刚说今天没发生什么罪案，原来我错了。你看！"他把那当差的送来的信扔给了我。

"哟！"我草草地扫了几眼，失声喊道，"太可怕了！"

"是有点非同寻常，"他平静地说，"你能不能大声念念？"

下面就是我念给他听的那封信：

福尔摩斯先生：

　　昨晚在通往布利克斯顿街的劳里斯顿花园街3号发生了一桩案子。凌晨两点左右，巡警在巡逻时看到屋里有灯光，这屋子平时都是空的，所以他就疑心事情有些不妙。他发现大门开着，前面的那个房间里四壁光秃秃的，地上躺着一具男人的尸体。此人衣着讲究，口袋里的名片上印着'伊诺克·J.德雷伯，美国俄亥俄州克利夫兰'的字样。

　　既没有发现抢劫的迹象，也没有找到致死

的证据。屋里有血迹，但死者身上又不见伤痕。关于死者是怎样进入空屋的，我们百思不得其解。说实在的，这是一宗迷案。如果您能在正午亲临空屋，我一定在那里等您。在得到您的回音之前，我将一切维持原样。如果您不能光临，我将详情随后奉告。如能赐教于我，我将感激不尽。

  托拜厄斯·格雷格森敬上

"格雷格森是伦敦警察厅里最精明的人，"我的朋友说，"他和莱斯特雷德是一群蠢材中的佼佼者。他们两个都很机敏而干练，但却因循守旧——而且相当严重。他们彼此间明争暗斗，像一对以卖笑为生的女人一样。他们还钩心斗角，互相猜忌。如果这两个人都插手此案，那可就有戏可看了。"

我见他这种时候还能心平气和、高谈阔论，好生惊讶。"说真的，这可是刻不容缓的大事。要不要去雇辆马车？"

"去不去我还没拿定主意哩，我可是个不可救药的人形懒鬼。当然是在发懒劲的时候才这样。有的时候我的手脚还是挺麻利的。"

"嗨，这可是您心心念念要等的机会哪。"

"老兄，这事跟我有什么相干呢？就算我破了案，格雷格森、莱斯特雷德这批人一准也会把功劳占为己有。原因就是我并非官方侦探。"

"可他在请求您帮忙。"

"不错，他知道我胜他一筹，而且当着我的面也会承认这一点的。但是，他宁愿割掉舌头也决不向任何第三者承认这一点。然而，我们不妨去看看。我将独自办案。即使我得不到什么，我也可以取笑他们一番。快

名师批注

‖写作看点‖

  作者善于在福尔摩斯的语言中恰当插入比喻，使他的语言更加风趣。

‖阅读看点‖

  福尔摩斯这个神探的处境很尴尬，虽然具有超强的天赋，却得不到官方的认可。

名师批注

‖阅读看点‖

看见有案可查，福尔摩斯并不像他所说的那样还没决定去不去，而是心里早就想去了。

‖写作看点‖

先总述杀人现场的阴森，接下来详细地描述了环境的凄凉恐怖之态。从面到点，使读者有身临其境之感。

走吧！"

他匆忙穿上大衣，从那匆忙的样子可以看出他积极、干劲十足的一面，已压倒了冷漠消极、无动于衷的一面。

"戴上您的帽子，"他说。

"您希望我也去？"

"要是没别的事，跟我去一趟。"不久我俩坐上一辆马车急匆匆向布利克斯顿街赶去。

这是一个多雾、阴沉的早晨，屋顶上只见灰蒙蒙的一片，仿佛是地面泥泞街道的映像。我的伙伴兴致很高，大谈起克雷莫纳小提琴以及怎样区分斯特拉迪瓦里小提琴和阿马蒂小提琴。至于我本人，我一言不发，沉闷的天气和我们要完成的令人伤感的任务使我情绪低沉。

"你似乎对我们手头的这个问题不大关心。"我终于说话了，打断福尔摩斯的音乐演讲。

"还没任何线索哩，"他回答说，"没掌握全部线索和证据就空谈理论是个错误。那将会使判断发生偏差，使案件的侦破误入歧途。"

"您很快就会掌握这一切的，"我一面指着前面，一面对他说，"如果我没弄错的话，这就是布利克斯顿路，那儿就是那座出事的房子。"

"对了，停车。赶车的，停车！"离那房子还有一百码左右，福尔摩斯硬要下车，我俩便步行而去。

一看劳里斯顿花园3号，就给人一种阴森森的感觉。这里有四幢房子，离街面还有一段距离。两幢有人居住，另两幢空着。两座空房子都有三排窗子，空荡荡的，一副凄凉、颓败的景象。迷迷蒙蒙的窗玻璃上贴着"招租"的条子，像是眼睛上的白翳。每座房子前都有一个小花园，草木丛生，把房子和街面隔开来。花园中有条浅黄色的小径，砾石铺就。

下了一夜雨，到处都是湿漉漉的。花园周围砌了一堵三英尺高的砖墙，墙头竖着木栅栏，一个身材魁梧的警察背靠在墙上，旁边围着几个爱看热闹的闲人，伸长脖子拼命朝里面张望，想看一眼究竟出了什么事，但是什么也看不见。

我料想，福尔摩斯会立刻进屋，投入这宗迷案的分析研究。可是他似乎无意采取任何行动。<u>他装出若无其事的样子。</u>在当时的情况下，我认为他有点装模作样。<u>他在人行道上走来走去，茫然地凝视着地面、天空、对面的房子以及墙头上的木栅。</u>

他这样观察一番之后，就慢慢地走上了小径，或更确切地说，他是从小路边的小草地上走过去的，他两眼注视着地面。有两次他停下来，有一次我还见他流露出笑容，并听到他发出一声满意的惊叹声。在这片又湿又泥泞的黏土地上，有许多脚印，因为警察在这里来来往往地走过。我真看不出来，我的伙伴期望从它上面看出什么破绽，找到什么线索。然而，我不曾忘记上次他如何出奇地证实了他对事物敏锐的洞察力，因此我深信不疑，这次他也能看出许多我所不能看出的东西。

门口过来一个男子，高高的身架、白白的脸、亚麻色的头发，手里拿着笔记本。见了我们便跑过来，热情洋溢地握住我同伴的手，"您来了，太感谢了。"他说，"这里的一切我们都保持原状，没有动过。"

"除了那儿！"我的同伴指着那条小径回答说，"即便有群野牛刚踩过，也不会比这更糟。不过，格雷格森，想必您是心里已经有了底，才允许手下人这么干的吧？"

名师批注

‖阅读看点‖

福尔摩斯没有如"我"所料的那样立即投入迷案的分析，而是对周围环境先做了一番观察。

‖阅读看点‖

很明显，在这混乱的草地中福尔摩斯已发现了一些线索。但到底是什么线索呢？在此作者又为读者设了一个悬念。

名师批注

阅读看点

尽管在福尔摩斯面前格雷森有点低声下气，但为了破案他也没办法了，只能求助于善于破案的福尔摩斯。

阅读看点

从墙壁、门、壁炉、炉台、窗方面着手，细致入微地描写了犯罪现场的环境。

"我在屋里有太多的事要做，"这位警探含糊其词，"我的同事莱斯特雷德也在这里。我把屋外的事托付他去做了。"

福尔摩斯看了我一眼，扬了扬眉毛挖苦地说："有你本人和莱斯特雷德在场，第三者就不会再发现什么线索了。"

格雷格森自鸣得意地搓着双手。"我想，能做的事我们都已经做了。不过这案子挺奇特。我知道你就喜欢办这类案子。"

"你没坐马车来吧？"歇洛克·福尔摩斯问。

"没坐，先生。"

"莱斯特雷德呢？"

"也没坐，先生。"

"那咱们就去瞧瞧那个房间吧。"他突然没头没脑地接了这么一句，说完就大步走进屋子；格雷格森跟在后面，满脸惊诧之色。

一条短短的通道，没有铺木地板，上面满是灰尘，通向厨房和下房。通道左右两边各有一门。很显然，其中的一扇门几个星期以来一直关着，另一扇是餐厅的门，餐厅就是惨案发生的屋子。福尔摩斯走了进去，我跟在后面，心中很压抑，这是看到死者引起的心情。

这是一个很大的方形房间，由于没有任何家具，显得格外宽敞。墙壁上糊着普通的花纸，有些地方已布满了大片的霉渍，到处都破破烂烂的，有的还脱落下来，露出黄色的灰泥。门的外面有一个漂亮的壁炉，壁炉台是用白色人造大理石做的。炉台的一端放着一截红色的蜡烛头。唯一的一扇窗子如此肮脏，以至室内的光线十分昏暗，到处蒙上了一层黯淡的色彩，厚厚的尘土覆盖着整个房间，更加重了这种昏暗阴沉的色调。

这些细节都是我事后才看到的，我当时一心注意那僵卧在地板上可怕的尸体。他一双呆滞的眼睛直对褪了色的天花板。这个人约莫四十三四岁，中等身材，宽宽的肩膀、浓黑卷曲的头发，留着短而硬的胡子。他身穿一件厚厚的黑呢礼服和一件背心，浅色的裤子，上衣的硬领和袖口白而洁净。

身旁的地板上，放着一顶刷得很干净、装饰很整饬的礼帽。他紧握双拳，两臂摊开，两条腿却交叉在一起，仿佛临死前做过极其痛苦的挣扎。那张僵硬的脸上有一种恐怖的表情，而且，我觉着从中透出的仇恨，是我从未在任何一张脸上见过的。

这种可怖的、令人发抖的扭曲的模样，加上低削的前额、扁平的鼻子和突出的下巴构成的奇异的像猿猴一样的面貌，再加上那痛苦而奇怪的姿态，使得死者的面貌更加可怕。我见过各种各样的死人，但是在这间阴暗肮脏房间里的死者，在我看来是最可怕的。

身材瘦削、素有侦探家风度的莱斯特雷德站在门口，向我的朋友和我打招呼。

"这件案子会引起轰动，"他说，"我还从没见过比这更离奇的案件，我并不是个没见过世面的新手。"

"找不到线索？"格雷格森问。

"压根儿没有。"莱斯特雷德答道。

歇洛克·福尔摩斯走近尸体，跪了下去，仔细地检查了一番。"尸体上肯定没有伤痕吗？"他手指着溅得到处是的一团团、一滴滴的血迹问。

"肯定没有。"两个人齐声道。

"那么，这些血迹当然就是另外一个人的——如果真是一起凶杀案的话，那人也就是凶手了。这让我想起1834年乌德勒支那个叫范·扬森的人被杀的案例。您

名师批注

‖ 写作看点 ‖

顺利地过渡到对尸体的描写，承上启下。

‖ 写作看点 ‖

用了大量增加恐怖气氛的形容词渲染死亡现场的恐怖。

名师批注

写作看点

"移动""碰碰""按按""解开""嗅了嗅"等动词的运用形象地刻画了福尔摩斯检查得认真仔细。

阅读看点

本案又出现了另一条有意思的线索。

还记得那桩案子吗,格雷格森?"

"不记得了,先生。"

"读读那宗案子——你真的应该读读那宗旧案。天底下没有什么新鲜事,都是前人做过的。"

他说话时,他那灵敏的手指在尸体身上迅速地移动着,一会儿碰碰这儿,一会儿又按按那儿,有时还解开死者的扣子仔细地检查,然而,他的眼里又流露出前面我所提到过的那种茫然若失的神情。他检查得如此快捷,而且出人意料地细致认真。最后,他嗅了嗅死者的嘴唇,然后又看了看死者漆皮鞋的鞋底。

"从未动过此人吗?"他问。

"除了必要的检查,根本没乱动过。"

"现在最好送去埋掉了,"他说,"没有什么可检查了。"

格雷格森带来一副担架和四个抬担架的人。他一声招呼,那些人便跑进餐厅,把死者抬上担架抬走。把死者往上抬的当口,一枚戒指掉了下来,沿着地板滚了几圈。莱斯特雷德赶紧捡起戒指,睁大眼睛盯着它。

"一定有女人来过这里,"他大声说道,"这是女人的结婚戒指。"

说着他把戒指托着让大家看。我们围上去瞧。无疑,这只金戒指曾经是戴在新娘的手指上的。

"这使得案情复杂化了,"格雷格森说道,"天晓得,这些问题本来就够复杂的。"

"你怎么就能断定它不会使这件案子更简单了呢?"福尔摩斯说,"光盯着它看是无济于事的,你在他口袋里发现了什么没有?"

"都在这儿,"格雷格森指着放在楼梯最末一级的一小堆东西说,"伦敦巴拉德公司制造的917163号金表一块、金戒指一枚，上面刻着共济会的徽章。一枚虎头狗脑袋形状的金别针，眼睛上镶有两颗红宝石。俄国皮的名片夹，里面有克利夫兰市伊诺克·杰斐逊·德雷伯的名片，和衬衣上三个缩写字母 E.J.D 相符。没有钱包，只有零钱，共 7 英镑 13 先令。一本袖珍版的薄伽丘的《十日谈》，扉页上写着约瑟夫·斯坦格森的名字。还有两封信，一封的收信人是 E.J. 那德雷伯，另一封是约瑟夫·斯坦格森。"

"地址是哪里？"

"斯特兰德大街美国交易所——留局待取。两封信都是盖恩轮船公司发出的，内容是告知轮船从利物浦启航的时间。很显然，这个倒霉蛋打算回纽约去。"

"对这个斯坦格森，您有没有做过调查？"

"我当时立刻就调查过，先生，"格雷格森说道，"我已经把广告稿送到各家报社，同时派了一个人去美国交易所，还没有回来。"

"有没有与克利夫兰方面联系过？"

"今天早晨我们发了电报去。"

"你们的文稿是怎么措辞的？"

"我们简明扼要地谈了这里的情况，并告诉他们，希望他们能给我们提供有助此案的任何情报。"

"你就没问点你认为是关键问题的细节吗？"

"我问了有关斯坦格森这个人的情况。"

"没问其他问题？整个案件就没有一点举足轻重的地方？你能不能再拍个电报？"

"我说过，该问的我全问了。"格雷格森没好气地说道。

福尔摩斯暗自咕噜了一声，正想说些什么，莱斯特雷德走了进来，得意扬扬地搓着手。格雷格森和我们交

‖ 名师批注 ‖

‖ 阅读看点 ‖

从死者的遗物可以看出他是很富有的人。

‖ 阅读看点 ‖

福尔摩斯毫不客气地问了三个问题，显然他发现了本案的其他疑点。

名师批注

‖阅读看点‖

照应前文莱斯特雷德与格雷格森的明争暗斗。

‖写作看点‖

把莱斯特雷德比作了"马戏演员",非常生动形象。

谈的时候,他在前室。

"格雷格森先生,"他说,"我刚刚有一个极为重要的发现,要不是我仔细查看整个墙面的话,这个线索就会给漏掉了。"

这位小个子侦探这么说着,眼睛闪闪发亮,这一下占了同事的上风,他显然是强压住满心的喜悦,才免得失态。

"请到这儿来。"他说着,快步走进餐厅,由于那具可怖的尸体已经搬走,餐厅里的空气清新了许多。他划着一根火柴,举起来对着墙壁。"看那个!"他得意地说。

前面我已提到过,墙壁上的花纸有许多地方已脱落下来。就在这面墙的墙角上,露出一块方形的、粗糙的黄色粉墙。在这块光秃的地方,有一个潦潦草草用鲜血写成的字:

RACHE

"对此你们有何看法?"莱斯特雷德大声问道,像个马戏演员在夸耀自己的演技,"这个词之所以不被人注意,是因为写在房间最暗的地方,谁也不会想到要在这儿检查的。这个词是凶手——男的或女的——用自己的血写上的,瞧,墙上还留有血往下流的痕迹。完全可以排除自杀的可能。那么为什么要选在这个角落里写字呢?我可以告诉你们。看见壁炉上那段蜡烛没有?当时蜡烛是点着的。那样一来这个墙角非但不是墙壁最暗部分,反而是最亮的地方了。"

"你发现的这个情况又能说明什么问题呢?"格雷格森轻蔑地问。

"怎么样?嗨,这表明写血字的人正要写雷切尔这个女人的名字,但他或她还没来得及写完最后一个字母,就被打断了。各位请记住我的话,当这个案子水落石出的时候，你们会看到有个叫雷切尔的女人牵涉在内。歇洛克·福尔摩斯先生，您要笑就只管笑吧。您也许很精明，也很聪明，不猎狗还是老手管用。"

"实在抱歉，"我的朋友说，他因为听后大笑起来而激怒了这位小个子。"你是我们中第一个发现这字迹的，功劳肯定归你。正如你说的，这个词是昨晚惨案发生时另一个参与者写的，我还没有时间检查这间屋子，如果你许可的话，我现在就开始检查。"

说着，他迅速地从口袋里拿出一个卷尺和一个很大的圆形的放大镜。他拿着这两件工具在屋子里默默地而又迅速地来回走着，时而停下来，时而跪在地上，还有一次，他竟然脸朝下地趴在地上。他全神贯注地忙碌着，似乎把这些在场的人都忘了，在这段时间里，他一直低声悄语，喋喋不休，他工作起来颇有激情，有时抱怨几声，有时吹起口哨，有时又像受到鼓励或充满希望似的小声呼叫起来。见他如此，我不禁想到一种训练有素的纯种大猎狐犬，它在丛林中匆忙地窜来窜去，不停地而又特别卖力地吠叫，直到觅到猎物的踪迹方肯罢休。

他连续检查了二十分钟，小心翼翼地测量痕迹间的距离（我丝毫没有发现这些痕迹）。偶尔莫名其妙地量墙壁，有一次小心地把地板上一小撮灰色尘土拾起来，放进信封。然后用放大镜检查那个血字，仔细观察每个字母，最后似乎满意了，才把卷尺和放大镜放回口袋。

"有人说，'天才'意味着任劳任怨和不畏艰难，这说法很不恰当，但对侦探工作来说，还是适用的。"

格雷格森和莱斯特雷德刚才一直在瞧着这位业余同行忙乎，神情既显得非常好奇，又带有几分轻视。我已经开始了解一个事实，就是歇洛克·福尔摩斯哪怕最细微的举动，也总是跟某个明确而实用的目标相关的，而

名师批注

‖阅读看点‖

笑话同行，既写了福尔摩斯对同行分析得不屑一顾，也说明了他的极度自负。

‖写作看点‖

这段描写福尔摩斯探案的过程相当精彩，用到了举例子、打比方等多种手法，把福尔摩斯全神贯注的工作态度淋漓尽致地表达了出来。

‖阅读看点‖

华生医生和两位官方侦探对福尔摩斯细致的工作态度呈现了不同的反应，更加体现了华生对福尔摩斯的感情。

名师批注

对这一点，这两个侦探显然是认识不到的。"您有何高见，先生？"他俩同时问道。

"假如我来帮你们破案，那我就要剥夺你们为本案立下的功劳了。你们现在干得很好，任何人都不宜插手。"他的话里含有很大的讽刺意味。"如果你们愿意告诉我你们进行调查的情况，"他接着说，"我将尽力协助你们。同时，我想和发现尸体的警察谈一谈。你能告诉我他的姓名和地址吗？"

莱斯特雷德看了看他的记事本。"他叫约翰·兰斯，"他说，"他已下班在家，你可以到肯宁顿公园路奥德利大院46号去找他。"

福尔摩斯把这个地址记了下来。

"走吧，医生，"他说，"咱们去找他。我要告诉你们一件对此案或许有帮助的一件事。"他转向这两名侦探继续说道，"这是一起谋杀案，凶手是个男人。他有六英尺多高，正当壮年，按其高度来说，他的脚小了点，他穿着一双劣质方头靴子，抽的是特里其雪茄烟。他是和被害者乘同一辆四轮马车到这儿来的，从拉这辆车的马的蹄印来看，有三个铁蹄是旧的，右边前蹄的铁蹄是新的。这个凶手的脸色很可能是赤红的，右手指甲特长。这仅仅是几点迹象，但或许对你们有点帮助。"

阅读看点

对于如此细致的答案，两位官方侦探既惊奇又怀疑又轻视。

莱斯特雷德和格雷格森听了面面相觑，脸上露出的是疑惑的笑。

"如果说那个人是被谋杀的，请问到底是怎么死的呢？"莱斯特雷德问。

"毒药，"福尔摩斯只说了这两个字便大步流星地往外走，"还有一件事，莱斯特雷德，"他走到门口，又转身补充道，"Rache是德文，有'复仇'的意思，所以别浪费时间去找什么雷切尔小姐了。"

阅读看点

临别赠言给了这两个轻视他的侦探有力的一击。

他说完这句临别赠言，就扬长而去，留下那两个竞争对手张嘴结舌地站在那儿发呆。

阅读理解

文中有一段推理让人印象深刻，这来自对劳里斯顿花园街的惨案的调查。福尔摩斯观察完现场后推论道："这是一件谋杀案。凶手是个男人，他高六英尺多，正当壮年。照他的身材来说，脚小了一点，穿着一双劣质方头靴子，抽的是特里其雪茄烟。他是和被害者乘同一辆四轮马车来到这儿的。从拉这辆车的马的蹄印来看，有三只铁蹄是旧的，右边前蹄的铁蹄是新的。这个凶手的脸色很可能是赤红的，右手指甲特长。"

柯南·道尔很好地在之前做了伏笔，他写福尔摩斯来到现场时提前下了马车，走了一段路，并不急于到尸体躺着的房间，结果发现了脚印和车痕，这才有了上边的结论。从这里我们可以看到，福尔摩斯是多么心细，那些印痕之所以能让他发现到，不在于他"未卜先知"，而在于他的细致。

写作借鉴

用第一人称"我"的视角来看待事物，华生不但是一个见证者，更有着自己的思想情感，有自己的喜怒哀乐，以及对朋友福尔摩斯的各种看法，有时候显得公正客观，有时又显得偏激固执。

回味思考

1. 劳里斯顿花园街发生了什么奇案？

2. 福尔摩斯对此奇案有些什么异于常人的见解？

第四章　约翰·兰斯的叙述 [精读]

导语

　　劳里斯顿花园街发生了一件奇案，在场的两位警察各有自己的发现，而福尔摩斯一语中的地看出了本案的关键，为了获得更确凿的证据，福尔摩斯开始了更深入的调查。

名师批注

‖阅读看点‖

　　此处写出了福尔摩斯严谨的工作态度。

　　当我们离开劳里斯顿花园街3号时，已是午后一点钟了。歇洛克·福尔摩斯和我一起到最近的一家电报局去拍了封长电报。然后，他叫了一辆马车，让马车夫把我们带到莱斯特雷德告诉我们的那个地点去。

　　"没有什么比取得第一手证据更重要的了，"他说，"事实上，我对此案早已胸有成竹，不过，对我们掌握的有些情况，还是得查清楚才是。"

　　"您真让我感到惊讶，福尔摩斯，"我说，"您说的那些情况，未必真如您自以为是的那么有把握吧。"

　　"我说的分毫不差。"他答道，"一到那里，我首先发现靠近街沿石头上有两道车轮痕迹。最近连续一星期都是晴天，昨晚才下过雨。所以车轮留下很深的痕迹说明马车一定是夜间来的。此外还有马蹄印。其中一个比其他三个清晰得多，说明蹄铁新换不久。那辆车是下雨过后来的。据格雷格森说，早晨根本没来过什么马车，可见那辆车是夜里来的。所以可以断定那两个人一定是马车送来的。"

"这好像挺简单，"我说，"那么另一个男人的身高呢？"

"噢，一个人的高度，在绝大多数情况下，可以从他的步长推算出来。计算并不复杂，可我还是别用数字来烦您吧。从屋外的泥地和室内的尘土上，我都测得了这家伙的步长。我另外还有一个办法来验证我的计算。一个人在墙上写字的时候，会本能地写在跟视线齐平的高度。而现在他正好写在离地六英尺的地方。事情简单得如同儿戏。"

"那么他的年龄呢？"我问道。

"好吧，如果一个人能够毫不费劲地迈出四英尺半的话，他决不是一个干瘪老头。在小花园里有一个这么宽的水洼，穿漆皮靴的人是绕着走过去的，而穿方头皮靴的人是从上面跳过去的。这一点也不神秘。我只不过把某篇文章中讲的关于观察和推理的规则中的几条应用到日常生活中去而已。你还有什么不明白的问题吗？"

"手指甲和特里其雪茄。"我提醒他说。

"墙上的那个血字是一个人用食指蘸着血写的。在放大镜下面可以看出来，在写字时，有些涂墙的灰泥被刮了下来，如果一个人的指甲修剪过，就不会出现这种情况了。此外，我从地板上搜集了零零散散的烟灰，它的颜色发黑，而且成片状——只有印度的特里其雪茄烟的烟灰才是这样的。我曾对雪茄烟的烟灰进行过专门的研究——实际上还写过一篇专题论文。我可以这样自夸，我只需看一眼任何知名品牌的雪茄烟或香烟的烟灰，就可以把这些不同的烟一一辨认出来。掌握这类看似琐碎的知识，正是一名精干的侦探有别于格雷格森和莱斯特雷德之流而技高一筹之处。"

名师批注

‖写作看点‖

通过华生问、福尔摩斯答的方式写出了福尔摩斯对本案的推理过程。

‖阅读看点‖

此处又显示了福尔摩斯自负的个性。

名师批注

‖ 写作看点 ‖

通过一连串的问题表达了本案的重点和难点。

‖ 阅读看点 ‖

福尔摩斯把自己的工作方法比作魔术师的戏法，为自己的工作方法蒙上了一层神秘的色彩，吸引读者的阅读兴趣，让读者在阅读中揭开这神秘的面纱。

"你说他脸色通红又是怎么个说法？"我问。

"哦，这只是个十分大胆的推测。不过我确信错不了。这个案子目前处于这种情况下，先不必急于提这问题。"

我用手摸了摸额头，说："真叫人摸不着头脑了。越深入想下去，越觉得离奇。那两个男人——如果确实是两个男人——是怎样进入空房的？送他们来的马车夫后来又怎么样？一个人怎么能强迫别人服下毒药？血又是从哪里来的？既然不是为谋财，那么凶手的目的何在？那枚女人的戒指又怎么会在那儿呢？离奇的是，那另一个男人在逃离现场时，为什么还要写下'RACHE'这个德文词呢？说实话，这些情况简直像一堆乱麻，我看我是没法理出个头绪来了。"

我的同伴赞许地笑了起来。

"你扼要地总结了案情的难点，总结得很好，"他说道，"尽管在主要事实方面我心中有数，但仍然有许多方面的情况不明朗。至于可怜的莱斯特雷德的发现，只是要把警察引入歧途的一种诱饵，暗示这是社会党或秘密团体干的。那个德文词不是德国人写的。如果你注意看，这个 A 字母有点仿照德文字母写的。而真正的德国人往往用拉丁字母的字体写，所以我们可以有十分的把握说，这个字母不是德国人写的，而是一个模仿者写的，而且做得有点画蛇添足了。这不过是一条诡计，为的是把案件的调查引入歧途。医生，关于这个案子，我不想再和您谈什么了。您要知道，一位魔术师一旦把他的戏法全部说穿了，他就得不到声望和称赞了。如果我把我的工作方法对您讲得太多，您就会得出这种结论：'福尔摩斯，无非是凡夫俗子一个'。"

"我绝不会那么说，"我回答，"侦探学将会成为这个世界上的一门严谨而精湛的科学，而您几乎已经把它带到了这样一个境界。"

我的伙伴听了这番话，况且我说得又是那么恳切，高兴得容光焕发。我早已注意到，当他听到别人夸他的侦察手段时，就像大姑娘听到别人夸她长得美一样，是很敏感的。

"再告诉你一件事，"他说，"穿漆皮靴和穿方头靴的两个人是乘同一辆车来的，而且亲亲热热地——很可能是手挽着手从花园小径走过来的。进屋以后，他们在餐厅里来回走动——确切地说漆皮靴站着没动，而方头靴走来走去。这些情形，我可以从积尘上看得很清楚；我还可以看出，他越走越激动，步子越跨越大就表明了这一点。他边走边说，显然说着说着肝火就旺了起来，然后悲剧就发生了。我把自己知道的情况全都告诉您了，剩下的就只是一些推测和猜想了。不过，我们已经有了开始工作的很好的基础。我们得抓紧时间，因为我下午还想去听诺曼·聂鲁达的音乐会呢。"

在我们进行这段谈话时，马车嘎吱嘎吱地穿过昏暗的长街和沉闷的偏僻小巷。到了最昏暗、最沉闷的一条街巷时，车夫突然让马车停下来。"那就是奥德利大院，"他说道，用手指了指暗色砖墙中很窄的入口，"你们回来时到这里等我。"

奥德利大院是个不招人喜欢的地方。我们顺着一条窄窄的小径来到一个地面用石板铺成的四方院，院内有一排令人不快而又简陋的住宅。我们从一群脏乎乎的孩子中间挤过去，再钻过一行行褪了色的晾晒衣物，最后才来到46号住宅。这住宅的门上，有一块小小的黄铜牌子，上面刻着兰斯的名字。我们上前一问，才知道这个警察正在睡觉，于是，我们被带到前面的一间小小的

名师批注

‖ 写作看点 ‖

把福尔摩斯比作受夸奖的大姑娘，说明了福尔摩斯非常陶醉于他人对自己的夸奖。

‖ 写作看点 ‖

用"一群""一行行"等词写出了奥德利大院不招人喜欢的环境。

名师批注

‖阅读看点‖

用"小金币"写出了兰斯的贪婪。

‖阅读看点‖

感叹句写出了兰斯不仅贪婪而且好酒,也从侧面写出了当时社会里官方警察的不称职。

起居室里,等他出来。

他很快就出来了。由于我们打断了他的好梦,他一脸不高兴:"我已向局里报告过了,先生。"

福尔摩斯从口袋里摸出一枚半英镑金币,若有所思地把玩着。"我们很想听你亲口把情况再说一遍。"他道。

"我很乐意把知道的情况告诉两位。"警察的目光盯着小金币,说道。

"请你把了解的情况如实说出来。"

兰斯坐在用马鬃填塞的沙发上,皱起眉头,像是决意要一点不漏全都说清楚似的。

"我给你们从头说起。"他说,"我当班的时间是夜里十点到早上六点。十一点钟的时候,白鹿街上有人打架;除此以外,我的巡逻路线上一切都挺平静。到了一点钟,开始下雨了,我碰到了哈里·默切——他的巡逻路线是荷兰林苑那一带,我俩站在亨里埃塔街的拐角上聊了一会儿。不久——可能在一点或两点多,我想我该去转一圈,去看看布利克斯顿路是不是平安无事。这条路非常脏,而且人迹稀少。我走了一路,没有遇见过一个人,只看见一辆马车从身边驶过。我慢慢地溜达,一边暗自寻思,要是有一夸特四便士的热杜松子酒下肚该多美呀。这时我突然发现那间空屋的窗户亮着灯——我知道劳里斯顿花园街的这两间房子无人居住,因为房东不愿意修理下水道,而且住在其中一间的最后一位房客死于伤寒病。所以我一看见那扇窗户里有灯光,我就吓了一跳,感到昏头昏脑,心想可能出事了。当我走到门口——"

"你停了下来,又回到花园的门口,"我的同伴打断了他的话说道,"你干吗要那么做?"

兰斯猛地跳起来，他惊异万分地瞪大眼睛看着歇洛克·福尔摩斯。"天哪！确实如此，先生，"他说，"可您是怎么知道这点的呢，真是天知道。您看，我走到门口时，我感到这里太冷落，一个人太孤单了点，所以，我想不如找个伴和我一起更好点。我并不胆小，并不怕这世上有什么可怕的事，但我突然想到那个死于伤寒病的人，想到他或许正在这儿查看那个要了他性命的阴沟吧。这么一想吓得转身走了。我刚到花园门口，指望能见到默切的风灯，可哪儿有他的人影儿？也没见到别的人。"

"街上没人？"

"没个人影儿，先生。连狗也见不到一条。我只好壮着胆再转回去。推开门，里面没一点声息。我走进有亮光的那个房间，只见炉台上点着一支蜡烛。一支红蜡烛，亮光一闪一闪的。这时候我看见……"

"行了，您瞧见些什么我都知道了。您在房间里转了好几圈，您跪在尸体旁边，然后您走过去开了厨房的门，然后……"

约翰·兰斯噌地一下立起身来，脸色惊慌，眼睛里满是惶惑的神情。"您是躲在哪儿瞅见的？"他大声喊道，"我觉着您连有些不该您管的事也知道了。"

福尔摩斯笑了起来，拿出一张名片，扔给桌子对面的兰斯看。"可别把我当作凶手抓起来，"他说道，"我也是一只猎犬，而不是狼——格雷格森先生和莱斯特雷德先生都可以担保我。请接着往下讲，你当时还做了什么呢？"

兰斯又坐了回去，可是脸上仍然挂着惊恐的表情。"我又回到花园的大门口，吹响了警笛，默切和另外两名警察来到了现场。"

名师批注

‖ 阅读看点 ‖

通过兰斯的激烈反应说明了福尔摩斯推测的正确性。

‖ 阅读看点 ‖

再次说明了福尔摩斯观测现场的仔细，以至推出的结论就如同亲眼见到一般。

名师批注

‖阅读看点‖

通过尖着嗓子唱曲，站不稳等举动描写了这个"醉汉"。

‖阅读看点‖

福尔摩斯从这"醉汉"身上又发现了线索。

"当时街上还是没有什么动静吗？"

"是啊，稍微正经点的人在这时候谁还不待在家里呀。"

"这是什么意思？"

这个警察咧开嘴笑起来。"我这辈子见过的醉汉多着呢，但是，还从没见过像他那样的醉鬼。我出来的时候，他在大门口，背靠栅栏，尖着嗓子，唱着考伦班滑稽小曲儿。晃晃悠悠，脚也站不稳。真要命。"

"他是怎么样的一个人？"歇洛克·福尔摩斯问。

约翰·兰斯被对方打断了话头，好像挺不高兴。"他吗，说来是个非同一般的醉鬼。"他说，"要不是我们忙得不可开交，早让他进警察局了。"

"他的脸——他的衣着，这些您都没注意吗？"福尔摩斯不耐烦地打断他说。

"我想我倒是注意到的，因为是我在扶他——我和默切一边一个扶他来着。他个子挺高，脸膛红通通的，下巴上……"

"够了。"福尔摩斯大声说道，"他后来怎么样了？"

"我们忙得根本没工夫去管他。"这巡警悻悻然地说，"我敢担保，他认得回家的路。"

"他穿的什么衣服？"

"他穿一件褐色大衣。"

"他手里拿着一条鞭子吗？"

"鞭子？——没有。"

"他一定把鞭子落下了，"我的朋友嘟囔着，"后来你偶然看见或听见过有一辆马车驶过吗？"

"没有。"

"这半个金币给你。"说着，我的同伴就站了起来，戴上帽子，"兰斯，我想，恐怕你在警察这行当里永远也不会高升了。你的那个脑袋也不应该光是个装饰吧。昨天晚上，你本可一蹴而就捞个警官之类的职务当当的。你扶过的那个人，就是这个神秘案件的线索，也正是我们正在寻找的人。现在，再争论这事也没用了，我告诉你吧，事实就是如此。走吧，医生。"

我俩一起出去找那辆马车。那个为我们提供消息的警察还是半信半疑，老大不自在。

"十足的傻瓜！"我们坐上马车回家，路上福尔摩斯恶狠狠地说，"你瞧瞧，好端端的一个千载难逢的机会，白白给丢了。"

"可我还是丈二和尚摸不着头脑哩。不错，这个警察说的那个人和你所判断的十分符合。但是他离开房子后怎么又回来了呢？这不像犯罪的人应该的做法。"

"戒指，伙计，戒指，他回去找的就是这个。如果我们没别的办法逮住他，我们不妨拿这个戒指当诱饵。我会逮住他的，医生——我敢押一赔二跟您赌一把，他肯定会上钩。这事我还真得谢谢您。要不是您，我说不定还不会去呢，那样一来，我就要错过这次平生最有意思的研究：血字研究。呢？为什么不能用有点色彩的词儿呢？这条谋杀的红线，贯穿在生活灰暗的雾团之中，我们的职责就是找到它，把它剥离出来，纤毫毕露地展现在人们眼前。现在去吃午饭吧，然后是诺曼·聂鲁达的音乐会。她的起音和唱法都妙不可言。肖邦的那个小曲子，她拉得真是棒极了：特拉——拉——里拉——里拉——来。"

这个业余侦探靠在马车上，像只云雀似的唱个没完；而我呢，在思考着人的多才多艺问题。

‖ 名师批注 ‖

‖ 阅读看点 ‖
福尔摩斯对错失了抓住罪犯的机会而愤怒。

‖ 写作看点 ‖
此处用了比喻形容了福尔摩斯因为有难案侦破的兴奋之情。

阅读理解

本章采用问答的方式，主要以警察兰斯的叙述为主，兰斯对案件没有任何有用的看法，甚至在无意中放走了本案的关键人物，而福尔摩斯语言犀利，能看到常人看不到的地方，在平实的叙述中发现了更多新线索。

写作借鉴

问答之间显示推理能力，时不时的插话暗示问话人的睿智，这就是柯南·道尔写作侦探小说的独特魅力所在。

回味思考

1. 从案发现场第一目击证人的嘴中，福尔摩斯又发现了哪些新线索，印证了哪些推论？

2. 在本案中，警察兰斯错过了什么重要人物？

第五章　失物招领 [精读]

导语

询问了发现案发现场的警察兰斯之后，福尔摩斯高兴地去听音乐会，而我却激动得睡不着，满脑子都是稀奇古怪的想法和猜测。直到福尔摩斯回来……

忙碌了一个下午，我的身体支持不住了，午后就觉得浑身无力。福尔摩斯听音乐会去了，我便躺在沙发上想好好睡上几小时，可怎么也睡不着。这一奇案害得我心神不宁，激动不安。脑子里翻腾着种种离奇的想法和猜测。只要闭上眼睛，眼前就出现被害人那张扭曲得像狒狒的怪脸。留给我的印象那样狰狞恐怖，只觉得凶手除掉他反而值得人们感激。倘若相貌反映了一个人的罪孽，那么克利夫兰城的伊诺克·J. 德雷伯便具有这种典型的嘴脸。然而，我也意识到，凡事都应该公正。从法律观点来看，即使被谋杀的是个有罪之人，凶手也是罪责难逃的。

我的朋友推测说，这个人是被毒死的。我越想越觉得他的推测太不寻常。我记得，他闻过死者的嘴唇——我确信，他肯定闻出某种气味，才使他有了这种想法。既然死者身上既无伤痕，又无被勒死的迹象，那么，如果不是毒药致死，那是什么别的原因呢？但是，从另一方面看，地板上大摊的血迹是谁的呢？屋里没有发现搏

名师批注

‖阅读看点‖

华生凭着自己的直觉认定了死者是罪有应得，为下文答案的揭晓埋下了伏笔。

名师批注

‖阅读看点‖

暗示福尔摩斯并非真心去听音乐会，还做了别的。

‖写作看点‖

用对比的手法写出此案夸张离奇之处。

斗的痕迹，也没有看到死者生前用来刺死对手的凶器。只要这些问题得不到解答，我认为，不论是福尔摩斯还是我，睡眠可不是一件容易的事情。他那种从容自信的举止使我相信，他已经有了说明全部真相的推测，但他的推测是什么，我一时还猜不出来。

福尔摩斯回来得相当晚——以致我不得不相信，他不可能一直在听音乐会才弄得这么晚。他回来之前，晚饭就已上桌了。

"这场音乐会，真是曲尽其妙，太精彩了，"他就座时说，"你是否还记得达尔文对音乐的见解？他认为，远在人类具备说话的能力之前，就有创作音乐和欣赏音乐的能力了。或许正因如此，我们对它的魅力才有如此敏锐的感受。在我们的心灵深处，对于人类世界处于混沌时期的那段朦胧的岁月，还存留着一些模模糊糊的记忆。"

"这种观念好像有点不着边际。"我说。

"一个人的观念，要是想用来解释大自然的话，就得像大自然那样无边无际。"他回答说，"怎么啦？您看上去有些不对劲。布利克斯顿街的这桩案子搅得您心烦意乱了吧？"

"说实话，是这样。"我说，"按说有了在阿富汗的经历，我应该心肠挺硬了。我在迈旺德战役里眼看着同伴被劈成几段，也没吓掉过魂。"

"可以理解。这案件有些离奇。因此反而激起人的想象力；没有想象力就不会产生恐惧。你读过晚报了吗？"

"没读。"

"各报详尽地报道了这个案件。只是没提到抬尸体时有一枚女式戒指掉到地板上这一节，不提倒也好。"

"为什么?"

"看这启事。"他说,"今天上午,案子发生后,我立即在各报登了一则启事。"

他扔给我报纸,我看了一眼他标明的地方,那是"失物招领栏"的第一则广告。广告内容是:"今晨,在布利克斯顿路,在白哈特小旅馆与荷兰园林之间的路面上,有人拾得一枚结婚戒指。请失者于今晚八时至九时到贝克大街221号B室华生医生处认领。"

"对不起,我用了你的名字,"福尔摩斯说道,"如果我用自己的名字,那些笨蛋中的某一位就会识破广告,他们就会插手了。"

"这没有什么,"我答道,"但是,假如真有人来认领的话,我可没有戒指啊。"

"哦,你看你有,"说着,他就把一枚戒指递给我。"这枚戒指就不错,满可以应付过去,它几乎和那枚戒指一模一样。"

"你认为谁会来认领呢?"

"唔,就是那个穿棕色大衣的人——我们那位红脸、穿方头靴子的朋友。即使他不亲自来,也会派个同谋来。"

"难道他不考虑考虑这样太危险了吗?"

"绝对不会。假定我对这桩案子的想法是正确的,而我有充分理由相信它是正确的,那么这个人宁愿冒再大的风险,也不肯失去这枚戒指。据我看来,他是在弯腰去看德雷伯的尸体时把戒指掉在地上的,可他当时并没觉察,离开那座宅子以后,他发现丢了戒指,于是急忙赶回去,可是看到由于自己一时粗心,没把蜡烛吹灭,已经把警察给招来了。要是你处在那种情况下会怎么样呢?他前后细细想了一通之后,认为戒指可能是掉

名师批注

‖阅读看点‖

事实证明了福尔摩斯并不是单纯去听音乐会了。

‖阅读看点‖

此处既说明了福尔摩斯的细心,也表明了他对华生的信任。

名师批注

在离开房子的路上。那怎么样呢？必然会急不可耐翻晚报，希望在'失物招领'栏内有所收获。看到我这则启事，他必然很高兴，得意忘形中就不会想到这是圈套，就不会害怕了。在他看来，没有任何理由把寻找戒指和凶杀案连在一起。他会来的，一小时内就可以见到他了。"

"他来了后怎么办呢？"我问道。

"噢，你可以让我来对付他。你有什么武器吗？"

"我有一支旧的左轮手枪，还有一些子弹。"

"你最好把枪擦一擦，装上子弹。他一定是个亡命徒，尽管我可以乘其不备抓住他，但是不妨做好应付万一的准备。"

我到卧室按他所说做了准备。当我带着手枪出来时，只见餐桌已收拾得干干净净。福尔摩斯在摆弄着他的心爱之物——小提琴。

"这件案子的案情变得更复杂了，"我进来时他说，"我刚收到发往美国那封电报的回电。我对这件案子的看法是对的。"

"那就是——？"我急切地问。

"我的提琴换套弦线，会好得多。"他应声说，"把您的手枪放在衣袋里。那家伙来的时候，用平时的语气跟他说话。其余的事情交给我。别一个劲地盯着他，免得惊动他。"

"现在是八点钟。"我瞧了瞧表说。

"是的，几分钟之内他可能要来了。把门稍稍打开点，这就好了，把钥匙插在门里边。谢谢！这里有本书是我昨天在书摊上买的。一本古怪的旧书，书名叫《论各民族法律》，用拉丁文写的。1642年比利时的列日出版。这本棕色皮面的小书出版时，查理一世的脑袋还牢

‖阅读看点‖

侧面写出了福尔摩斯办事行动之快，效率之高。

‖阅读看点‖

巧妙地设置悬念，吸引华生和读者。

牢长在脖子上哩。"

"印刷商是谁？"

"是菲利普·德克罗伊，天知道他是谁。在扉页上写着'古列米·怀特藏书'，墨水已经褪了色。我很想知道古列米·怀特是谁，他大概是17世纪实证主义法学家，连他的书法都带有法学家的风格——我想我们等的那个人来了。"

他的话音刚落，传来了震耳的门铃声。福尔摩斯轻轻地站了起来，把椅子往门的方向移动。我们听到女仆走过门厅和开门时门闩发出的咔嗒声。

"华生先生住这儿吗？"一个清晰而又刺耳的声音问道。我们没听到女仆的回答，只听到关门声，而且听到有人上楼来了。听声音，来者脚步不稳，好像是拖着步子走的。我的朋友听到这声音，脸上露出惊异的神色。这脚步声慢慢吞吞地穿过过道走了过来，接着，是一声轻轻的叩门声。

"请进。"我高声说道。

应声推开门的，不是我们在等的那个凶神恶煞的男人，而是一个满脸皱纹的老太婆，她一瘸一拐地走进屋来。她像是突然见到强光感到眼花，行了个屈膝礼后，老眼昏花地站在我们面前眨巴着双眼，哆哆嗦嗦地把手伸进衣袋里乱摸一气。我瞥了一眼福尔摩斯，见他脸色黯然之至，就只好仍然做出很镇定的样子。

老婆子掏出一张晚报，指着启事说："我是为这事来的，好心的先生，"她说着又行了个礼，"掉在布利克斯顿大街上的戒指是我闺女萨莉的，她嫁人才一年。丈夫在一条英国船上管账。要是他回来知道我闺女掉了戒指，不知会闹出什么事来。他这人平时就是个火暴性子，喝醉了更不得了。是这么一回事，昨晚她去看马

名师批注

写作看点

用耳朵听出的变化写出了来者从叩门到走上楼的动作。

阅读看点

对于老婆子的来访，显然超出了福尔摩斯的预料。

名师批注

戏，是和……"

"这是她的戒指吗？"我问。

"谢天谢地，"老婆子叫了起来，"萨莉今晚可别提有多高兴了，正是她的戒指。"

"您家的地址呢？"我拿了一支铅笔问道。

"宏兹迪池区邓肯大街13号，离这儿可远呢。"

"布利克斯顿路并不在宏兹迪池区和任何马戏团之间呀。"福尔摩斯突然说道。

‖阅读看点‖

从眼神可以看出老婆子的行动迟缓都是装出来的。

这个老太婆转过脸去，有着一对小红眼圈的眼睛锐利地看了福尔摩斯一眼。"那位先生刚才问我的住址。萨莉住在佩卡姆区梅菲尔德3号。"

"您姓——"

"我姓索耶——我女儿姓丹尼斯——她丈夫丹尼斯娶了她，汤姆·丹尼斯在船上时，也是个漂亮正派的小伙子，他是公司提拔起来的，但是，他一上岸就玩女人、喝酒——"

"这是您的戒指，索耶太太，"我遵照我同伴的暗示，打断她的话说，"它显然是您女儿的，我很高兴它能物归原主。"

‖写作看点‖

用了"跳""冲""出来"等动词描写福尔摩斯的行动非常迅速。

这个老太婆叽叽咕咕地说了一通感恩戴德的话，把戒指放进了衣袋，然后摇摇晃晃地走下楼去。歇洛克·福尔摩斯一见她出了屋子，当即跳起身来，冲进自己的卧室。几秒钟过后从卧室出来时，他已经穿好一件粗呢长大衣，戴好一条领巾。"我去跟踪她。"他急匆匆地说，"她一定是个同伙，会把我带到他那儿。等我回来再睡。"楼下的大门刚在这位来客身后关上，福尔摩斯已经下了楼。

我从窗口望出去，见那老太婆有气无力地沿着街对面走着，福尔摩斯在她后面不远处跟着。"除非他的全部判断都错了，"我暗自想道，"要不这次他是深入奇案中心了。"其实用不着他提醒，我也会等着他回来的。我在没听到他这次冒险的结果之前，是不可能入睡的。

　　福尔摩斯是快九点钟离开的，什么时候回来？不知道。我只好坐着等，抽烟，翻阅亨利·墨杰的《波女米传》。

　　十点钟后，我听见女仆回房睡觉的嗒嗒的脚步声。十一点钟，我听见女房东从我房门走过的沉重的脚步声，她也是回房间睡觉。接近十二点，我才听见福尔摩斯用钥匙打开大门的声音。他一进屋，我就从他的脸色看出，他没有成功。有趣和悔恨似乎一直在争夺制胜权，突然间前者取胜，他于是开心地大笑起来。

　　"这件事我决不能让苏格兰场的人知道。"他大声说，同时在椅子上坐下来，"我狠狠地取笑了他们，因此，他们永远也不会让我干到底的。我不怕他们嘲笑，因为我知道，我终究会和他们扯平的。"

　　"怎么回事？"我问福尔摩斯。

　　"啊，我并不介意把我碰到的倒霉真相告诉你。那个老太婆走了没多远就开始一瘸一拐地显出脚疼的样子。不一会儿她就站住并叫了一辆路过的四轮马车。我设法靠近她，想听清她报的地名，不过我根本不用操这份心，因为她报地名的声音响得在街对面也听得清：'到宏兹迪池区邓肯街13号。'我心想，看来她真的是住在那儿了。看清她坐进马车以后，我纵身跳上车厢后背。这是每个侦探必须练就的技能。于是，马车一路疾驶而去，直到邓肯街才放慢速度。车子将近到宅门跟前时，我就跳下车来，懒洋洋地在街上往前走去。我看见马车停了下来，车夫跳下车，打开车门等在旁边，可是没人下车。我过去一看，车夫还在空车里发疯似的摸索

名师批注

‖阅读看点‖

　　通过时间的变化，房中人物的动作，写出了华生等待中的焦急。

‖阅读看点‖

　　福尔摩斯并不是一个受情绪左右的人，偶然的失败也没能打消他探案的决心。

名师批注

着，骂爹骂娘，怨天怨地，世上的脏话全倒出来了。可哪有什么人影儿，看来今天拿车钱没指望了。我们去13号一问，才知道那儿住的是位规矩的裱糊工，名叫凯斯维克。从来没听说这一带住着什么索耶或丹尼斯的人。"

"你的意思是说，"我惊得大声问，"那个走路晃晃悠悠、有气无力的老太婆，在马车行驶的途中瞒过你和车夫的眼睛，跳车跑了？"

"该死的老太婆！"福尔摩斯厉声说道，"我们才是老太婆呢，竟受了人家的骗。他一定是一个年轻小伙，而且还是一个活泼的小伙。此外，他还是一个了不起的演员，演得活灵活现。显然，他知道有人跟踪。因此，他乘我不备溜之大吉，无疑他用的就是这一招。这说明，我们要抓住的那个人绝不是我所想象的单独的一个人，他有许多愿意为他冒险的同伴。喂，医生，看样子你累坏了，听我的劝告，上床睡觉去吧。"

我的确感到非常困乏，所以，我就听从他的话回房睡了。但我仍然感到，他还坐在微微燃烧的火炉前，他这样坐了好长时间，我还听到他那低沉而又令人伤感的琴声，我明白，他还在反复思考着他要着手揭开的那个不可思议的谜团。

阅读看点

通过华生的观察写出了福尔摩斯办案的执着和决心。

阅读理解

正所谓"道高一尺，魔高一丈"，福尔摩斯尽管有着超凡的推理和观察能力，在这次广告寻物启事中招来的人却让福尔摩斯扑了个空。这让读者读来更觉真实，毕竟福尔摩斯也是凡人，他只是比常人更善于观察和积累罢了。

写作借鉴

在这一章里没有直接叙述事件，而是采用了福尔摩斯转述、华生倾听的方式把整个过程描述了出来。既叙述了事件，又展示了华生与福尔摩斯倾听与被倾听者之间的默契。

回味思考

1. 广告招来了怎样的不速之客？

2. 福尔摩斯最后成功跟踪到这个不速之客了吗？

第六章 托拜厄斯·格雷格森一试身手 [精读]

导语

第二天各报竞相登载"布利克斯顿奇案",有的报纸还发了社论。这些报道让福尔摩斯觉得十分荒唐可笑。昨晚的失败并没有让福尔摩斯泄气,他心中有了更好的破案方法。

名师批注

‖阅读看点‖

由此可以看出华生对此案的重视,对侦破工作从当初的好奇渐渐形成了职业。

第二天各报竞相登载"布利克斯顿奇案"——这是他们对这个案子的叫法。每家报纸都连篇累牍做了详细报道,有的报纸还配发了专评。其中提到的有些情况,是我原先不知道的。我的剪贴本里至今还保留着许多有关这件案子的剪报和摘录。以下是经过整理的部分内容:

《每日电讯》报道:

在犯罪的记载中比这更为离奇的案件极为少见。受害人是德国姓名,查无任何动机。墙上留有邪恶的题词,这一切说明此案属一群政治流亡者和革命党人所为。在美国,社会党有很多的流派,死者无疑是触犯了他们不成文的法规,才被追踪到此而惨遭杀害。文章列举了秘密法庭案、矿泉案、意大利烧炭党案、达尔文学说家、马尔萨斯原理案、布列威利侯爵夫人案和雷特克利夫公路谋杀案,在结尾部分向政府进言,主张今后严密监视侨居英国的外国人。

《旗帜报》评论:

这种无法无天的暴行,通常是在自由党执政下发生的。民心的动荡和当局权力的削弱是发生这些暴行的原因。死者是一位美国的绅士,生前在伦敦居住了几个星期了,曾在坎伯韦尔区托基里查彭蒂尔太太的供膳寄宿处住过。他是在他的私人秘书约瑟夫·斯坦格森的陪同下来英国旅行的。两人于本月四日星期二告别女房东后赶往德尤斯顿车站,公开声称要乘快车前往利物浦。曾有人在站台看到他们,但此后就没人见过他俩,直至德雷伯先生,有如报道所载,在距尤斯顿数英里外布利克斯顿街的一幢空宅里被发现。他是怎样去那儿的,又是怎样在那儿遇害的,至今仍是不解之谜。斯坦格森现今下落不明。所幸的是,我们获悉苏格兰场的莱斯特雷德先生和格雷格森先生联袂负责此案,相信两位著名警探定能迅速侦破此案。

《每日新闻》评述:

毫无疑问,这是一起政治性犯罪。由于欧洲大陆各国政府对专制主义及自由主义的憎恨,促使他们把许多人驱赶至我国土地上来,如果不是因为追究这些人的既往行为而使他们变得无望的话,他们原本是可以成为良好公民的。在这些被驱赶的人士之中,有一条严格的、礼仪上的法规,任何违者必予处死。目前的当务之急是竭力找到死者之秘书斯坦格森先生,以查明死者生前某些特别之习性。由于死者生前膳宿之住址业已查清,使此案之侦破向前迈进一大步——此成果应归功于苏格兰场机敏而干练之警官格雷格森先生。

吃早饭时歇洛克·福尔摩斯和我一起读了这些报

‖阅读看点‖
通过报纸把案件的几个重点表达了出来。

‖阅读看点‖
说明这条信息是格雷格森调查出来的。

名师批注

道，他认为这些报道十分荒唐可笑。

"我不是早就说过吗，不论什么情况，功劳全归到莱斯特雷德和格雷格森的账上……"

"那也要看结果如何。"

"哦，得了。这跟结果毫无关系。那人一旦捉拿归案，自然是他们两人努力的结果；如果那人漏网了，也会说他俩已全力以赴，尽心尽职了。正所谓两头不吃亏。不管他们干什么，总有人为之捧场喝彩。常言道：'笨蛋自有更大的笨蛋为他叫好。'"

我们正说着，门厅里和楼梯上传来一阵阵杂乱的脚步声，夹杂着女房东的抱怨声。"到底是怎么回事呀？"我问道。

"这是侦缉队贝克大街分队，"我的朋友严肃地说道。这时，六个脏兮兮、衣衫褴褛的流浪儿冲进屋里来。

"立正！"福尔摩斯大声喊道，<u>这六个小流氓立刻站成一排，看上去就像六个难看的小泥人</u>。"以后你们就让维金斯一个人上来报告，其余的人在街上等着。维金斯，你们找到了那东西了吗？"

"没有，先生，我们还没找到他。"其中一个孩子说道。

"我没指望你们这就能找到，但你们必须继续找，直到找到为止。这是你们的工资。"他发给他们每人一个先令，"现在，你们走吧，下回带点好消息来。"

<u>他挥了挥手，这群孩子就像一群耗子似的蹿下楼去，不一会儿就从街上传来了他们的尖叫声</u>。

"这些小家伙——干侦察的成果，比一打警方人士工作的成果还要大。"福尔摩斯说，"只要官方人士一插手，谁都会避而不谈。可是，这些小家伙哪儿都能钻，

‖ **写作看点** ‖

用"小泥人"描写了贝克大街分队的六个孩子，形象生动，给人以直观的印象。

‖ **阅读看点** ‖

"耗子"这一比喻和"尖叫声"说明了他们的无组织无纪律，也写出了他们拿到钱的兴奋。

什么都可以打听得到。他们十分机灵，就像针尖一样，无孔不入。他们就是缺乏良好的管理。"

"你是为布利克斯顿的这件案子才雇了他们的吧？"我问。

"正是。有一点我必须弄明白，迟早要弄明白的。好哇！这下咱们可要听到新闻啦！格雷格森在下边街上，向咱们这边过来了，瞧他满脸得意劲儿。瞧，他站住了，是他。"

门铃被拉得震天响。不一会儿这位长着一头漂亮头发的侦探上楼来了。他一步三跳地上楼来，直往我们房间闯。

"亲爱的朋友，"他紧握福尔摩斯的手，没注意对方反应很冷淡，高声说，"快恭喜我吧！案子到底水落石出了！"

可我发现朋友那富有表情的脸却布满愁云。

"你是说你搞对头了？"他问道。

"搞对头了！当然，先生，我们把凶手抓到了。"

"他叫什么名字？"

"亚瑟·查珀蒂尔，皇家海军中尉。"格雷格森大声说道，一边搓着他那双肥厚的手，一边挺起了胸脯。

福尔摩斯这才松了一口气，宽慰地微微一笑。

"请坐，抽支雪茄烟吧，"他说道，"我们很想知道你们是怎么破的案。喝点加水威士忌怎么样？"

"我想不妨来一点。"这位侦探回答说，"这两天我竭尽全力，真是弄得筋疲力尽。您知道，尽管体力上消耗并不大，可是心理上承受的压力很大。您对此是能够体会的，歇洛克·福尔摩斯先生，因为我们都是从事脑力劳动的。"

"您这么说我太不敢当了。"福尔摩斯一本正经地

名师批注

‖写作看点‖

"针尖"这一比喻写出了这群孩子的优势，也说明了他们明显的缺陷：缺乏良好的管理。

‖阅读看点‖

听到有人比他捷足先登抓到凶手，福尔摩斯很失落，但听到落网者姓名后他断定真正的凶手并未落网。

名师批注

‖阅读看点‖

从"沾沾自喜地吸雪茄"到"乐不可支地拍腿",再到"笑得透不过气",表现了格雷格森自认为抓到凶手的得意劲。

‖阅读看点‖

格雷格森对于有人也发现了他发现的线索感到失落。

说,"让我们听听您是怎么取得这个令人高兴的收获的。"

这位侦探在扶手椅上坐定,沾沾自喜地吸了口雪茄,而后突然乐不可支地在大腿上猛地一拍。

"真是可笑,"他大声说,"莱斯特雷德这个傻瓜,他自命不凡,但他完全错了。他一直在找那个秘书斯坦格森,其实,这个人就像个未出世的婴儿一样,和这个案子毫无关系。我敢说,现在他大概已经抓到这个家伙了。"

这种想法使格雷格森感到十分高兴,他哈哈大笑起来,简直笑得透不过气来。

"那么,你是怎么得到线索的呢?"

"好哩。我这就一五一十全告诉你。当然啰,华生医生,这可是绝对秘密。你知我知就好了。我们碰到的第一个难题就是查明那些个美国人的底,有些人可能要等到看了广告后才来报告,或是等当事人站出来自愿提供有关情况。那可不是格雷格森的工作方法。你还记得死者身旁的那顶帽子吗?"

"记得,"福尔摩斯说道,"是从坎伯韦尔路229号安德伍德父子帽店买的。"

格雷格森看上去垂头丧气。

"我不知道你也注意到了那顶帽子。"他说,"你去过那家帽店吗?"

"没有。"

"哈!"格雷格森喊道,听上去像是松了一口气。"有些细节,不管它看上去多么微不足道,你都不能忽略过去。"

"大人物心中无小事。"福尔摩斯像引用什么至理名言似的说道。

"好，于是我就找到安德伍德，问他是否曾卖过一顶和这种尺寸大小、式样相同的帽子。他查了一下他的售货簿，立刻就查到了，这顶帽子是他送到托尔奎特拉斯的查珀蒂尔小客栈的一位房客德雷伯先生那儿的。于是，我就弄到了他的地址。"

"妙——妙极了！"歇洛克·福尔摩斯喃喃道。

"接着我就找查珀蒂尔太太，"侦探接着说，"我发现她脸色苍白，掉了魂似的。她女儿也在屋里。她可真是个俊俏的妞儿。我跟她说话的时候，她眼圈红红的，嘴唇直哆嗦。这些自然逃不过我的眼睛。我觉得其中必有奥妙。歇洛克·福尔摩斯先生，你是有体会的，当你发现正确的线索，会是什么滋味——只觉得浑身每根神经高兴得全蹦起来了。'你听到自己的房客克利夫兰市的德雷伯先生被害的消息吗？'"

"老太太点了点头，她差不多连话也说不上来了。她女儿泪珠直往下淌。<u>这下我明白了：这几个人对这案子是心里有数的。</u>"

"德雷伯先生几点钟离开你们的住宅去火车站的？'我问道。

"'八点钟，'她说道，不停地咽唾沫，压抑住激动不安的情绪，'他的秘书斯坦格森说有两班去利物浦的火车，一班是九点十五，另一班是十一点。他们赶的是头班火车。'"

"'这是你们最后一次见面吗？'在我提出这个问题时，这个女人的脸色突变，一脸的青灰色。过了一会儿，她才说出一个词'是'，而且声音沙哑，语调做作。一阵沉默过后，那女儿以平静、清晰的声音开口说道：'说谎是不会有好处的，妈妈。我们还是对这位先生说实话吧。我们后来确实又见过德雷伯先生。''愿上帝保

名师批注

‖阅读看点‖

尽管从一开始福尔摩斯就很轻视格雷格森，但是对于他能抓住细节找到线索也非常赞赏。

‖阅读看点‖

通过格雷格森的直觉说明此案的蹊跷之处。

名师批注

‖阅读看点‖

"双手向上伸""叫起来""倒到她椅子上"都表明查珀蒂尔太太的心理崩溃，本案还有隐情。

‖阅读看点‖

查珀蒂尔太太让女儿出去，说明有些事与她女儿有关又不方便让她听见。

佑你！'查珀蒂尔太太双手向上一伸叫起来，然后就倒到她的椅子上了，'你可把你哥哥毁了。''亚瑟肯定也是愿意我们说实话的。'这姑娘很坚定地回答道。'现在，你们最好还是把一切都对我说了。'我说，'你们这样吞吞吐吐、一星半点的，还不如不说的好。再说，我们到底掌握了多少情况，你们还不知道呢。''你要倒霉的，爱丽丝！'她妈妈说罢转身对我说，'我全说出来，先生。你别以为一提起我儿子那么激动，就认为我儿子跟这件可怕的事有牵连。我敢保证，他完全是清白无辜的。没这种事儿。他人品好，又有个好职业。他一向规规矩矩，哪会干这事？''你最好还是全端出来，弄它个一清二楚。'我说，'相信我好了，要是你儿子真的清清白白，他不会有罪的。''爱丽斯，你最好出去一下，让我们两个人谈吧。'于是她女儿走了出去。'喂，先生，'她接着说，'我本来不想把这一切告诉你的，可是我女儿已经说出口了，我别无选择。既然决定讲，我就把一切全告诉你。''这才是明智的呢。'我说。'德雷伯先生在我们这儿住了差不多三个星期。他和他的秘书斯坦格森先生是来欧洲旅行的。我注意到他们的箱子上都贴有哥本哈根的旅行标签，知道他们刚从那儿来伦敦。斯坦格森是个安静、矜持的人，可是他的东家，恕我直言，跟他全然不同。这个人生性放浪，举止粗俗。刚到的那个晚上他就喝得烂醉，直到第二天中午过后还没能完全清醒。他对女仆的态度随便到了放肆的地步。更糟的是，他很快就对我女儿爱丽丝也是这副德性，不止一次地对她说些不堪入耳的混话，幸亏天真的爱丽丝还不懂它们的意思。有一回，他居然抓住她的手，把她抱住——他这么胡作非为，连他自己的秘书都骂他不是东西。''既然如此，你干吗还要忍受这一切呢？'我问。

'我想，只要你愿意，你完全可以把他赶走。'经我这么一问，查珀蒂尔太太不觉臊得满脸通红。'要是他刚来的那一天，我拒绝他就好了。'她说。'但后来，我受到了很大的诱惑。他们每人每天付我一镑，一周就是十四镑，现在又是个淡季。我是个寡妇，我在海军服务的儿子也得花我不少的钱。我舍不得失去这笔收入。我是图这点好处才容忍下来的。可是最近这一次，他做得太过分，太不像话了，凭这个理由我把他撵走了。这就是他们离开这里的原因。''唉，后来呢？''我见他坐车走了。这才放下心来。我儿子这时正在家休假。我没敢把这事告诉他，因为他是个急性子，对妹妹疼得不得了。他们这一走我关上门，心头一块石头才算落了地。老天爷，想不到才出两个钟点，门铃响了，德雷伯又回来了。当时他醉了，显得很兴奋。一看就知道他醉了。他一头闯进来。当时我和女儿正在房里坐着。他前言不搭后语胡说了一通，说是赶不上火车。后来又和女儿搭腔，当着我的面要跟她私奔。'你已经是大人了，'他说，'法律管不了你。我有的是钱够你花的。别理会这老寡妇，干脆跟我远走高飞吧。你会过上公主一般的日子的。'可怜的爱丽丝躲着他，可他抓住她的手硬往门外拉。我大喊大叫起来。就在这节骨眼上我儿子亚瑟回来了。当时发生的事我就不知道了——我只听见叫骂声和混乱的扭打声，吓得不敢抬头看。当我再抬起头时，只见亚瑟站在门口大笑，手里拿着一根木棍。'我想，这个好朋友再也不会来麻烦我们了，'他说道，'让我跟在他后面，看看他干些什么。'说完这些话，他拿起帽子跑到大街上。第二天早晨，我们就听到德雷伯先生被神秘地杀害了。'这些话都是查珀蒂尔太太亲口说的，不过她当时说说停停，不时还要喘气。有时候她的声音

名师批注

‖阅读看点‖

此处交代了德雷伯准备坐火车离开的原因，照应了上文。

‖阅读看点‖

在儿子的驱赶下，风流成性的德雷伯再次被赶走。

‖阅读看点‖

说明查珀蒂尔太太在讲述这件事时仍然很激动。

名师批注

阅读看点

福尔摩斯说着违心的夸奖话，做着乏味的动作，又不想放过事情的细节。

阅读看点

此处格雷格森对案件做了想当然的推测。

低得我差点听不出来。不过，她说的每句话，我都速记了下来，所以绝对没有弄错的可能。"

"非常精彩。"歇洛克·福尔摩斯说着，打了个哈欠，"后来怎么样呢？"

"当查珀蒂尔太太停下来的时候，"这个侦探继续说道，"我看出了整个案子的关键。于是，我就以我惯用的、对待妇女行之有效的目光盯着她，问她，她的儿子是什么时候回来的。'我不知道，'她回答说。'不知道？''不知道，他有一把前门的钥匙，他自己可以开门进来。''后来你睡觉了？''是的。''你什么时候睡的？''约莫十一点钟。''如此说来你儿子出去至少有两个钟头了？''是的。''也许是四个或五个吧？''是的。''这段时间他都在干什么？''我不知道。'她答道，嘴唇都白了。当然，在这之后，别的事就不必做了。我查到查珀蒂尔中尉的住址，带了两名警官把他逮捕了。当我拍拍他的肩膀，警示他不声不响跟我们走一趟时，他竟无耻地回答：'我想你们抓我是因为我和那个坏蛋德雷伯的被害有关吧？'我们并没有问他关于凶杀案的事，他却主动说出来了，这就是最令人怀疑的地方。"

"确实如此。"福尔摩斯说道。

"他身边还带着那根沉甸甸的木棒，他母亲说过他就是提着这根木棒去追德雷伯的。这是根挺粗的橡木棒。"

"那么，您的结论如何呢？"

"哦，我看哪，他追德雷伯一直追到布利克斯顿路。在那儿，他们俩又争斗起来，这时，德雷伯狠狠地挨了他一棒，这一棒也许正打在心窝上，所以，他被打死而又没留下任何痕迹。当夜下着大雨，四周又没什么人。于是，查珀蒂尔就把被害人的尸体拖到那间空屋子里了，至于什么蜡烛啦，血迹啦，以及墙上的字迹和戒指等等，不过都是他耍的花招罢了。那是想把警察引到错道上来。"

"干得好，格雷格森，"福尔摩斯以一种激励的口吻说道，"真的，格雷格森，你真有长进。我们愿你获得成功、大有作为。"

"我自认为是尽心尽职的，办得也算利落。"侦探不无自豪地说，"再说那小伙子也招认了，说他追了德雷伯一阵，对方发现有人追，便坐上马车溜了。回家的路上正遇上船上的老同事，跟他走了好久。问那同事住在哪儿，他提不出令人满意的回答。我认为整个案件前后情节非常吻合。莱斯特雷德居然误入歧途，真好笑。看来他准两手空空回来。哟，说到他，他就来了！"

来人果然是莱斯特雷德。我们正在谈话时，他已经上楼梯了，现在已经进了屋。往日，他的举止和衣着一般能说明他的自信和得意，现在都不见了。他神色不定，满面愁容，连衣服也凌乱不整。显然，他到这里来是有意求教于福尔摩斯的。因为他看见他的同事在，就显得不安和为难起来。他站在房间中间，两手不停地摆弄着帽子，不知如何是好。"这确实是一宗极不寻常的案子，"他终于开口说话，"是一宗最不可思议的案子。"

"哈，您这么想吗，莱斯特雷德先生！"格雷格森得意扬扬地喊道，"我料到您会得出这个结论的。您设法找到那个秘书约瑟夫·斯坦格森先生了吗？"

"那个秘书约瑟夫·斯坦格森先生，"莱斯特雷德表情严肃地说，"今天早晨六点钟左右在哈利迪私人旅馆被人杀死了。"

名师批注

‖阅读看点‖

此句含有极强的讽刺意味，而格雷格森却以为是赞叹之语。

‖阅读看点‖

通过莱斯特雷德不寻常的发现再次说明此案非常离奇。

阅读理解

各个报纸对本案可笑的评论，不仅使福尔摩斯觉得荒唐可笑，读者读来也会觉得可笑。在赞叹媒体的夸张和想象的同时，又吸引读者继续读下去的兴趣。在本章里，格雷格森自认为抓住了凶手，并得意地向福尔摩斯和华生讲述了他的抓捕过程。

写作借鉴

本章仍是以对话和转述为主，推动情节的发展和案件的深入，而这次福尔摩斯成为一个旁观者，在一旁静听，从中发现重要线索。

回味思考

1. 各家报纸都是怎么评论这起案件的？

2. 流浪儿为什么会来到福尔摩斯的住所？

3. 格雷格森警探发现了什么？

第七章　黑暗中的一线光明 [精读]

导语

又一位案件的重要人物在私人旅馆被人暗杀了,当莱斯特雷德带来这个消息时,在场的人感到非常意外,也让福尔摩斯深感案件的棘手。这到底是怎么一回事呢?

莱斯特雷德带来的这一消息如此重要,它完全出乎我们意料之外,使我们三人都感到十分震惊。格雷格森从椅子上跳了起来,竟把桌上剩余的威士忌酒和水都弄翻了。我默默地注视着歇洛克·福尔摩斯,他紧闭双唇,皱着眉头。

"斯坦格森也死了!"他喃喃自语,"这一下案情就更复杂了。"

"它本来就够复杂的了,"莱斯特雷德嘟囔着,一面拉过一把椅子,"我简直像闯进了一个什么军事讨论会似的摸不着头脑了。"

格雷格森问莱斯特雷德:"你这消息可靠吗?"

"我就是从他房间来的。"莱斯特雷德答,"是我第一个发现的。"

"我们刚才在听格雷格森谈他对这案子的看法,"福尔摩斯说,"那么你能不能也谈谈自己干了些什么,听到了什么?"

名师批注

‖ 写作看点 ‖

把场面的混乱比喻为"军事讨论会",使表达更加生动形象。

名师批注

‖阅读看点‖

同样骄傲的警探竟然都承认自己跟错了对象，足见本案的复杂性。

"当然愿意从命。"莱斯特雷德一边回答，一边在椅子上坐定，"我坦率地承认，我始终认为斯坦格森是跟德雷伯的死有牵连的。<u>案情的这一新进展，证明我的判断全然错了</u>。当初我认定那个想法以后，就着手寻找那个秘书的下落。三号晚上八点半左右，有人在尤斯顿车站见过他们。德雷伯的尸体是凌晨两点在布利克斯顿街发现的。摆在我面前的问题，就是查明八点半到案发这段时间里斯坦格森在做什么，还有后来他情况如何。我给利物浦警方发了电报，描述了他的体貌特征，并通知他们密切注意驶往美国的船只。接着我开始查访尤斯顿车站一带的所有旅馆和公寓。你们知道的，我曾争辩说，如果德雷伯和他的伙伴分手了，一般来说，斯坦格森肯定会在车站附近找个地方住下来，第二天早晨他才会到车站去。"

"他们很可能事先商定了见面的地点。"福尔摩斯说道。

"事实证明确实如此。昨晚我花了整整一个晚上去打听他的下落，但毫无结果。今天早上，我很早又开始查找他，八点钟我到小乔治街的哈利迪人旅馆。我问他们，是否有位叫斯坦格森的先生住在这儿，他们立刻回答说是有这么一位先生。

‖阅读看点‖

很明显斯坦格森等的人应是德雷伯。

"'无疑，您就是他正等待的那位先生了。'他们说，'他等一位先生已经等了两天了。'

"'现在他在哪儿？'我问。

"'他还在楼上睡觉，他吩咐我们九点钟叫他。'

"'我马上要见他。'我说。

"我本来以为可以这样。出其不意来给他个猝不及防，也许他在慌乱中会讲出点什么来。一位擦鞋的小厮自告奋勇领我去他的房间。他的房间在三楼。有一条小小走廊直通。小厮为我指明了房间后正转身下楼的时候，我发现一个情况，使我这个办案二十年的侦探忍不住几乎要呕吐出来。从门下流出一条弯弯曲曲的血迹，一直流到过道，在对门墙脚下汇成个小血洼。我失声一叫，小厮听到了，转身过来。他一见这情景，差点没晕过去。门是锁着的。我们用肩膀撞开了门。室内的窗子开着。窗下躺着个男子，身穿睡衣，蜷成一团，死了。死了好一会儿了，因为四肢冰冷僵硬。我们把尸体翻过来。小厮认出他就是那位先生。他是以斯坦格森的名字住进来的。他的身体左侧被深深刺了一刀，因而致死。一定是刺中心脏。还有一件事肯定是这案子最离奇的部分，你们猜猜，死者身上有什么？"

我只觉得浑身毛骨悚然，还没等歇洛克·福尔摩斯开口，就已经预感到了恐怖的降临。

"用血字写的 RACHE。"福尔摩斯说。

"正是这个词。"莱斯特雷德说，话音中带着畏惧。一时间，我们都无话可说。

这个不知名的暗杀者干得是那样有条不紊，而且令人不可思议，因此他的罪行更使人觉得可怕。我的神经，虽然在战场上也算够坚强的，但一想到这个情景，也在刺痛着呢。

"有人见到过这个男人，"莱斯特雷德继续说道，"一个送牛奶的孩子在去牛奶房的时候，偶然经过一条小巷，这条小巷是通往旅馆后面的马车房的。他看到平时放在地上的那个梯子，靠三楼的一个窗口竖着，那个窗子开着。他走过那里时还回头看了看，他看到一个男人从梯子上下来。这个人下来时从从容容、坦坦荡荡的，以致这个孩子以为他是这个旅馆里的某个木匠，或者是个干活的细木工人哩。所以，这个孩子并没太注意

|| 名师批注 ||

|| 写作看点 ||

从侧面写出了命案现场的恶心恐怖气氛。

|| 阅读看点 ||

此处说明凶手有着超强的心理素质和作案经验。

名师批注

‖阅读看点‖

再次证明福尔摩斯对凶手的相貌推测是完全正确的。

他,他心里只不过觉得他这个时候就来上工未免早了点。对这个人,他还有点印象,是个高个儿,红红的脸,穿着一件褐色的长外衣。他作案后很可能还在这间屋里待了一小会儿,因为我发现洗脸盆的水里有血,那可能是他洗手弄的,此外,床单上也有血迹,可见他还不慌不忙地擦过他的刀。"

我一听他描述的凶手与福尔摩斯猜想的完全一致,禁不住看了福尔摩斯一眼,可是他的脸上丝毫没有流露出得意的神色。

"你有没有发现房内有关凶手的线索?"福尔摩斯问。

"没有。斯坦格森的口袋内有德雷伯的钱包。这很正常,因为他就是管开支的。钱包里有八十镑现金,分文不少。且不管这件非同寻常案子的作案动机是什么,反正不是为钱财。被害者的口袋里有封电报,是一个月前从克利夫兰打来的。内容是:J.H现在欧洲,没有署名。此外没有别的文件或记事本。"

"再没有别的东西了?"福尔摩斯问。

"没什么重要的东西了。死者在临睡前看的小说摆在床上,他的烟斗在他身旁的一张椅子上。桌子上放着一杯水,窗台上有一个木质的小药盒,里面有两颗药丸。"

歇洛克·福尔摩斯高兴地喊了一声,整个人从椅子上弹了起来。

"这是最后一个环节了,"他高兴地大声说道,"我的推论现在完整了。"

这两位侦探惊奇地盯着他。

"我现在掌握了构成这个谜团的所有线索了。"我的朋友说道,"当然,有些细节还要加以补充。但是,从

‖阅读看点‖

福尔摩斯终于掌握了整个案件,对案件的执着使他异常兴奋。

德雷伯和斯坦格森在火车站分手，到斯坦格森的尸体被发现，这期间的所有情节我都很清楚，就像我亲眼所见。对于我的这一见解，我一定会提出充分的证据来。你能弄到那两粒药丸吗？"

"带来了，"莱斯特雷德回答道，同时拿出一个白色的盒子，"我带着这两颗药丸，还有钱包和电文，本打算把它们放到警察局的一个安全的地方的。我拿这两颗药纯属偶然，我得说明这一点，我并没把它看得有多么重要。"

"请把它递给我吧，"福尔摩斯说。"喏，医生，"他转过来对我说，"这是普通的药吗？"

这些药丸确实非同一般，呈珍珠灰色，小小的，圆圆的，对着亮光看差不多是透明的。"那么轻，又是透明的，凭着这两点看可溶于水。"

"说的是，"福尔摩斯说，"麻烦你下楼一趟，把那条可怜的小狗抱上来。那小狗生病好久了。昨天房东太太说要弄死它，免得活受罪。"

我下楼抱回狗。那狗喘着粗气，目光呆滞，活不了多久了。它那惨白的口鼻表明，它正该寿终正寝。我把狗放到地毯上的一个垫子上。

"我现在把其中的一颗药丸切开来，"福尔摩斯一边说，一边用小刀把药丸切成两半，"半颗我放回盒子里，留在以后派用场。另外半颗我就放进这个酒杯里，里面有一茶匙的水。你们都瞧见了，我的朋友华生医生说得没错，它真的溶化在水里了。"

"这可能很有意思，"莱斯特雷德说道，语调中带着生气的味道，他猜疑福尔摩斯在取笑他，"但我看不出来这与斯坦格森的死又有什么关系。"

"耐心点，我的朋友，耐心点！到时候你就会明白

阅读看点

从此处可以看出福尔摩斯把药丸看得如此重要，莱斯特雷德很不以为意。

阅读看点

显然福尔摩斯和华生都推断这两颗药丸是毒药。

名师批注

写作看点

福尔摩斯的沮丧、失望、焦急与两名侦探的幸灾乐祸作对比，突显了福尔摩斯破案的急切心情。

阅读看点

狗遭电击般死掉了，证实了福尔摩斯推断的正确性，同时也用事实嘲笑了两位侦探。

药丸有很大的关系。现在我再加上牛奶使这种混合液更可口，然后把它放在狗的面前，狗会很快把它一舔而光。"

说着，他就把酒杯里的液体倒在一个盘子里，再把它放在这条狗的面前，不出所料，这条狗很快就把它舔得一干二净。福尔摩斯如此认真的态度已令我们信服，我们都静静地坐在那儿，目不转睛地盯着这条狗，期待它有某种惊人的反应。但我们什么反应也没看到，它仍伸展四肢地躺在垫子上苟延残喘，看来那半粒药丸对它既没好处，也没什么坏处。

福尔摩斯掏出怀表来看，时间一分分过去，并无结果，他的脸上露出极度沮丧和失望。他咬着嘴唇，手指敲着桌子，显得十分焦急，叫人看了替他难过。两名侦探却在一旁幸灾乐祸，似乎笑他不该做这样的实验。

"不可能。"他说罢从椅子上跳起来，激动地在房内走来走去，"说是巧合吗？不可能。在德雷伯的案子里我怀疑有毒药，斯坦格森死后又发现两颗药丸。这说明什么呢？事实上我的一系列推论不可能有任何漏洞。不可能！但这可怜的狗还是好端端的。啊，明白了，我明白了！"他高兴得尖叫起来，奔到桌前，把另一片药一分为二，溶化开来，掺入牛奶，递给狗。这不幸的畜生舌头刚沾湿，四肢便抽搐起来，接着像遭电击一般，直挺挺地僵死了。

歇洛克·福尔摩斯长长地吁出一口气，拭去额头的汗珠。"我应该坚信不疑才对。"他说，"到现在我应该知道，如果有个事实看上去跟整个一系列推理不相符合，那就表明它必定会有另外一种解释。盒子里的两颗药丸，一颗是剧毒的，另一颗却是没毒的。其实我本来在见到这只盒子以前就应该料到这一点了。"

他最后说的话在我看来太令人吃惊了，使得我很难相信他的神志是清醒的。但眼前的死狗证明，他的推断是正确的。我似乎觉得，我心中的疑团渐渐地消失，我开始对案子的真相有了些模糊不清的感性认识。

"这一切对你们来说很奇怪，"福尔摩斯接着说，"因为你们一开始就没有领悟到摆在你们面前的唯一线索的重要性。我有幸抓住了这一线索，自那以后发生的一切都足以用来证实我原来的推测，而这的确是必然的逻辑。因此，那些让你们感到困惑不解以及你们认为使案情更复杂化的情节反给了我启发，并加强了我的推断，使它更有效。把奇特和神秘性混为一谈是错误的。一些最普通、最平淡无奇的案件才最具神秘性，因为它平淡无奇，没什么特别的征兆可作为你推论的依据。如果这个受害者的尸体只不过是在马路上被发现的，既没有过头的、越出常规的情节，也没有轰动一时、足以能引起人们注意的事件发生，那么，要侦破这类案子就困难得多了。所以说，有些奇特的细节不仅没有增加破案的困难，实际上反而减轻了破案的难度。"

格雷格森先生听了这番议论，显得非常不耐烦，他再也按捺不住，说："你看，福尔摩斯先生，我们承认你是十分有能耐的人，自有一套破案方法。可是我们需要的不是高谈阔论和一味说教，重要的是抓住凶手。我已经把自己做过的事都端出来了。看来我是错了，年轻的查珀蒂尔不可能与第二件凶杀案有牵连。莱斯特雷德跟踪自己的目标斯坦格森，结果他也错了。你东一棒，西一锤，又似乎比我们掌握的情况更多。现在该是时候了，我们有权请你亮亮自己的底牌，看到底对这案件了解了多少。能不能把凶手的名字说一说？"

"我得说，先生，我也认为格雷格森是对的。"莱斯

‖阅读看点‖
事实证明福尔摩斯的推断正确后，福尔摩斯恢复了以往的自信。

‖阅读看点‖
往日针锋相对的两个同行此刻达成一致，矛头都指向了福尔摩斯。

名师批注

‖阅读看点‖
此处与下文的表述几乎完全一致，这种重复表明了福尔摩斯思考的艰难，对于能否抓住罪犯没有十足的把握。

‖阅读看点‖
福尔摩斯在此既说明了凶手的狡猾强悍，又嘲笑了两个自以为是的侦探。

‖阅读看点‖
生动形象地描写了两名受到轻视和嘲弄的侦探。

特雷德说，"我们两个都做了努力，然而都失败了。打从我走进这个房间以来，您不止一次地提到过，您已经掌握了您所需要的所有证据。想必您不会再瞒着不告诉我们了吧？"

"得把凶手抓住才是，"我说，"再拖延下去，他又会趁机再次作案。"我们这样一逼，福尔摩斯反而表现出迟疑不决的样子。他不停地在屋里走来走去，头垂在胸口上，双眉紧皱——他沉思的时候总是这样的。

"再也不会有谋杀案了，"最后，他突然停下来对我们说道，"你们放心，这不成问题。你们不是问我是否知道这个凶手的名字吗？我知道，然而，和抓到凶手相比，仅仅知道他的姓名不过是区区小事，算不了什么。我预计，很快我就会逮住他的。我打算亲自来安排这件事，亲自动手。这件事必须考虑得周密而细致，因为我们要对付的是一个非常狡猾而又凶恶的亡命之徒，而且，他还有个帮手，以前的事实已证实了这点，这个帮手和他一样阴险狡猾。"

"只要这个人没有想到有人会找到线索，那就有机会捉住他。但是他一旦稍有怀疑，就要改名换姓，在我们这个四百万人口的大城市里再找到他就难了。我不想伤害你们的自尊心，但是我必须说明，我认为官方的侦探决不是他的对手。所以我没有请你们协助。如果我失败了，当然要承担应负的责任，怪自己不求助于你们，但是我准备承担这个责任。我保证：到了不危及我全盘计划的时候，我会与你们联系的。我说到做到。"

格雷格森和莱斯特雷德听到福尔摩斯的这一保证，或者说对他小看警探的这一暗示，感到极为不满。格雷格森满脸涨得通红，一直红到脖子根上；莱斯特雷德那双小眼睛里，闪着好奇而又愤然的目光。可是还

74

没等他俩来得及开口,就听见有人在敲门,来人是那个街头小混混的头儿——微不足道、浑身异味的维金斯。

"先生,请,"他举手碰了下前额说,"马车已经叫好,等在楼下。"

"好孩子,"福尔摩斯和蔼地说,"你们苏格兰场为什么不使用这种款式的手铐呢?"他一边说着,一边从抽屉里拿出一副钢手铐来,"请看,锁簧多好使啊,一碰就扣上了。"

"这老款式的手铐确实够好使的,"莱斯特雷德说,"只要我们能找到给他上手铐的人。"

"很好,很好,"福尔摩斯微笑着说,"马车夫可以帮我抬箱子,维金斯,去叫他上来吧。"

我朋友的这番话让我吃了一惊,照他这么说,好像他早已打算做这次旅行,但他一直没对我提过此事。房间里有一个小皮箱,他把它拉出来。他正忙着干这件事时,马车夫已走了进来。

"车夫,请帮我扣好这条皮带扣。"福尔摩斯跪着干这件事,头也不回地说。

车夫生着闷气,老大不情愿地走上前,正伸手帮忙,说时迟,那时快,只听手铐咔嚓一声,歇洛克·福尔摩斯站了起来。

"先生们,"他两眼炯炯有神,大声道,"请允许我向各位介绍杰斐逊·霍普先生,是他谋害了伊诺克·德雷伯和约瑟夫·斯坦格森。"

整个事情都是在一瞬间发生的——快得我简直来不及弄明白是怎么回事,但是这一瞬间,福尔摩斯那得意的表情、他那明亮的声音,还有那车夫望着被施了魔法似的铐住他双腕的亮闪闪的手铐时那副惊愕、狂暴的面

名师批注

‖阅读看点‖

福尔摩斯速度之快让我们都没有回过神来,启发我们继续往下读。

名师批注

‖阅读看点‖

正如上文福尔摩斯预料的那样，此人极其不好对付，四人之力才把他制服。

容，我至今历历在目。有那么一两秒钟，我们大概就像几尊塑像那样呆在那儿。然后，只听得那车夫狂吼一声，猛地挣脱福尔摩斯抓住他的双手，一头往窗户撞去。窗玻璃给他撞碎，木头窗框也撞断了，但是就在他纵身往外蹿的当口，格雷格森、莱斯特雷德和福尔摩斯就像三条猎犬似的朝他扑了上去。他被拽了进来，接着就是一场你死我活的搏斗。

这个人凶猛无比，我们四个人一次又一次地被他推开。他好像有一股疯子般的蛮劲，他的脸和手在企图跳窗逃跑时被玻璃割破得很厉害，一直在流血，但是他的抵抗并没有因此减弱下来。直到莱斯特雷德用手卡住他的脖子，使他喘不过气来，他才意识到挣扎无济于事。即使这样，我们还不放心，于是把他的手脚捆了起来。捆好后，我们才站了起来，不住地喘气。

"他的马车在这儿，"歇洛克·福尔摩斯说，"就用他的马车把他送到苏格兰场去吧。现在，先生们，"他愉快地微笑着继续说道，"我们这件小小的神秘案件，总算可以告一段落了。现在，欢迎你们各位向我提出任何问题，我绝对做到：来者不拒，有问必答。"

阅读理解

莱斯特雷德的消息中断了本案的线索，也让福尔摩斯深感本案的棘手，但是在这样不利的环境下，福尔摩斯却看到了一线生机，从对药丸所做的实验中，福尔摩斯弄清了整个案情，并成功地抓获了凶手。整个过程峰回路转，让人不禁拍案叫绝。

写作借鉴

用突如其来的小插曲使善于推理的福尔摩斯也犯难了,更增添了案件的真实性与可信度,福尔摩斯的形象更加完整动人,毕竟他是个人而不是神。

回味思考

1. 对关键人物的突然死亡,福尔摩斯有什么反应?

2. 福尔摩斯最后是怎么抓住凶手的?

第八章　在荒芜的大平原上 [精读]

导语

在北美大陆的中部，有一片荒凉的沙漠地带，这儿远离文明的世界，处处可见兽骨和人骨。一个中年男人和一个小女孩闯入了这片文明的禁地，奄奄一息。

名师批注

‖阅读看点‖

通过几个"有"字反衬出这个地方的凄凉恐怖。

在北美大陆的中部，有一大片干旱、荒凉而又令人厌恶的沙漠。多少年来，它一直是人类文明进步的障碍。从内华达山脉到内布拉斯加州，从北部的黄石河到南部的科罗拉多州，完全是一片荒凉寂静的地区。但在这片可怕的地区，大自然的景色也不尽相同。<u>这里有冰雪覆盖的高山，有阴森幽暗的峡谷，有奔驰在凹凸峡谷中湍急的河流，也有冬天白雪无垠、夏日盐碱地呈一片灰色的广漠荒原。然而，它们共同的特点是几乎寸草不生，渺无人迹，极其凄凉。</u>

在这片无望的土地上，人烟绝迹，只有波尼人和黑足人偶有结队而过，前往别的狩猎地。即使是他们中最坚强最勇敢的人，也渴望赶快走出这片可怕的荒野，早日投身到大草原中去。郊狼出没在矮树丛中，秃鹰在空中缓缓翱翔，还有那蠢笨的灰熊，在阴暗的峡谷中蹒跚走动，向着山岩寻觅食物。这片荒漠除了这些动物，便没有别的居民。天下再也没有其他地方比布兰卡山脉北麓的景象更为凄凉。极目望去，空旷的大平原向四处伸展，尽是片片盐碱的灰地，稀稀落落分布着一丛丛荆棘矮灌木。

地平线尽头，山峦起伏，积雪皑皑，闪现着点点白光。在这片大地上，既没有生命的迹象，也似乎没有任何与生命相关的东西。铁青的天空中不见飞鸟，单调的灰色土地上没有任何动静——总之，绝对的万籁俱静。任凭你使劲地听，在这片广阔荒芜的土地上，无声无息，只有一片寂静，绝对的、令人灰心的寂静。

刚才说这片广阔的荒原没有与生命相关的东西，这话并不十分确切。从布兰卡山脉往下看，就可以看到一条小路，弯弯曲曲穿过荒原，消失在远方天际。这路是车轮碾轧出来的，是无数冒险家双脚踩出来的。这儿，那儿，时而散落的堆堆白森森的东西，在日光下闪闪发亮，在单调盐碱地的衬托下显得分外引人注目。走近细看，原来是一堆白骨！又大又粗的是牛骨，较小较细的是人骨。在绵延一千五百英里旅人必经的路上，随处可见路旁散落着倒毙者的尸骨。

1847年5月4日，一个孤独的旅行者在山上俯视着这片凄凉的景象。从外表来看，他简直就像是这一地带的守护神或精灵。但是，即便是一位极富观察力的人，也很难看出他究竟是四十岁还是已过六十的人。他的面孔清瘦而憔悴，羊皮纸似的棕色皮肤紧紧地包着他那突出的骨头。他长长的褐色发须已经斑白，那双深陷的眼睛，目光茫然而呆滞，他握着来复枪的那只手骨瘦如柴。他站立的时候要靠枪支撑着，可是他那高大的身材和魁伟的身躯足以表明，他曾是一个体格强健、精力充沛的人。但是，他那副憔悴的面容和套在瘦骨伶仃的四肢上的宽松下垂的衣服，使他看上去老朽不堪。显然，

名师批注

‖阅读看点‖
这里细致入微地刻画了荒原上的人骨和兽骨，让人有身临其境的感觉。

‖写作看点‖
从面孔、皮肤、骨头、发额、眼睛、手、身躯、面容、衣服等方面详细地描写了这个奇特人的特别之处。

名师批注

写作看点

通过描写一个"望"的动作刻画了此时这个人的绝望。

阅读看点

包袱中的小女孩是一个可爱、招人喜欢的孩子。

饥寒交迫正使他面临着死亡。

他不顾精疲力竭，顽强地下到沟壑，又翻上这块小丘地，绝望中抱着希望，但愿能发现何处有水源。眼前，所能看到的是一片无边无际的盐碱地和远处连绵的荒山，不见树木的踪影。没有树木，也就根本连水汽都不会有一丝。大地如此广阔，却是一线希望也没有了。

他拼命睁大眼睛，向北边、向东边、向西边急切地瞭望。望下来，他明白了，漂泊的日子已到了尽头，自己就要倒毙在这光秃的山冈之上了。

"死在这儿，就当是二十年后死在鹅绒床上，又怎么样？"他喃喃自语，一边去找一块巨砾阴影处坐下身子。

坐下来之前，他把无用的来复枪放在地上，然后把斜背在右肩上的用灰色围巾包裹的大包袱放下来。看来他已经没有力气再背着它了。当他放下包袱时，包袱着地过重，因此，从灰色包袱里发出了哭声，露出了一张受惊的、有一双明亮的棕色眼睛的脸，伸出来两个有雀斑的小拳头。

"你把我弄痛了。"一个孩子的声音说道，语气中带着埋怨。

"是吗？"那人带着歉意说，"可我不是存心的。"他说着解开灰包袱，里面钻出个约莫五岁的伶俐小女孩。她身穿一双做工精细的小鞋、讲究的粉红色的上衣和麻布小围裙。这一切无不透露出做娘的深切关怀之情。小女孩脸色苍白，没有一点血色。她那双结实的手臂和小腿说明她吃的苦要比自己的同龄人少。

"现在好些了吗？"一看小女孩还在揉着后脑勺蓬乱的金黄卷发，他焦急地问。

"亲亲这儿好吗？"她十分认真地把头上碰痛的地方

指给他，说，"妈妈一向都这样做。妈妈上哪儿去了？"

"妈妈走了，我想你不久会见到她的。"

"什么，她走了吗？"小女孩说，"奇怪，她没说'再见'，过去她到姑妈家去喝茶的时候总要说一声的。可这回她都走了三天了。喂，嘴干得要命是不是？难道这里没有水，也没有吃的东西吗？"

"没有，什么都没有，亲爱的。你得耐心地忍一会儿，然后，一切都会好起来的。把你的头靠在我身上，你会感到舒服点。我的嘴唇也干得像皮子似的，连说话都感到吃力。但是，我想还是把真情对你说了吧。你手里拿的是什么？"

"真好看！多漂亮呀！"小女孩拿起两片亮晶晶的云母，兴冲冲地说，"等我们回家，我要给弟弟鲍勃。"

"不一会儿，你还会看见比这更漂亮的东西。"大人很有信心似的说道，"说什么来着，我是要跟你说——还记得吗，我们打那儿离开的一条河？"

"哦，记得。"

"好吧，我们那时就估计到，不久我们就会去到另一条河。你明白吗？但是，我不知道出了什么差错——是指南针还是地图册呢？或是别的差错，总之那条河没有出现。水喝光了，只剩下一点点留给你这样的孩子们喝。后来——后来——"

"你连脸都没法洗了，"小伙伴认真地打断他的话，抬起头来看着他那肮脏的脸。

"不但没有水洗脸，连喝的水都没有了。后来，本得先生走了，随后走的还有麦克雷戈太太、约翰尼·霍恩斯，还有，亲爱的，你妈妈。"

"这么说我妈也死了。"小女孩用围裙捂着嘴痛哭起来。

名师批注

‖写作看点‖

通过描写像皮子一样的嘴唇，说话都吃力来说明此人已经饥渴不堪，生命垂危。

‖阅读看点‖

在此小女孩的天真可爱给凄惨的境遇增添了些许温暖。

名师批注

"是呀,除了咱俩,全没了。我以为朝这个方向走兴许会找到水,所以背着你好不容易挨到这儿。看情形没指望了,现在咱们可是糟透了。"

"你是说,我们也要死了吗?"孩子停止了哭泣,仰起满是泪水的小脸问道。

"我看大体就是这么回事了。"

‖阅读看点‖

在孩童幼稚的心灵里,死亡已不构成威胁。

"你为什么不早点说呢?"她说着,高兴地笑了,"你让我吓了一跳,噢,当然啦,只要我们一死,就又可以和妈妈在一起了。"

"是的,你会的,亲爱的。"

"你也会看到妈妈。我要告诉妈妈,你待我真好。我保证,妈妈一定会在天上开着门等着我们去,给我们一大壶水喝,好多好多荞麦饼,热乎乎,两边儿都烤得焦黄焦黄,跟我和鲍勃一起吃过的一样。那我们还要等多久才能死呢?"

"我不知道,不会太久的。"这个男人的眼睛盯着北方的地平线看。在蓝色的天空中出现了三个黑点,黑点越来越大,来势凶猛,速度极快。原来是三只棕色的大鸟,在他们两人的头顶上盘旋,然后在他们上面的岩石上落定。这三只秃鹰,就是美国西部的秃鹫,它们的出现就是死神的先兆。

‖阅读看点‖

通过三只秃鹫来说明他们此刻生命已快走到尽头,随时可能成为秃鹫嘴中的一块肉。

"公鸡和母鸡。"小女孩开心地喊道,用手指着这三只凶恶的大鸟,使劲地拍着小手,想使它们飞起来,"喂,这个地方也是上帝造的吗?"

"当然是。"她的同伴说,这问题吓了他一跳。

"那边的伊利诺伊州才是上帝创造的,还有密苏里州。"小女孩接着说,"可这儿我想是别人造的,造得多不好,连树木和水也忘了。"

"是不是做做祷告呢?"

"还不到晚上哩。"

"没关系，本来就不一定非要在晚上做祷告不可，上帝不会怪罪的。祷告吧，就像在荒原时每晚在篷车里那样祷告。"

"你自己为什么不做呢？"小女孩睁大眼睛诧异地问道。

"我记不清祷词了，"他回答说，"从我有那支枪的一半高时起，我就没有做过祈祷。我想，现在再开始做也不算太晚吧。你念出声来，我在你身旁跟着你一起念。"

"那么，你必须跪下来，我也跪下来，"她说，同时，为了跪下来，她把那块方披巾铺在地上，"你还要把手这样举起来，这样会比较舒服些。"

这一奇特的情景，除了秃鹰以外，无人看见。两个流浪人，一个是天真无邪的小孩子，一个是冒险的粗鲁莽汉，两个人并排跪在窄长的披巾上。小孩胖胖的圆脸蛋和他那张憔悴瘦削的脸，一起仰望无云的苍天，向着同他们面对面的令人敬畏的神灵虔诚地祈祷，两个人的声音——一个清脆细嫩，另一个苍老沙哑——一同祈求怜悯和宽恕。祈祷完毕，两人重新坐回到巨砾的阴影之中，孩子偎依着保护人宽阔的胸膛，倒头就睡着了。他瞧着孩子甜睡的面容，一会儿也感觉到违拗不过自然力对他的压迫。

他三天三夜没有休息过，也没有合过眼——慢慢地，眼皮垂下来了，疲劳的双眼合上了，脑袋也垂到胸前，大人的斑白胡须和小孩的金黄头发混合在一起，两个人都沉入了梦乡。

要是这位流浪人晚睡一小时，就能目睹一番奇异的景象。在这片盐碱地远方的天际，升腾起一片尘雾。开

|| 名师批注 ||

|| 写作看点 ||

两个人做了鲜明对比，成为荒原中一道奇特的风景。

|| 阅读看点 ||

为了寻找水源，大人累坏了，此刻已完全松懈下来。

名师批注

‖写作看点‖

通过对马车、骑马的人、步行的、妇女、孩子详尽的描述说明这支队伍的性质。

‖阅读看点‖

两位落难人实在太累了或者说他们已到了将死的边缘，所以没有察觉到救援者的出现。

始时很小，渐次升高增大，最后形成一团清楚可见的浓云。尘雾越来越大，显然只有行进中的大队人马才会扬起这么多的尘土。倘若在绿洲沃土，人们会认为那是大队牛群在草地游牧，正往这儿过来。但是这里是荒荒的盐碱区，显然是不可能的。滚滚尘土正向这位沦落人酣睡的孤崖而来，越来越近，已到了眼前。烟尘弥漫中出现帆布作为顶的篷车和武装骑手。

这并非幻觉，乃是一队向西进发的车队。何等壮观的一支队伍！前队已到山脚下，后队仍隐没在地平线外。在这片辽阔无际的荒原上绵延着一股洪流。<u>双轮车、四轮车嘎嘎而来；人们有的骑马，有的步行，形成一个连绵不断的阵容。无数负重的妇女蹒跚地跟着队伍走，一些孩子摇摇晃晃地尾随篷车而行。也有一些孩子坐在车上，从白色的车篷内向外张望。显然，这不是一支普通的移民队伍，而是支游牧群体</u>。由于环境所迫，他们正在迁移，另觅新的家园。此时，人声嘈杂，车声辘辘，马儿嘶叫，乱成一片。<u>这混杂的喧闹声响彻了晴空。但即便如此，也没有惊醒这两个徒步跋涉、疲惫不堪的落难人。</u>

二十余名神情坚毅肃穆的开路先锋骑马走在行列的前头，他们身穿手工织造的深灰粗布服，挎着来复枪。一来到山脚下，便勒马止步，碰头稍做议论。

"朝右方向有井，弟兄们。"一个嘴唇抿紧、胡子刮得光洁、头发灰白的人说道。

"向布兰卡山的右边走，就能到里奥·格兰德。"另一人说。

"别担心找不到水。"第三人喊道，"真神能从岩石中引水出来，神不舍弃他的选民。"

"阿门！阿门！"群体应声道。

他们正要重新赶路的时候，突然一个最年轻、目光最锐利的骑手指着在他们头上高低不平的岩石叫起来。原来岩石顶上有一个很小的粉红色的东西在飘动着，在灰色的岩石衬托下显得非常突出。这个东西一被发现，骑手们立刻勒住马，取枪在手，同时更多的骑手急奔上前增援。只听见他们异口同声喊着"红种人"这个词。

"这里不可能有印第安人，"一个年长的看似首领的人说道，"我们已经越过波尼人居住区，在我们翻过这些大山之前不会有其他部落了。"

"让我上去看看，好吗，斯坦格森兄弟?"人群中有人问。

"我也去。"十几个人喊道。

"把马留在下面，我们在这儿等你们。"那位长者说。

这伙年轻人立刻翻身下马，把马拴住，然后，沿着陡峭的斜坡，朝着引起他们好奇的那个目标攀登而上，他们满怀信心，以训练有素的侦察员般的敏捷，迅速而无声地奔向那个山顶。山下的人群看着他们在岩石间行走如飞，很快便看到他们在天空映衬下的身影了。那个最先发现目标的青年跑在最前面。突然，跟在其后的人见他举起双手，好像十分惊异的样子。大家上前一看，同样，眼前的这幅景象也令他们惊讶得目瞪口呆。

在这荒丘顶上有一块平地，兀自孤立着一块大砾石，砾石旁，斜躺着一个高个子男人。他须发蓬乱，相貌严峻，形销骨立。他面容沉静，呼吸均匀，表明他睡得很深。在男人身旁睡着一个小女孩。孩子圆白的小手臂搂着大人青筋突起的黑细脖子，满头金发的小脑袋偎在大人棉绒服的胸脯上，红唇小嘴，微微张开，露着两排整齐雪白的牙齿，一脸的稚气，带着顽皮的微笑。她

名师批注

‖阅读看点‖

"粉红色"与上文小女孩所穿的粉红色上衣相呼应，说明此处他们看见的应是那两个落难之人。

‖阅读看点‖

用了"敏捷""迅速""行走如飞"等词说明年轻人行动的迅速。

名师批注

那又白又胖的小腿，穿白色短袜，鞋子干净，鞋扣闪光发亮，这同大人干瘪枯瘦的腿形成奇异强烈的对比。在这对一老一小所在的上方一处凸岩上，落着三只虎视眈眈的秃鹰，它们一见另有来人，便发出一阵失望的粗哑啼叫，悻悻地飞走了。

秃鹰的叫声惊醒了这两个熟睡的人，他们迷惑地看着面前的这些人。这个男人摇摇晃晃地站了起来，往山下看了看——在他昏睡前，这里还是一片凄凉的荒原，现在却出现了大队人马。他凝视着，脸上露出难以置信的表情。他把干瘦的手放在眼眉上仔细地看，喃喃自语："我想这就是所谓的精神错乱吧。"小女孩站在他身旁，紧紧拉着大人的衣角，一句话不说，却带着孩童所特有的迷惑的目光四处张望。

‖阅读看点‖

突如其来的人群让落难的两个人都很迷惑，以为是神经错乱。

这些救星很快就让两个落难人相信，他们的出现并非幻象。其中一个人抱起小女孩放到自己肩上，另两个人搀扶着她虚弱不堪的同伴，一起向车队走去。

"我叫约翰·费里厄。"流浪者说，"原来有二十一个人，现在只剩下我和小姑娘了。其他的人都在南边不是渴死，就是饿死了。"

‖阅读看点‖

概述了流浪者一行人悲惨的遭遇。

"她是你女儿？"有人问。

"我看，现在该是我女儿了。"那人以肯定的口气大声说道，"是我女儿，因为我救了她一命。谁也甭想夺走她，现在她就叫露茜·费里厄了。可你们是什么人？"他好奇地打量这些高大壮实、皮肤黝黑的救命恩人，"好大一帮子人哩！"

"差不多上万了，"其中一个年轻人说，"我们是受迫害的上帝的儿女——天使莫罗尼的选民。"

"我从没听说过这个天使，"流浪者说，"看来他真选到你们这些仁慈的好子民了。"

"神的事，不许言语不敬。"另外一个人严肃地说，"我们大家都信奉用埃及文字写在金箔上的圣典经文，这些经文由帕尔迈拉的圣徒约瑟夫·史密斯亲手秉承。我们都从诺伍城过来。在伊利诺伊州那边我们建了圣殿。我们在寻求避难地，要脱离迫害的人，远离不敬神明的人，即使让我们流落到沙漠中间，也心甘情愿。"

"我知道你们是摩门教徒。"一提到诺伍这个地名，费里厄就想起来了。

"我们是摩门教徒。"大家异口同声地回答。

"那么，你们到什么地方去呢？"

"我们不知道往哪儿去。上帝凭借先知正在指引着我们。你必须去拜见先知，他会说怎样安排你。"

说话间一行人来到山脚下。大群移民围了上来——有脸色白皙、目光温顺的妇女，有笑容满面壮实的孩子，有心事重重、目光焦虑的男子。许多人看到陌生人竟是这么个幼小的女孩和虚弱不堪的男子，禁不住又是惊奇，又是同情地叽叽喳喳起来。但护送的人并没停住脚步，他们推开围观者继续前进。一大群摩门教徒随后跟着。他们到了一辆大车前。这车与众不同，特别宽大，看上去非常华丽考究，由六匹马拉着。而一般的车只有两匹马，最多四匹。驾车人旁边坐着一个男子，年纪不会超过三十，但那大大的脑袋和脸上果断的神情说明他是这队人的首领。他正在读一本棕色封面的书。见他们到来，他放下书。仔细听了别人讲述事情始末后，他对两位流浪者说：

"如果要我们带你们走，"他十分庄重地说，"你们必须信奉我们的教才行，我们不能让狼混进我们的羊群中来。与其让你们带着水果上烂斑似的污点，日后让整个果子烂掉，那还不如让你们的白骨葬在这片荒野中。

名师批注

‖阅读看点‖

从这处语言可以看出这群人对他们神灵的毕恭毕敬。

‖写作看点‖

通过三个"有"字描写这群移民。

名师批注

‖阅读看点‖

波浪滚滚表明了移民之多，人心之齐。

你愿意接受这个条件跟我们走吗？"

"我想，我们愿意接受任何条件跟你们走。"费里厄说，他那加重的语气，竟使那些严肃的长老们哑然失笑。唯独这位首领依然如故，保持着那副庄重、令人敬畏而难忘的神情。

"带他去，斯坦格森兄弟，"首领说，"料理饮食，孩子也要照应好，你还须负责向他讲授教义经文。我们已耽搁过久。上路！前进，向锡安山挺进！"

"前进，向锡安山挺进！"摩门众教徒齐声呐喊，号令众口相传，犹如波浪滚滚，向着大篷车队呼唤下去，直到远远的后方，人声渐渐变得含混微弱。鞭子噼啪，车轮辘辘，大篷车队哄哄然行动起来，整个行列又曲折蜿蜒地前进了。司祭斯坦格森负责照料两个无家可归的人，把他们领到自己的车上，那里早已给他们预备好吃食。

"你们就留在这车里，"他说，"过几天你们就会恢复健康了。同时要记住，从今往后你们就是我们教的教徒了——布里格姆·扬这样指示的，他是用约瑟夫·史密斯的声音讲话的，也就是传达上帝的旨意。"

阅读理解

本章是本案的另外一部分的开头，故事没有平铺直叙地讲罪犯犯案的原因，而是通过讲述另一个故事的方式介绍故事发生的原因。

写作借鉴

作为小说的转折,作者从描述环境着手,使读者对案情的期待遇挫,更加调动了读者阅读的兴趣。

回味思考

1. 一个中年男人和小女孩在荒芜的沙漠上遭遇了什么事情?

2. 是谁救了这两个可怜的人?

第九章　犹他之花 [精读]

导语

　　一群摩门教徒救了这对患难中的父女，并且找到了新的栖息地，在那里建立了他们自己的庄园，费里厄也和其他人一样分到了一片肥沃的土地。女儿渐渐长大，她将遭遇什么事呢？

名师批注

　　这里并不想追述摩门教徒们在到达他们最终定居栖息地之前的移民历程中所历经的磨炼与苦难。从密西西比河两岸一直到落基山脉西麓，他们几乎是以史无前例、坚忍不拔的奋斗精神前进的。他们以盎格鲁撒克逊人的不屈不挠的顽强意志，战胜了野人、野兽、饥渴、劳累和疾病等大自然所能设置的一切障碍。但是，即使他们中最勇敢、最坚定的人，对于这种长途跋涉和无尽的恐怖，也不免会感到胆战心惊。因此，当他们看到脚下沐浴在日光之中的这片广阔的犹他山谷，并听到他们的领袖说，这就是神赐予他们的圣洁的处女地，并将永远成为他们家园的时候，无不俯首下跪，顶礼膜拜，并衷心地祈祷，以表他们对神的虔诚和感激。

　　布里格姆·扬很快被证明是位果断的领袖，且是位精明强干的行政长官。一些图表被绘制出来，未来的城市初露端倪。四周的农田根据各人的身份高低分配。商人经商，工匠做工，各守其业。城市街道和广场像变魔

写作看点

　　先概述了布里格姆·扬的能力，再分说布里格姆·扬领导下生活的改变。

术般相继出现。乡村里开渠挖沟，筑篱立界，垦殖耕作，好不繁忙。到了次年夏天，田野麦浪滚滚，一片金黄。这奇异的垦区处处是欣欣向荣的景象。尤其是市中心，一座宏伟的教堂拔地而起，那是移民献给指引他们战胜千灾百难、安全到达安身立命之乡的上帝的殿堂。每天从晨曦初露到夜色苍茫，神庙内锯斧之声不绝于耳。教堂也日见变大增高。

约翰·费里厄和小女孩相依为命，孩子收作他的养女，两个落难人随同摩门教徒来到了他们伟大历程的终点。小露茜·费里厄被收留在斯坦格森大司祭篷车上的时候，过得很愉快。车上还有大司祭的三个妻子、一个十二岁的儿子。这个男孩非常任性，过早地懂事太多。儿童天性活泼开朗，小女孩很快解脱丧母的悲哀，恢复了元气，也受到三个女人的宠爱，并顺利地适应了这个帆布篷中游动之家的新生活。费里厄也解除了困顿和疲惫，身体得到恢复。同时，他显示出自己不仅仅是有用的向导，而且是一位不知疲倦的猎人。因此，他很快受到新伙伴们的尊敬。自然，他们结束漂泊生活的时候，大家一致同意：除了先知扬和斯坦格森、肯博尔、约翰斯顿以及德雷伯四个长老外，费里厄应当和任何一个新移民那样分到一片肥沃的土地。

费里厄就这样获得了一片农田，他在农田上修建了一座坚实的小木屋。由于年年扩建，小木屋终于成了宽敞的别墅。

费里厄是个很实际的人，他处世精明，也擅长一些技术活。他体格强壮，能从早到晚孜孜不倦地对他的土地进行改良和耕作。因此，他的农场富饶，作物茂盛。三年内，他已比其他邻居更富有。六年内他成了小康之家。九年后，他已成了富翁。十二年后，整个盐湖城能和他相

‖ 名师批注 ‖

‖ 阅读看点 ‖
两位落难人获得搭救后，在他人的关心和帮助下恢复了生机。

‖ 写作看点 ‖
通过"三年""六年""九年""十二年"数字的变化来说明费里厄生活的变化。

名师批注

写作看点

三个"有人"对费里厄不婚的猜测加重了对这件事的疑问，给本文增添了些许神秘感。

写作看点

通过路人的反应衬托出了露茜的美丽。

比的，不足五六个人。从这个大内陆海到遥远的沃萨奇山脉，再也没有人比约翰·费里厄更闻名遐迩的了。

一件事，也只有这一件，他伤了自己教友的心。那就是任凭别人如何规劝，如何争论，始终说服不了他像众教徒那样娶个妻子成个家。他从不说明理由，一味拒绝别人的一再要求而固执己见。有人指责他对自己信奉的宗教三心二意。也有人说他是个守财奴，舍不得这笔开销，也有人怀疑他早先有过风流艳事，大西洋之滨定有位金发女郎为他殉情。虽说众说纷纭，费里厄仍然自行其是，过着严格的独身生活。不过在其他方面他一一遵守这个新移民区的教规，无懈可击，被公认是位虔诚的教徒，正派的规矩人。

露茜·费里厄在这幢木屋中长大，帮助养父照料屋里屋外大小一切事情。山区清新的空气、松林飘溢的脂香如慈母般抚育了这个小姑娘。随着岁月的增长，姑娘渐渐成人，出落得亭亭玉立，十分健美，红红的面颊愈显娇艳，行走步态轻灵如飘。多少路人每当经过费里厄家田庄的大道，只要是曾经见过这位体态柔美的少女轻盈地从麦田走过，或者遇上她骑在父亲的马上，见到那典型的西部女郎的飒爽英姿，这形象即使过目再久，此时此地也一定会从心底里重新勾起，活生生浮现于眼前。当年的蓓蕾已经绽放成一朵奇葩。这些年来她的父亲变成了农民中最富裕的人，同时，她也成长为太平洋沿岸难得的一位标致、地道、纯真的美国少女。

然而，第一个发现这个女孩已经发育成熟的不是这位父亲。这种情况是很少见的。这种神秘的变化太微妙，也太缓慢，不能以时日来衡量。最难觉察这种变化的人还是少女自己。直到一种语调或手的触摸使她心跳时，感知到一种自豪和恐惧交织在一起的情感时，她才知道一种新奇的、更美妙的天性在她内心深处觉醒了。世界上很少有人回忆不起那种情况，很少有人记不得曾经预示他新生活的曙光的那件细微小事。然而，谁都不曾预料到，这种朦胧的感情，对她、对其他很多人的命运却产生了怎样的影响。

那是六月里一个温暖的早晨，摩门教徒们像一窝蜂似的忙碌着——他们就是以蜂巢作为象征和标志的。在田野和街道，到处可以听到人们劳动的嘈杂声。在尘土飞扬的大道上，载重的骡群川流不息，全部奔向西方，因为在加利福尼亚正涌现出一股采金热潮。一条横贯大陆的陆路，正好穿过伊莱克特城，在这条路上，有从遥远牧区被驱赶而来的成群的牛羊和一队队疲惫不堪的移民，由于经过了冗长的长途跋涉，他们已人困马乏。

露茜·费里厄仗着自己娴熟的骑术在人畜杂陈的队伍中横冲直撞。飞骑中她那俏丽的面容泛起片片红云，栗色的长发在脑后飘洒。她是受父亲之托到城里办事去的。她曾多次凭着年轻人天不怕地不怕的气概策马飞驰。她一心记着自己的使命，思量着如何去完成。大道上风尘仆仆的冒险家们无不惊奇地看着她，就连那些喜怒不露形色的送皮货的印第安人，见了这位美丽的白人女郎，也收起一向冰冷的面孔，露出惊讶的神情。

露茜来到了城郊，发现道路被牛群堵塞，不能通行；五六个面目粗野的牧人正把大群的牛从草原往这里赶来。她心里焦急，便拣空当穿插进去，想冲过阻碍赶自己的路。她刚刚挤入牛群，后面的牛就都拥了上来。自己落入了牛群之中，四周全是怒目圆睁、犄角尖翘的蛮牛向她涌动。她还算得是从小与牛打熟了交道，陷此重围毫不惊慌，瞅准了间隙就催马向前，企图强行开路冲出牛群。可是不料有一头蠢牛不知是无意还是故意，

名师批注

‖写作看点‖

　　用"蜂"来比喻摩门教徒的多和忙，是为了说明新移民的城市的热闹。

‖写作看点‖

　　路人的反应反衬出了这位白人姑娘的美貌。

‖写作看点‖

　　通过"抵""惊跳""嘶叫"等写出了马受惊后的危急情形。

名师批注

牛角抵了马肚子一家伙，马痛得立即惊跳，前蹄扬起，狂怒嘶叫，颠腾得鞍上若不是个头等骑手，任何人都要摔将下来。这情况十分危急。

惊马每腾跃一次，免不了又一次受到牛角的抵触，就越发使马惊怒不已。这时，露茜只有紧贴马鞍，稍有失手，就会跌落马下，惨死在乱蹄之中。由于她不习惯这突如其来的紧急情况，感到有些头昏眼花，紧握缰绳的手也放松了，而且尘土飞扬，加上牛群拥挤发出的气味，使她透不过气来。在这紧要关头，如果不是耳边传来一种亲切的声音，使她确信有人来相助，露茜就会因为绝望而放弃努力了——一只强有力的棕色大手，一把抓住了惊马的勒马绳，并在牛群中挤出一条路，很快把她带到了安全地带。

"但愿你没受到伤害，小姐。"她这位救星彬彬有礼地说。

阅读看点

关键时刻英雄救出了美女。

她抬起头来，瞧了一下他那张黝黑而生气勃勃的脸，愉快地笑了起来。"我真吓坏了，"她天真地说，"谁会想到这匹马竟然会被这群牛吓成这个样子？"

"感谢上帝，幸亏你抱紧了马鞍。"他诚恳地说。

这是一位个头高高、长相粗豪的年轻人，他骑的是一匹红棕色夹杂着白色斑点的骏马，身穿一身粗制猎服，肩背一支长筒来复枪。

"我猜想你是约翰·费里厄的千金吧？"他说，"我看见你从他家里出来。见到他时请问他还记不记得圣路易的杰斐逊·霍普。要是他就是费里厄，我爹可是他的好朋友。"

"你亲自去问问他不是更好吗？"她一本正经地答道。看来小伙子听了挺高兴，他乌黑的眼睛立即闪出喜悦的光彩来。

"我会问的。"他说,"我们在山里待了两个来月,回来是该拜访一些人,你父亲见了我们,一定会欢迎的。"

"他可要大大感谢你呢,我也要好好谢谢你。"她答道,"爸爸太疼我了,要是叫牛把我踩死的话,真不知道他会怎么伤心呢。"

"我也会伤心呢。"陪着她的小伙说。

"你啊,真不懂这和你又有什么关系。你还不算是我家的朋友呢。"

这个年轻猎人听了这话,他那黝黑的脸一下阴沉起来,露茜见了却大笑起来。

"好啦,我不是那个意思,"她说道,"当然,你现在是我的朋友了,你一定要来看我们。现在我该赶路了,否则父亲今后就不再托付我替他去办事啦。再见!"

"再见。"他回答,并举起他那顶墨西哥式的阔边帽,屈身去吻了一下她的手。她掉转马头,扬鞭策马,在滚滚的尘烟中沿着大道飞驰而去。

小杰斐逊·霍普和他的同伴继续往前赶路,一路上,他感到忧郁,沉默寡言。过去,他和这伙人一直在内华达山脉中寻找银矿,现在正返回盐湖城,打算筹集足够的资金,去开采他们发现的矿藏。

他和自己的伙伴都醉心于事业。如今发生这一意外的插曲,分了他的心。这位美丽姑娘像山巅清风般纯洁,充满活力,深深触动了他那颗火山般炽热而奔放的心。当她从视线消失之后,他顿时意识到,他的生活已发生重大的转折。银矿的冒险,或别的事都不会比刚刚发生的、令他销魂荡魄的事更重要了。他心头萌发的爱情不是少年人那样只是心血来潮、飘忽不定的冲动,而是一个意志坚定、性格果断的男子喷发出的奔放而强烈的激情。他一向办事得心应手,这一次他暗自发誓:只

名师批注

‖阅读看点‖

长大后的露茜仍不失儿时的俏皮可爱。

‖写作看点‖

通过两个比喻生动地写出了霍普此时内心充满了爱情。

名师批注

‖阅读看点‖

概述了霍普是个有丰富生活阅历的青年。

‖阅读看点‖

与霍普一样,露茜也爱上了他,两个年轻人不知不觉中相爱了。

要坚持不懈,定能成功。

当天夜里他就拜访了约翰·费里厄,以后就经常上门,成了这一家很熟的常客。约翰深居山谷之中,全身心埋头于农田工作,十二年来对外界了解不多,消息不灵通,现在全靠杰斐逊·霍普告诉他外边的情况。他还常常讲得有声有色,不但使这位父亲感到闻所未闻,就连露茜也听得津津有味,妙趣横生。霍普是当年加利福尼亚的拓荒先驱,所以讲得出许多历史掌故。在狂暴的日子里,在和平的年岁中,有时候发财,有时候破财。他当过侦察兵、皮毛兽猎人、银矿勘探者、牧场工人。

只要听说什么地方有冒险的事可干,他就到哪里去找事干。他很快便成为这位老农特别喜欢的人,老农称赞他的优点。在这种场合,露茜总是沉默不语,但是她那绯红的面颊和明亮幸福的眼睛,明白无误地表明,她那颗年轻的心不再属于她自己了。她的诚实的老父也许没有注意到这些征兆,但是,这些征兆,全都被赢得她芳心的这个小伙子看在眼里。

夏天的一个傍晚,霍普骑马从大道疾驰而来,他在露茜家大门口停下来。露茜正在那里,她走过去迎接他。他把缰绳扔在栅栏上,沿着小路大踏步地走了过来。

"露茜,我要走了,"他说,一面握着她的双手,亲切地瞧着她的脸,"我不要你现在就和我一起走,但是,我再回来时,你愿不愿意跟我走呢?"

"可是,你什么时候回来呢?"她微笑着腼腆地问道。

"顶多两个月,到那时,我就要带你走了,亲爱的,谁也阻挡不了咱们。"

"我父亲呢?"

"他已经答应了。只要我的银矿进行顺利,就好办了。这方面我不担心。"

"那好，只要你与我父亲安排妥了，我自然没说的。"她喃喃地说着，面颊依偎在他那宽阔的胸口。

"谢天谢地，"他说道，声音嘶哑，弯身吻她，"算是讲定了。我越是跟你在一起，越是舍不得离开。他们在峡谷等我，再见了。亲爱的——再见，两个月后你又能见到我了。"

<u>他说着从她的拥抱中挣脱出来，跃上马，头也不回，飞快地奔驰而去，仿佛担心只要多看一眼离别的人，决心就要动摇。她立在门口目送着渐渐消失的背影，然后这位犹他地方最幸福的姑娘才进屋去。</u>

名师批注

‖阅读看点‖

作者用动人的笔触描写了两位相爱的人依依不舍的离别场面。

阅读理解

柯南·道尔不仅善于描写有悬念的案件，而且对爱情故事的描绘也是颇有造诣，几笔就描述了两个年轻人由相知到相恋的全过程。

写作借鉴

本章详略得当，先是简笔介绍了费里厄的发家过程以及露茜的成长历程，接着又详细叙述了露茜与霍普的爱情。

回味思考

1. 在摩门教徒的帮助下，费里厄获得了怎样的成功？

2. 露茜与霍普的相恋得到父亲的许可了吗？

第十章 约翰·费里厄同先知的谈话 [精读]

导语

摩门教徒在盐湖城实行着恐怖统治。一天早晨，费里厄正准备外出到麦地里去的时候，一位体格健壮、头发黄中带红的中年男子正沿着小道走来，他会是谁呢？

名师批注

‖阅读看点‖

点明费里厄不愿把女儿嫁给摩门教徒的原因，也为下文埋下了伏笔。

杰斐逊·霍普和他的伙伴离开盐湖城已经有三个星期了。约翰·费里厄一想到等年轻人回来，就将要失去自己领养大的孩子，不免感到痛苦。然而女儿那张明朗幸福的脸，比任何言词都更能说服他顺从这个安排。他早已在内心深处下定决心，说什么也不会答应把他的女儿嫁给摩门教徒。<u>摩门教的婚姻根本不是婚姻，那是奇耻大辱</u>。不管他对摩门教的教义看法如何，在这一点上他是绝不通融的。然而他对这一点只能守口如瓶，因为那个时候，在圣徒之地，吐露违背教义的言论是危险的事情。

不错，这是很危险的事情，而且危险到这种程度：就连最圣洁的教徒们也只敢在暗地里小声议论他们的宗教观点，唯恐失言而招来横祸。昔日受迫害的人，为了自己的利益现在成了迫害者，成了最残酷的迫害者。塞维利亚的宗教法庭、德国的叛教律以及意大利的秘密党所拥有的庞大行动机构，与摩门教在犹他州布下的天罗地网相比，真是小巫见大巫。

这个组织出没无常，颇为神秘，这使它更令人感到恐怖。它似乎无所不在，无所不能，然而，它的行动既看不到也摸不着。谁要敢于反对教会，谁就可能会突然失踪。没人知道他的下落和命运如何。

他的妻儿在翘首以待他的音讯，但一家之主却一去不复返，再也无法告诉家人自己如何落入秘密法庭，惨遭厄运。谁的言语不慎、行为偶失检点，便立刻招来杀身之祸。然而谁也不知道这股随时危及他们生命的恶势力的实质。难怪人人自危，惶惶不可终日，甚至在偏僻的旷野也无人敢私下发泄一下郁积心头的疑虑。

起初，还不是全面实行恐怖统治，主要针对那些不顺从者，就是曾经信奉摩门教，后来则持有异见或者放弃信仰的人。可是，它统治的范围很快就扩大化了。这时，妇女供应日见不足。没有足够的妇女，一夫多妻制的教义就有名无实。于是许多稀奇古怪的传闻不胫而走——传说移民们途中被谋杀，移民的帐篷也遭枪击。这都发生在根本没有印第安人的地区内。

在长老的深居内室出现了陌生的女人——她们面容憔悴，哭哭啼啼，脸上流露出永不磨灭的恐惧。据山里天黑还在赶路的流浪汉说，他们看见一队队武装人员，戴着面具，骑着马，在黑暗中不声不响地从他们身边疾驰而过。这些口头传说和谣言，开始时是一星半点，渐渐地越来越有眉目了，经过人们的一再证实，也就知道是某人的所作所为了。直到今天，在人迹稀少的西部大牧场，丹奈特帮的名字，也就是复仇天使的名字，还是罪恶和不祥的别名。

> **名师批注**

> ‖阅读看点‖
> 用夸张的笔触描述了摩门教在盐湖城的恐怖统治。

> ‖阅读看点‖
> 暗示了这些陌生的女人是被长老们利用恐怖手段抢来的。

名师批注

‖阅读看点‖

在这个组织的残暴统治下,人们惶惶不可终日,整日担惊受怕。

‖阅读看点‖

此处说明了扬是一个非常自负冷漠的人,以及在此地的权威。

你对这个可怕组织的罪恶了解得越多,就越会使你对它感到畏惧。没人知道谁是这个残暴组织的成员。这些在宗教幌子下进行血腥暴力活动者的姓名是绝对保密的。你对他吐露了你对先知及其教会活动不满的那个朋友,可能就是夜里明火执杖前来对你进行野蛮报复的那伙人中的一个。因此,在左邻右舍中都相互怀疑,没人敢坦诚相见或吐露真言。

一个晴朗的早晨,约翰·费里厄正准备上麦田干活,突然听到门闩咔嗒一响,透过窗户他看见一个身强力壮、发色黄中带红的中年男子,沿着门前小径走过来。他心头怦怦跳起来,因为来者不是别人,而是伟大的布里格姆·扬。费里厄心惊胆战。他知道来者不善。他急忙奔到门口恭迎这摩门教首领。扬对他的迎接表现得十分冷淡,冷若冰霜,跟他进了客厅。

"费里厄兄弟。"他开腔了,在椅子上坐下,淡色眼睫毛下的两个眼珠严峻地朝这个农民扫视,"上帝的忠诚信徒始终极为善待于你,你当年在半途上行将成为饿殍,是兄弟们营救了你。我们把饭和你匀着吃,车和你挤着住,把你平安带来这个上帝选定的山谷,分给你大块沃土良田,在我们的保护之下,你才能发财致富,是不是这样呢?"

"是这样。"约翰·费里厄回答道。

"作为这一切的报答,我们只要求一个条件,就是你必须信奉我们的正统宗教,并在各个方面遵守它的教规。这一点,你曾答应过要做到,但是,如果大家的报告是真实的话,就在这一点上你疏忽了。"

"我怎么疏忽了?"费里厄伸出双手争辩道,"难道我没有交纳公基金吗?难道我没去教堂做礼拜吗?难道……"

"那么，你的妻子都在哪儿呢？"扬环顾四周问道，"你把她们都叫来让我见见。"

"我没结婚，这是事实，"费里厄说，"但这儿女人不多，还有许多人比我更需要她们。我并不孤单，我有女儿陪伴我。"

"我正是为了你这个女儿才来找你谈话的，"这位摩门教首领说，"她已经长成大人了，而且称得上是犹他的一朵鲜花，这里许多有地位的人都看中她了。"

约翰·费里厄一听心如刀绞。

"外面纷纷传说，她已和某非摩门教徒订婚了。我倒不相信这是事实，宁愿相信这只是一些无聊人在搬弄是非。圣约瑟·史密斯经典第十三条说了些什么？'每位摩门教的女子都嫁给上帝的选民。若是嫁给异教徒便罪不可恕。'经典说得明明白白。你既然已答应信奉神圣教义，绝不该眼看女儿违犯教规。"

约翰·费里厄没有回答，只是不安地拨弄手中的马鞭。

"这一点上，就考验出你是真信，还是假信，四圣会已经做了决定，姑娘很年轻，我们不会把她嫁给白发长者，也不剥夺她的权利，完全不许她自主选择。我们大司祭已有许多小母牛，可是我们的孩子们还不曾有。斯坦格森有个儿子，还有德雷伯有一个儿子，二位都很欢迎把你的女儿娶进他家。他们两家，让你女儿选一家吧。两家孩子都有钱，都年轻，都是诚信的教徒。你认为怎么样？"

费里厄沉默了一会儿，双眉紧蹙。

"您给我们一点时间，"末了他说，"女儿还小，她还不到结婚的年龄。"

"给她一个月的时间做出选择，"扬说着站了起来，

名师批注

‖阅读看点‖

扬顾左右而言他，此刻才道出了此行的真实目的。

‖阅读看点‖

从费里厄的表情可以看出他极不情愿地把他的女儿嫁给他们其中的任何一位，又无计可施，只能拖延时间。

名师批注

‖写作看点‖

"满脸通红""两眼凶光""严厉的威胁"都是对费里厄做威胁的好方式。

‖阅读看点‖

"才不要"和"才不管"道出了费里厄反对把女儿嫁给摩门教徒的决心非常坚定。

"一个月的时间到了,她务必给一个答复。"

他走出门口时,突然转过身来,满脸通红,两眼露出凶光。"约翰·费里厄,你要是想拿鸡蛋来碰石头,胆敢违抗四圣会的命令,"他大声吼道,"还不如当年让你们父女俩弃尸布兰卡山上。"

他转过身出了门,做了一个威胁的手势。费里厄听见他那沉重的脚步在门前沙石小径上发出的沙沙声。

他坐在那里,用胳膊肘支撑在膝头上,正琢磨着如何对女儿谈这件事才好。这时,一只柔软的手抓住了他的手。他抬头一看,只见他女儿站在身旁。一瞧见她那苍白惊恐的面容,他明白了,她已经听到了刚才的这番谈话。

"我没法听不到,"她看着父亲说,"他的声音那么大,整个房子都能听得见。哦,爸爸,爸爸,咱们该怎么办呢?"

"先别惊慌,"他回答道,一面把她拉到身边,用他那粗大的手抚摸她那头栗色的秀发,"咱们总会想出办法来的,你对那个小伙子的感情没变吧,是吗?"

露茜只是嘤嘤啜泣着,紧握父亲的手,一言不发。

"不会的,当然不会的。我才不要听到你说会冷淡下去哩。他是个很有前程的小伙子,又是基督徒。单凭这两点他比这里的人强多了。他们怎么祷告,怎么教训,我才不管哩。明天就有人去内华达,我设法捎个信去,让他知道咱们遇到麻烦了。要是我没看错人的话,他马上就会回来的,快得像电报。"

露茜听了父亲这番话破涕为笑了。

"他一回来,就会给咱们想出好主意的。可叫我担心的是你,爸爸。大家都知道谁反对先知,谁就没有好下场。"

"我们也没有反对他,"父亲安抚她说,"要是我们反对他,那是要留心提防了。还有整整一个月的时间。期限一到,最好,我们早已跑出犹他州了。"

"离开犹他!"

"只有这样。"

"田庄怎么办?"

"我们将尽可能地变卖掉,变卖不了的就不要了。说实在的,露茜,我并不是才想到要这样做的。我倒不在乎向任何人承认失败,就像这里的那些乡亲们屈服于该死的先知一样。但是,我是一个自由的美国人,这里的一切我都不习惯。我认为我年纪大了,学不会了。如果他胆敢到我的农庄横行的话,他就要尝尝迎面飞来的猎枪子弹的滋味了。"

"可是,他们是不会放咱们走的。"他女儿提出了异议。

"等杰斐逊回来,我们就赶快想法子逃走。在这之前你也别发愁了,我的好女儿,别把眼睛哭肿了,不然的话,他若见你这样,肯定会来找我的麻烦。没什么可怕的,完全不会有什么危险。"

约翰·费里厄说这番安慰女儿的话时很有信心,但是,还是难免让她女儿注意到,那天晚上和以往不同,他异常仔细地把各个房门拴牢,并且取下了挂在他卧室墙壁上的那杆生了锈的旧猎枪,把它非常仔细地擦了又擦,并装上了子弹。

名师批注

‖阅读看点‖

由此可见,费里厄对先知的野蛮统治的不满不是一天两天,先知的来访成了他反抗的导火索。

‖阅读看点‖

为了让女儿宽心,费里厄说出这番信心十足的话。

阅读理解

在这一章节中,作者描写摩门教组织的罪恶之处,在这样的恐怖统治之下,四圣会的首领扬的来访就是来者不善了。一场灾祸将要降临在这对父女身上。

写作借鉴

文章开头介绍了四圣会组织的罪恶之处,为下文的步步紧逼埋下了伏笔。

回味思考

1. 四圣会是一个什么样的组织?

2. 布里格姆·扬到访的真实目的何在?给父女俩带来了怎样的恐慌?

第十一章 逃 命 [精读]

导语

在约翰·费里厄和摩门教先知谈话后的第二天早晨,他去了盐湖城,在那里找到了准备去内华达山区的一个朋友,并把他写给杰斐逊·霍普的信托他捎去。可是当他回家的时候在自家门前却发生了一件奇怪的事。

在他和摩门教先知谈话后的第二天早晨,约翰·费里厄去了盐湖城,在那里他找到了准备去内华达山区的一个朋友,并把他写给杰斐逊·霍普的信托他捎去。他在信中把威胁着他们安全的危急情况告诉了他,并说明他回来的必要性。办完这件事后,他感觉心里轻松了许多,于是他心情比较愉快地踏上了回家的路。

当他快回到自家田庄时,看见家门口两旁的木桩上各拴着马。更令他意外的是,一进屋,发现客厅里有两个年轻人,一位长着马脸,面无血色,背靠摇椅,两脚高高翘在火炉上;另一位长着粗而短的脖子,模样粗野,一副目中无人的架势。他立在窗前,双手插在裤袋里,吹着口哨,哼起流行的赞美歌。两个人一见费里厄进来,连连向他点头。坐在椅子上的那位先开言。

"也许您还不认识我们。"他说,"这位是大司祭德雷伯的公子,本人我,约瑟夫·斯坦格森,我们都是和你们一起从大荒地上过来的,是主上帝张开神圣的援

名师批注

‖阅读看点‖

尽管送完信很高兴,但是目前的局面已超出了他的预料,摩门教首领们加快了进程。

名师批注

‖ 阅读看点 ‖

通过对话可以了解到摩门教徒对待结婚的态度是相当野蛮的。

‖ 阅读看点 ‖

面对摩门教的咄咄逼人，费里厄终于忍无可忍，发出了反抗的声音，同时对抗也就摆到了明面上。

手，收容你们回头，进了和善的羊群。"

"主上帝终将普天下人引来，"另一人开腔，带着鼻音，"圣网恢恢，疏而不漏。"

约翰·费里厄冷冷地弯腰行个礼。他早已猜到这两个不速之客是何许人。

"我们到这儿，"斯坦格森接着说，"是奉父亲之命向你的女儿求婚的，我们中你和你女儿看看谁更合适，可以选择一个。由于我只有四个妻子，而德雷伯兄弟已经有七个，在我看来，我更合适。"

"不，不，斯坦格森，"另一个喊道，"问题不在于我们有多少个妻子，而在于我们能够养活多少个妻子。我父亲已经把他的磨坊给了我，所以我比你更有钱。"

"可是，我的前途比你更好，"斯坦格森激动地说，"一等上帝召回我爹，他的硝皮作坊和制革厂就归我了。那时我就是长老，在教会中地位比你高。"

"还得让姑娘决定，"小德雷伯照着镜子，傻笑着，"全凭姑娘一句话。"

在两个人你一言我一语，争长论短的时候，约翰·费里厄压着满肚子的火气，立在门口，恨不得举起马鞭狠狠揍两个客人的脊背。

"听好了，"最后他忍不住说道，大步跨到二人面前，"我女儿叫你们来，你们才可以来；她不叫你们，我不想看见你们的脸。"

两个年轻的摩门教徒圆睁了眼看他，傻掉了。在他们眼里，能这么争着向他的女儿求婚，对他的女儿连同她父亲，都是最高的抬举，无上的荣耀。

"有两条路，你们给我出去，"费里厄喝道，"有门，有窗，你们愿意走哪个？"

他的脸上看上去凶相毕露，而那青筋暴起的双手又是那样吓人。

　　这两位客人见势不妙，赶紧起身，拔腿就跑。老农一直跟着他们到了门口。

　　"等你们商定好了谁更合适，告诉我一声就行了。"他挖苦道。

　　"为这事你会吃苦头的，"斯坦格森大声说道，气得脸发白，"你公然违抗先知，违抗四圣会，你会后悔一辈子的。"

　　"上帝的手也会狠狠地惩罚你的，"小德雷伯也嚷起来，"他能让你死！"

　　"那么，我就先让你死，"费里厄愤怒地喊道，要不是露茜拉住他，而且用她的胳臂拦住了他，他早就冲到楼上去取他的枪了。他还没从露茜手中挣脱出来，就听到一阵马蹄声，他知道无法再追上他们了。

　　"这两个胡说八道的流氓无赖，"他一面大声说着，一面擦去额头上的汗，"我宁可马上看到你死，我的孩子，也不愿意看到你嫁给他们任何一个。"

　　"爸爸，我也这么想。"她激动地说，"反正杰斐逊很快就要来了。"

　　"不错，他马上就会来的，早一天到早好。咱们还不清楚他们接下去还要搞什么鬼。"

　　确实，这位倔强的老农夫和女儿多么需要有个人给自己出出主意，帮他俩一帮。在这个移民区的历史中，从没出现过这样的事：有人胆敢违抗长老的权威。如果说犯了小错小过都要遭到严厉的惩罚，那么这种公然的谋反举动会有什么后果是可想而知的。

　　费里厄知道，他的财富、他的地位对他将毫无帮助。在此之前，有些像他一样知名、一样有钱的人，突然消失不见，被除掉了。他们的财产全部由教会没收。

名师批注

‖阅读看点‖

　　两个客人的威胁言论暗示了父女俩接下来的日子将很不好过。

‖阅读看点‖

　　此刻对杰斐逊的期盼更甚，孤苦无依的父女俩此时不亚于当年在荒原时的处境。

名师批注

他是个勇敢的人，但是临到他头上的暗中莫名的恐怖，他防不胜防，想起来就不寒而栗。任何亮在明处的危险，他勇于直面相对，眼都不眨一眨，但是这种无法捉摸的危险，令人惶惶不可终日。不过，尽管如此，他还是把惊恐隐藏起来，不让女儿知道，强自装出一副若无其事的样子。可是女儿那双聪明的眼睛，却完全看出他在提心吊胆，忐忑不安呢。

他预料，因为他的所作所为，他将得到扬的某种口信或告诫，事情果然不出他所料。第二天早晨，他刚起床就惊奇地发现，在他的被子上，正好在他的胸口处，别着一块方形小纸片，上面用印刷字母写着一行粗重的、歪歪斜斜的字："限你在29天内改正错误，否则……"

最后这一横道，比任何恫吓都更令人感到恐惧。更令约翰·费里厄百思不得其解的是，这个警告的小纸片是怎么进入他的卧室来的，因为他的仆人就睡在外屋，而所有的门窗都拴得十分牢靠。他把那个纸条揉成一团，并且对他女儿只字不提，可是，这件事却让他感到胆战心惊。这二十九天显然是扬所指的一个月期限剩下的日子。什么样的力量和勇气才能对付拥有如此神秘力量的敌人呢？把纸片别在他被子上的那只手，本来完全可以把刀刺进他的心脏，而且他永远也不会知道谁是杀害他的凶手。

次日早晨发生的事更令他吃惊。当他们坐下来吃早饭时，露茜手指上方，发出一声惊叫。原来天花板的中央涂着一个数字："28"。一看就知道是用烧焦的木棒写上的。他女儿不明白这数字的含义，他也没有点破。当天晚上他拿着枪守了一个通宵，什么动静也没有。然而早晨门上又涂上个粗大的"27"。

‖ 阅读看点 ‖

费里厄一边要担惊受怕，一边又要保护女儿，不让女儿感觉到危险。

‖ 阅读看点 ‖

29、28、27，数字的变化不仅表明了危险的一天天临近，也表明了神秘组织的无孔不入。

就这样一天又一天，就像黎明每天照例必定来临一样，他每天发现那个看不见的敌人在记着数字，在这里那里的显眼处上准确地写出他的一月期限还剩几天。有时候，这个催命的数字出现在墙上，有时候出现在地板上，有几次也用小卡片扎在花园门上或是栅栏上。<u>约翰·费里厄虽然百般警惕、留心，终究未能发现这些每天都有的警告是什么时间干成的。他每次看到这些警告，就有一种几乎是迷信般的恐惧。他坐卧不宁了，一天天憔悴起来，他的两眼露着被追猎的动物那样惊骇仓皇的神色。</u>现在他唯一寄救命的希望于年轻的猎人从内华达赶快回来。

二十天变成了十五天，十五天变成了十天，出远门的人仍然杳无音讯。期限在一天天减少，可是依然见不着他的踪影。每当听到大路上响起马蹄声，或是听到车夫吆喝拉车套马的声音时，这个老农就会赶忙跑到大门口，以为他们的救星终于到了。最后，当他看到五天变成了四天，四天变成了三天，这时他丧失了信心，而且完全放弃了逃走的希望。他一个人孤掌难鸣，加上他对围绕着这个移民居住区的大山了解得不多，他知道自己无能为力。主要的几条大道已经被把守起来，没有四圣会的命令，任何人都不能通过。他又能走哪条路呢？这场临头大难看来是在劫难逃了。<u>但是，这位老农以死相拼的决心没有动摇，他决不容忍任何对他女儿的侮辱。</u>

一天晚上，他独自一人坐在那里，反复琢磨着他所面临的这场厄运，可是怎么也想不出可以摆脱这种困境的办法。这天早晨，屋子的墙上出现了"2"字，明天，就是规定期限的最后一天了。到时候会发生什么样的事情呢？他脑子里充满了各种各样模糊不清而又十分可怕的设想，他女儿在他死了以后又会遭到什么样的命运

‖ 名师批注 ‖

‖ 阅读看点 ‖

通过费里厄的反应烘托了这无声无息的恐怖气氛。

‖ 阅读看点 ‖

尽管处境已是岌岌可危，顽强的老农仍没有放弃反抗的决心。

名师批注

写作看点

通过两个疑问句写出了老农心情的忐忑不安，既烘托了气氛，又设置了悬念。

阅读看点

霍普行进方式的奇特既增添小说的趣味性，又说明了当时形势的严峻。

呢？难道就逃不出周围笼罩在他们头上的这个无形的天罗地网？他想到自己的无能，不禁伏在桌上掉下泪来。

怎么回事？在这万籁俱寂的时刻，他隐约听到轻轻的剧蹭声。声音虽然很轻，但在夜深人静时却听得分明，声音是从大门那边来的。费里厄悄悄进入客厅，屏声敛息听起来。有一会儿，声音没了。后来这轻微而不祥的剧蹭声又响起来。显然，有人在轻轻扣门板。莫非是哪个杀手半夜来执行秘密法庭的判决？要不然就是来涂写最后的期限？约翰·费里厄感到与其这样提心吊胆、心神不宁地活着，不如拼它一死。于是他跳上前去，拉下门闩，打开门。

外面空寂宁静，夜色清朗，点点繁星在头顶闪闪烁烁。老人面前是一个庭前小花园，围有花园篱栅，栅上是外门。可是，栅门、路上都不见有人。费里厄舒了口气，他再向左右两边看看，当他眼睛不经意转向脚下看时，吓得魂飞魄散，看见是一个人，伸展四肢趴在地上。

这一惊，令他不觉身子后退靠到墙上，手扼着喉咙没叫出声来。他以为这个地上的人是受了伤或是快要死去，但是定睛再一看，这个人还在匍匐扭动，像巨蛇一样悄无声息地向屋里游进来。一进屋内，这人一跃而起，反身将门关上。老农这才看清是杰斐逊·霍普那张神色严峻而坚毅的脸，这令他目瞪口呆。

"天啊！"费里厄惊恐地说，"你可把我吓坏了。你为什么这么进来？"

"给我吃的，快！"霍普声音沙哑地说，"我已经两天两夜没来得及吃上一口东西。"主人的晚餐原封不动地摆在桌上，霍普跑了过去，抓起冷肉和面包狼吞虎咽地吃起来。他吃饱了，才问道："露茜还好吗？"

110

"她很好，她并不知道这种危险。"费里厄答道。

"这很好，这房子四周都有人监视。这就是我为什么爬进来的原因。他们是够狡猾的，但是，再狡猾也休想逮住一个瓦休尔湖的猎人。"

约翰·费里厄觉得自己现在已成了另一个人，他心里明白，他有了一个可为其献身的同盟者。他一把抓住这个年轻人粗糙的手，热诚亲切地紧紧握住它。

"你是个值得骄傲的人，"他说，"这种时候难得有人来与我们共患难，闯险关。"

"算是给你说对了，老爷子。"年轻的猎人答道，"我一向敬重你。但是如果这事只与你一个人有关，我在把头伸进马蜂窝前还得犹豫一阵子的，我是为露茜而来的。我想他们还来不及对露茜下毒手，犹他州的霍普一家子早已无影无踪了。"

"现在该怎么办？"

"明天是最后一天，今天晚上就得行动，否则，来不及。我备好了骡子和两匹马，在鹰谷那儿。您有多少钱？"

"两千金币，五千钞票。"

"行了，我也有这么些，加在一起足够了。我们得翻大山，走卡森城。快去叫醒露茜。还好旁人都不睡这屋子，方便不少。"

在费里厄去叫露茜准备好上路的当儿，霍普把所有能够吃的东西打成了包，同时把一个粗陶罐盛满了水——凭经验他知道，山里泉水很少，而且相距很远。他刚收拾好东西，这个农民和他的女儿就走了出来，整装待发。这对恋人彼此问候了一番，非常亲热，但时间短促，因为此时分分秒秒都十分宝贵，而且还有许多事情要做。

‖ 名师批注 ‖

‖ 阅读看点 ‖

通过费里厄的话我们可以看出霍普是一个勇敢而重情重义之人。

‖ 阅读看点 ‖

霍普对这次能成功逃跑充满了信心，也做好了相应的准备。

名师批注

‖阅读看点‖

对于这次逃亡路上将要遇到的危险，霍普已抱定必死的决心。

‖写作看点‖

以静写动，以平和写恐怖，更加衬托出当前的危机。

"我们必须立刻动身，"杰斐逊·霍普说，他的话音很低但很坚决，就像一个人明知前面有极大危险，也决心破釜沉舟迎难而上一样，"前后的出口都有人把守，但只要我们小心点，还是可以从两边的窗户出去的，然后再穿过田野逃走。一旦上了路，再走两里路，就到达鹰谷了，准备的马和骡子都在那儿等着我们。天亮之前，我们必须赶过一半的山路才行。"

"如果我们遭到阻截怎么办？"

<u>霍普拍了一下上衣下面露出的左轮手枪柄冷笑着说，"即使他们人多，我们寡不敌众，至少我也要干掉他两三个。"</u>

屋内的灯火全灭了。费里厄透着黑漆漆的窗子打量那些原属于自己的田地，很快他要永远离弃它们了。做出这样的牺牲不是一下子就能狠下决心的。但是一想到女儿的尊严和幸福，纵令倾家荡产也在所不惜。<u>沙沙低语的树林、一片宁静的田畴，显得平和、幸福。</u>谁会想到这里潜伏着杀机。这位年轻的猎人苍白的脸孔和急切的表情说明在他进屋之前，已把当前的形势看得一清二楚了。

费里厄提着装满金币、钞票的钱袋，杰斐逊·霍普带着不多的口粮和饮水，露茜手里是一个小包，包的都是些她所珍惜的细软物品。他们慢慢地、悄悄地推开窗子，等一片乌云遮得夜色朦胧的时候，便一个跟一个翻窗进入小花园。三人屏声静气，弯着腰，深一脚浅一脚地穿过花园，借着树篱的遮挡，紧贴着走到一个通向麦地的缺口处。他们刚刚走近这个缺口，霍普突然一把抓住父女二人，把他们拖入隐蔽处按倒。三人一动不动地伏着，大气也不敢出。

幸亏在草原上久经锻炼，使得霍普有一对像山猫一样锐利的耳朵。他们刚刚伏下来，就听见几步之外有一声猫头鹰的惨叫，而在不远的地方有另一声的呼应。只见一个模糊的身影，在他们经过的那个缺口出现了，他又发出一声哀叹的信号，立刻有一个人从暗处走了出来。

"明天半夜。"第一个人说，他似乎是个头儿。

"好吧，"第二个人答道，"我要不要告诉德雷伯兄弟？"

"把话传给他，让他再传给其他人。九至七！"

"七至五！"另一个紧接着说。说完，这两个人便非常迅速地朝不同的方向而去。他们最后说的那几个数字，显然是某种形式的暗号。

他们的脚步声刚在远处消失，杰斐逊·霍普就立刻跳了起来，帮他的两个同伴穿过豁口，以最快的速度领着他们跑过田野。此时，露茜似乎已精疲力竭，他是半扶半拖地带着她跑的。

"快点！快点！"他气喘吁吁地不断催促他们，"我们已经穿过了警戒线。一切就靠速度了，快跑！"一上了大路，他们更加速跑步。路一边忽然发现有人，三人赶快藏入一片麦地，躲了过去，没让撞见。快到城外的时候，霍普折入一条通入山里的崎岖小道。面前是两座黑压压的险要山峰，隐现在夜色中。两山之间的隘路就是鹰谷，马匹就在那里等候着他们。杰斐逊·霍普识路本领高强，绝无差错，能在乱石巨砾之间拾路而进，再沿着一条干涸的水道，进入石山屏障的僻静之处，三匹牲口正乖乖地拴在那儿静候。露茜骑上骡子，老费里厄带上钱袋骑一匹马，杰斐逊·霍普骑另一匹马沿险峻的山道走在前面。

对任何不习惯面对最喜怒无常的大自然的人来说，

名师批注

‖阅读看点‖

显然"明天半夜"就是摩门教组织实行恐怖手段的日子。

‖阅读看点‖

"快"字显出了他们行走速度之快，也烘托出了当时紧张的气氛。

名师批注

写作看点

"绝壁""嶙峋""狭窄"等词的使用形象地写出了山路的艰险,行路的艰难。

阅读看点

惊险的关隘过去了,宽阔大道在等着他们,由紧张转为平和。

这是一条极难行走的路。<u>山麓的一边是千丈绝壁,黑暗、险峻,令人生畏。在嶙峋的绝壁上,一条条长长的岩脊,就像某种僵化了的魔鬼身上的一根根筋骨。在山路的另一边,则到处堆积着乱石和碎岩,无路可走。就剩下中间的这条小路可走,有些地方非常狭窄,只容一个人通过。山径弯弯曲曲,只有善骑的人才能通行。</u>虽然他们行路艰难,但他们的心情却是愉快的,因为他们每前进一步,就远离他们的出逃之地一步。

可是不久他们便发现他们仍处在摩门教的势力范围之内。当他们来到这条小路最荒凉的地段时,露茜突然惊叫了一声,用手指着上方。原来,在山路上方天空的衬托下隐现出的一块黑黑的岩石上,孤零零地站着一个哨兵。他们发现他时,他也看到了他们。于是,在这沉静的山谷里,传来了哨兵的询问声:"谁在那里?"

"去内华达的旅客。"杰斐逊答道,一面握住悬挂在鞍边的来复枪。

可以看得清,哨兵是一个人,正用枪瞄准着他们。他对这个回话存有戒心。

"得到谁准许了?"哨兵又问。

"四圣会准许的。"费里厄回道。摩门教的规矩他是内行,四圣是最高权威,它就是最高指示。

"九至七。"岗哨叫道。

"七至五。"杰斐逊接口应道,他脑子里备着刚才在花园里听到过的口令。

"过去吧,上帝与你们同在。"上面传来了这个声音。<u>一过这个关口,前方的道路便宽阔了许多,马匹放开四条腿跑起来,回头望去,还能看见那个哨兵,倚着枪支,孤寂地站在那边。他们知道,他们已经闯过了上帝选民的边防要隘,自由,就在前面了。</u>

阅读理解

在这一章中，费里厄父女在恐怖中一天天受着威胁，也焦急地等待着霍普归来，聪明的霍普采用爬行的方式来到了费里厄的家，带领父女俩离开了这个是非之地。

写作借鉴

用生动的笔触写出了霍普的聪明和善于谋划，在接到求救的信号后，他发现费里厄的家被严密监视，就像蛇一样爬到了费里厄的客厅，对于如何带父女俩脱困也是经过了周密的部署。

回味思考

1. 四圣会是采用什么方式企图逼父女俩就范的？

2. 为了救父女俩脱困，霍普进行了哪些安排？

第十二章　复仇天使 ［精读］

导语

　　一行三人顺利地通过了摩门教教区的边防要塞，他们走过崎岖的山路，不分昼夜地赶路。他们越走越远，以为逃离了摩门教的魔掌。这一天霍普出去寻找食物，回来时却发现一切已是物是人非。

名师批注

　　一行三人在这迷离曲折的羊肠小道和崎岖不平、乱石杂陈的山间小路上走了整整一夜。不止一次迷了路，但由于霍普对这一带山区情况熟悉，他们一次又一次找到了路。天亮了，眼前呈现一幅奇妙的景观。虽然地处荒凉，景色却十分壮丽。四面八方是白雪皑皑的雄伟山峰，山峦起伏，逶迤而去，直抵天外。山路两旁是悬崖绝壁。山上的落叶松像是悬空挂在人们的头顶，一阵风过来，就要被吹倒压将下来。不过这绝非只是幻觉，因为这蛮荒凄凉的山谷草木丛生，乱石遍地，岩石和树木确实滚下来过。在他们行程中，有一次就有一块巨石雷鸣般滚了下来，隆隆声在寂静的峡谷中回荡，吓得疲惫的骡马快跑起来。

‖写作看点‖
　　举例说明他们行程中的艰险。

　　随着旭日从东方地平线上缓缓升起，那白雪盖顶的群山恰似节日时的灯火，一个接一个地明亮起来，直至它们都披上了一层微红而绚丽的面纱。这一奇观使这几个逃亡者为之振奋，并给他们带来了新的活力。在一个激流奔腾的深谷里，他们停了下来，饮了马，同时也匆忙地用了早餐。露茜和她父亲很想在此多歇息一会儿，可是，杰斐逊坚决不同意。"这时，他们可能正沿着我们的行踪追赶上来，"他说，"一切都取决于我们的速度。一旦平安地进了卡森城，即使休息一辈子也不碍事。"

整整一天，他们都在山间小道上奔波前行，临近傍晚时，估算一下离开魔窟总共有三十英里。一入夜，他们选择一处突岩的底下安顿栖息，可以有个遮蔽，挡掉一点寒气。三个人紧紧挤在一起保持温暖，这样总算睡上了几小时的觉。可是不等天亮，三人都醒了，起身继续赶路。他们一直没有发现后面有追踪者的迹象。杰斐逊·霍普就开始放松下来，以为已经逃出了虎口，那个横加迫害的罪恶组织对他们已经鞭长莫及。他竟不知道那个铁掌可以伸展到多远，更不知道这铁掌立刻就要逼近，把他们击个粉碎。

他们逃走的第二天，大约中午，不多的食物就要吃光了。不过，这件事并没有使这位猎手感到不安，因为大山里有的是飞禽走兽，可供猎取充饥。从前，他就常常靠他的那支来复枪来维持生存。他选择了一个隐蔽处，拾了一些枯枝干叶，生起了火，让他的同伴取暖，因为他们现在处在海拔五千英尺的高山上，空气寒冷彻骨。他把骡马拴好，和露茜告别后，就背上他的来复枪，出去碰碰运气，打些野味。他回过头来，看见老人和少女正围着火堆取暖，三匹骡马一动不动地站在他们后面。再往前走几步，高大的岩石挡住了他的视线。

他走了两英里地，翻过一座座深谷，却一无所获。不过从树干上的痕迹和其他迹象判断，附近有很多熊出没。但是搜寻了两三小时，仍无结果，绝望之余他正打

名师批注

‖阅读看点‖
承上启下，既说明了他们防备之松懈，也提示了下文将要发生的事。

‖阅读看点‖
霍普的最后一瞥成了与父女俩的诀别。

名师批注

‖阅读看点‖

作者花了大量篇幅描述了霍普的迷路,也为下文做了铺垫。

‖阅读看点‖

详细描述了夜色中霍普匆匆赶路的心情。

算回去,就在这时候他抬头一看,喜出望外。在离他三四百英尺的高坡突出的一块悬岩边上,有只野兽,外表像羊,但头上长着一对巨大的角。这只被称作"大角"的畜生可能在为这位猎人视线之外的一群同类担任警戒。幸运的是这只野兽背对着他,所以没有发现他。他伏倒在地,把枪架在一块石头上,慢慢地、稳稳地瞄准之后才扣动扳机。那野兽往空中一蹿,落在岩石边挣扎几下,掉入深谷。

这只野兽又大又重,他无法背动它,于是他将它化整为零,把它的背部、腿以及部分胁腹上狭长的肉条割了下来。他扛起这些战利品,赶忙顺原路往回走,此时已近黄昏。但他刚准备动身,就意识到自己又面临困境了。由于觅食心切,他走得太远了,越过了他所熟悉的那些山谷,现在要想原路返回,绝非易事。他发现他现在立足的这个山谷,此时已分成多个山谷,并且又派生出千沟万壑,它们如出一辙,十分相似,几乎无法区分。他沿着一个沟壑走了一英里多,来到一个山洪奔流的地方,他肯定以前从未见过这个地方。他断定自己走错了路,于是改走另一条,结果仍然不对。

夜色很快笼罩下来,等他终于摸对了熟悉的回路,天已经全黑。这就很难保证再不会出错,还是要小心翼翼,不可以心急乱闯。月亮还没有升起,两边挡着矗立的绝壁,四周更加漆黑,伸手不见五指,脚下不知高低;身负重物,又是劳累了一天,他提着一颗紧张的心摸摸索索蹒跚前行;全靠精神支撑,每挪一步,就念叨着又靠近露茜身旁一步。他还快慰地想着已经打到吃的东西,足够三人在以后的旅途吃的了,不会饿肚子。

他现在来到了他把他们留在那里的那个山谷的入口。即使在黑暗中,他也能辨认出遮断谷口的那些巨大岩石的轮廓。他想，他们此时正在着急等待他回去呢，因为他离开他们有五六个钟头了。出于一时高兴，他把两手放在嘴边大喊一声"喂"，借着幽谷的回声，召示他们他回来了。他停了一下，倾听着对方的回声。可是，除了他自己的声音在这幽谷中无数次地回荡外，没有别的声音。他又叫了一声，比头一次的声音更响亮。可是，他还是听不见他伙伴们的回声。这时，他感到了一种隐约的、莫名的恐惧。于是，他急奔过去，忙乱中把宝贵的兽肉也扔掉了。

　　他转过弯，清清楚楚看到不久前生着火的地方，还留着一堆木炭，微微闪着光。显而易见，他离开后火堆便没有人照料了。四周仍是一片沉寂。这个晴天霹雳使得杰斐逊·霍普惊慌失措，他感到天旋地转，神情恍惚，不得不用来复枪来支撑着自己，以免倒下去。但他毕竟是一个坚强的、注重实干的人，所以，很快他就从这种短暂的软弱而无能为力的状态中恢复过来。他从闷火堆中捡出一根烧得半焦的木柴，把它吹着了，借着火光，把这临时安顿的小小营地查看了一遍。只见地面上到处都有马蹄印，这表明，一大队骑马的人追上了逃亡者，并且从他们离去的方向也可以证明，后来他们又返回了盐湖城。他们是否把他的两个伙伴都带走了呢？

　　杰斐逊·霍普心想他们当然要这么做。这时，他的眼睛落到了什么东西上，不禁使他全身神经紧张。离憩息地不远，有一个红土堆，土堆不高，但肯定原先是没有的。一点不错，这是一个新堆起的土坟。年轻的猎人走过去，仔细一看，上面还插一根树枝，树枝开裂的缝里夹有一张纸，纸上有字，写得很潦草，但看得清楚：

约翰·费里厄

名师批注

‖写作看点‖

以动写静，用霍普一遍一遍地呼唤暗示着发生了大事。

‖写作看点‖

通过霍普的心理活动设置悬念，吸引读者。

名师批注

阅读看点

爱人的离去不仅没有使他意志消沉，反而坚定了他复仇的决心。

写作看点

通过描写霍普的脸色和行动表现了他复仇的决心。

生前居住盐湖城
1860年7月4日殁

他离开不久，这位健壮的老人就这样走了，而这两行字竟成了他的墓志铭。霍普又四处寻找，看看是否有第二座坟堆，可是一无所获。露茜一定是被那些可怕的追踪者带了回去，去接受她原先的命运，成为长老儿子的小老婆。当这个年轻人意识到她的命运确已如此而他又无力加以阻止时，他真的想随老农去了，一起长眠在这块安息地里。但是他的积极进取精神再次战胜了绝望而滋生的伤感之情。即使到山穷水尽的地步，也还有一条命，可以去复仇雪耻。

杰斐逊·霍普具有非凡的耐心和毅力，以及坚忍不拔的精神，因此他的复仇心是百折不挠的。这大概是在和印第安人相处的日子里学来的。他伫立在孤独的火堆旁，认为只有一件事能减轻自己的痛苦，那就是亲手杀尽仇敌。他脸无人色，凶狠异常，一步一步挨到丢下猎物的地方，又点起行将熄灭的篝火，烤好足以吃几天的兽肉，捆成一包。这时他虽已劳累不堪，但还是沿着复仇天使的足迹，翻山越岭追踪下去。

他沿着先前骑马走过的隘路，艰难地跋涉了五天，他感到筋疲力尽，腿脚疼痛。夜里，他就在磐石间歇息，抓空睡了几小时，天还未亮，就又启程赶路了。第六天，他已到达鹰谷，他们注定要倒霉的这次逃亡就是从这里开始的。从这里往下看，就可以看到摩门教徒们的居住地和园林。他现在已是心力交瘁、疲惫不堪了，不得不倚枪而立，面对着下方这个宁静、广阔的城市，他义愤填膺地挥舞着他瘦削的拳头。当他俯视这座城市时，他发现在一些重要的大街上挂着旗帜和其他的节日标志。

他正在猜测其中的缘故，忽听得一阵马蹄声，扭头一看，有个人骑马向他这边过来。等来人一走近，他认出了是个摩门教徒，名叫考珀。他曾先后多次帮助过这个人，有过交情，因此等他靠近，便迎上去招呼他，目的是要打听露茜·费里厄的消息。

"我是杰斐逊·霍普。"他说，"你该记得我吧。"

这个摩门教徒惊异不已地看着他——说实在的，从眼前这个脸色苍白、面目狰狞、衣衫褴褛、蓬头垢面的流浪汉身上，已经很难找出往日那个年轻英俊的猎手的影子。但是，他还是认出来此人就是霍普。顿时，他的惊异变成了恐惧。

"你一定是疯了才跑到这里来，"他叫了起来，"要是有人看见我和你说话，我就没命了！因为你帮助费里厄父女逃走，四圣会已经发了通缉令要逮捕你。"

"我才不怕他们，不怕什么通缉令。"霍普急切地说，"考珀，你多少知道一些底细吧。我求你好歹看在过去的情分上，回答我几个问题。你我朋友一场，看在老天爷的分上，你不会拒绝吧？"

"什么问题？"摩门教徒惴惴不安地问，"快说，这些石头都长耳朵，树木也长眼睛。"

"露茜·费里厄现在怎么样？"

"昨天她和小德雷伯结婚了。立稳了，伙计，立稳了。看你连魂儿也飞了。"

"别管我。"霍普有气无力地说。他脸色刷白，一屁股坐在石头上，"你是说结婚了？"

"昨天结的婚——所以圣仪堂都挂了旗呢。小德雷伯和小斯坦格森，为到底谁该娶她，两人还吵了起来。两个人是一起去追他们的，是斯坦格森开枪把露茜父亲打死的，他觉得做得有功，姑娘该归他。这么吵吵地到

名师批注

阅读看点

通过考珀的视角写出了这个追踪者的模样，进而暗示了他一路上的辛苦。

写作看点

通过考珀的话和霍普的反应说明了霍普当时失落无助的心情。

名师批注

‖ 阅读看点 ‖

通过考珀对露茜神情的描述为下文露茜的死亡做了铺垫。

‖ 写作看点 ‖

用"大理石雕刻"来比喻此刻霍普的脸相非常形象，他已下定了复仇的决心。

了四圣会。德雷伯一方势力大，占上风，先知就把姑娘许给了德雷伯，可是谁占有她都是白搭，她是活不长了。我昨天就看出她一脸死灰，没女人样了，简直成了鬼。你要走吗？"

"嗯，我得走了。"杰斐逊·霍普说，站起身来。他的脸相如同一尊大理石雕刻，表情坚毅冷酷，双眼闪露出凶光。

"你要上哪儿去？"

"你别管我。"他答道，同时背上他的枪，大踏步地走下了山谷，他一直走到野兽经常出没的深山里。众兽之中，没有比他更凶猛、更危险的了。

那个摩门教徒的预言果然全部都验证了。不知是因为父亲的惨死，还是由于她对被迫成婚充满仇恨的缘故，可怜的露茜再也不像以往那么朝气勃勃，她日渐消瘦，日渐憔悴，不到一个月，便抱恨终身地死去了。她那个酒鬼似的丈夫之所以娶她为妾，其主要目的是为了得到约翰·费里厄的财产，因此对于她的死无动于衷，倒是他的其他妻妾对她的不幸表示了哀悼，在下葬之前，按照摩门教的习俗，整夜为她守灵。

第二天早晨，正当他们围坐在灵床边的时候，房门突然大开，一个衣衫褴褛、面容粗野的男子闯了进来，她们被吓得惊恐万状、目瞪口呆。这个人对缩成一团的女人们并不理会，径直走向那具深藏着露茜·费里厄纯洁灵魂的苍白安静的遗体。他弯下腰，低下头，在她那冰凉的额头上虔诚地吻了一下。接着，他拿起她的左手，把结婚戒指取了下来。"她不能带着那只戒指下葬。"他咆哮着说。

当人们因慌乱顾不上声张时，他早已跑下楼走了。这一意外事件是那样离奇突兀，要不是新娘手上的戒指已不翼而飞，守灵的人说什么也不会信以为真，也难以使别人相信这是不容置疑的事实。

杰斐逊·霍普在大山中闯了几个月，过着原始的野蛮生活。他始终不忘奇耻大辱，时刻要报仇雪恨。城里传说纷纷。有人说曾见过这个幽灵般的人在近郊露过面，也有人说他曾在山谷出没。有一次一颗子弹穿过斯坦格森卧房的窗户，打在离他一英尺的墙上。

又有一次，德雷伯从一座峭壁下走过，一块大卵石忽然从上面朝他飞下来，他连忙趴下，石头擦过没有击中，才算逃过一命。这两个摩门教年轻教徒，不久弄清楚了霍普追杀他们的原因，于是就带领人马进山，想要活捉这个敌人，捉不住也得把他击毙，但是屡次进剿，屡次失败，以后只好加倍谨慎小心，不再单独外出，晚上更是足不出户，住宅周围，增派岗哨，严加防守。如此一段时间以后，对手不见动静了。他们就指望随着时间的转移，复仇之心也会冷却下来，所以也渐渐地放松了警戒。

但事实并非如此，要说稍有区别的话，那就是霍普的复仇心更加强烈了。他本来就具有顽强的百折不挠的精神，复仇这件头等大事已完全占据了他的心，再也没有考虑其他情感的余地。然而，首先他是一个讲究实际的人。不久，他便认识到，即使他体格十分强壮，也无法承受这种连续的操劳。此外，这种风餐露宿，缺少有益健康的食物的境况，也将大大地损耗他的体力。

假如他像条野狗那样死在大山中，那么，复仇大计岂不付之东流？而且，如果他这样坚持下去的话，那他肯定会像野狗一样死去。如果这样，那不就是帮了敌人的大忙吗？所以他不情愿地回到了内华达他待过的矿上去，以便在那里恢复体力，积蓄足够的钱，以备将来

‖ 名师批注 ‖

‖ 阅读看点 ‖

霍普的暗杀起到了一定作用，现在轮到斯坦格森和德雷伯两个惶惶不可终日了。

‖ 写作看点 ‖

通过两个反问句表达了霍普复杂的心理活动，也引起了读者的思考。

名师批注

‖阅读看点‖

　　复仇之路多曲折，现在仇人又不知所终。

‖写作看点‖

　　"一年、一年地过去""黑发变成白发"写出了霍普复仇之路的漫长和始终不变的决心。

继续追踪他的仇人。

　　他原打算一年后回来。但由于种种意外而复杂的原因，害得他迟迟不能脱身。在矿上一待差不多就是五年之久。五年过去了，他对自己所经历的苦难仍然切齿不忘，他的复仇心与当年立在费里厄坟头时一样强烈。他乔装打扮，改名换姓，又回到盐湖城。他已把生死置之度外，只求一伸正义。但是一到盐湖城他才发现事与愿违。几个月前自称上帝选民的摩门教发生了内讧。教会中年轻的一派起来造反，他们反对长老的权威。结果不少人退出教门，纷纷离开犹他州，成为异教分子。其中就有德雷伯和斯坦格森。谁也不知道他俩的下落。据说德雷伯变卖了大部分家产，得了一大笔钱，成了个大富翁，而他的同伙斯坦格森则比他穷得多。然而他们到底在哪里，没有人知道。

　　面对这种困难情况，许多人即使怀有旧怨宿仇，也难免心冷而放弃报复的念头。可是杰斐逊·霍普一刻也没有动摇过，他揣着一点盘缠，一个城市一个城市地在美国追寻他的仇人。没有钱的时候，就找点事做，打工糊口。如此一年一年地过去，他的黑发变成白发，仍坚持不懈地流浪寻找。他成了一头人中的猎犬，他铁定了心，咬定这个目标，拼死也不会放松。最终，苍天不负苦心人，总算给他一次隔着车窗瞥见一张脸的机会，虽只一瞥，但使他确信，追踪的目标就在这俄亥俄州的克利夫兰城。

　　他回到他那破陋的寄宿处，策划了他的复仇计划。但无巧不成书，没想到那天德雷伯也从窗口认出了大街上的这个流浪汉，并从他的眼中看出了杀机。于是，在当时已成为他私人秘书的斯坦格森的陪同下，匆忙找到一位治安法官，并向他说明，由于一个往日情敌的嫉恨，他们的生命危在旦夕。当天晚上，杰斐逊·霍普就被监禁起来了。由于无人作保，他被关押了几个星期。当他最后被释放时，他发现德雷伯的住处已是人去楼空，他和他的秘书都去了欧洲。

霍普的复仇计划又一次成了泡影。但是，积淀在心中的仇恨再一次激励他继续追踪下去。然而，由于缺少旅费，他不得不回去工作一段时间，节省下每一块钱，以便为未来的旅行做好准备。终于，在积蓄了足够维持生活的费用后，他动身前往欧洲，一个城市一个城市地追踪他的敌人。钱花完了，就打工，什么低下的工作他都干，但是他还是没有赶上那两个逃亡者。当他赶到圣彼得堡时，他们已经前往巴黎了。等追到巴黎，他们已去丹麦的哥本哈根了。结果等他追到丹麦的首都时，又晚了几天，他们已去伦敦了。最后他终于在伦敦迫使仇人就范。至于以后发生的事，直接引用华生医生的日记中所记录的这位老猎人的口述最合适不过了，况且本书的第一部就是这样的。

名师批注

‖写作看点‖

作者将话题巧妙地转入华生的日记，与前文衔接下来使转述不落俗套。

阅读理解

文中三人的逃亡接近尾声，满以为逃亡已经成功的他们却没料想更大的灾难正等着他们，费里厄在反抗中身亡，露茜被摩门教徒带回了盐湖城，被迫嫁给了小德雷伯，最后悲惨地死去。强烈的复仇之心在霍普胸中冉冉升起，他终日行走于大山深处，伺机报仇。

写作借鉴

1. 逃亡之旅急转直下，成为一场惨不忍睹的悲剧，作者用细腻的笔触描述了这一过程。

2. 末尾从后一个故事转到了前一个故事，承上启下。

回味思考

1. 霍普背着沉重的猎物回来时发现了什么？

2. 被复仇的烈焰所包围的霍普做出了怎样惊人的举动？

3. 故事中父女俩最后的结局是怎样的？

第十三章　约翰·华生医生回忆补记 [精读]

导语

从老猎人的故事转入了华生医生对这次案件的叙述，被抓的犯人不再反抗，他请求能够自己走下楼去并得到同意，一行人就这样来到了警察局，犯人将会为我们揭开一个怎样的谜底呢？

人犯的疯狂拒捕显然并不是出于对我们这些人有什么敌意。当他看到他只能束手就擒时，便态度一转，温和而友善地笑了起来，并表示说刚才的挣扎不知有没有伤着我们。"不用说，你要把我送到警察局去。"他对歇洛克·福尔摩斯说道，"我的车在门口。把我的腿松绑，我自己走下去。我身体不轻，不像以前了，你们抬不动我的。"

格雷格森和莱斯特雷德交换了一下眼色，他们似乎在说，这个家伙提出这种要求太无耻、太大胆了。但是福尔摩斯却立即接受了这个罪犯的要求，把我们捆在他脚踝上的毛巾解开了，他站了起来，伸了伸腿，好像是验证一下他的双脚是否真的获得了自由。我还记得，当时我看着他时，我心想，我很少见过比他的身体更魁梧的人了。他那黑黑的有晒斑的脸上流露出一种坚定果敢

名师批注

‖阅读看点‖

霍普并不是一个生性邪恶的人，他其实是一个善良友爱之人。命运的驱使导致他杀了人。

名师批注

‖阅读看点‖

犯人的赞赏无疑是对福尔摩斯工作的最大肯定。

‖阅读看点‖

福尔摩斯对华生的信任与日俱增,也使华生有幸见证了接下来的时刻并记录下来。

‖写作看点‖

用一个生动的比喻形象地说明人犯胸腔中已出现了病变。

和干劲十足的神情,同他的力气一样令人生畏。

"要是警察局长的位子还空缺,我看让你坐最合适。"他眼盯我的同伴,毫不掩饰地流露出钦佩之意,"我到底给你盯上了。手段可真叫绝。"

"你们两位最好跟我一起去。"福尔摩斯对两名侦探说。

"我可以给你们驾车。"莱斯特雷德说。

"好哇!格雷格森跟我坐在车厢内。医生,你也去。你对这案件已发生兴趣,那就一陪到底吧。"

我欣然同意了,大家就一起下楼去。我们的犯人根本不想逃跑,他平静地上了那辆曾经属于他的马车,我们也跟着上了马车。莱斯特雷德坐在车夫的位子,扬鞭催马前进,一会儿就把我们送到了目的地。我们被领到一间小屋,一位警官记下了犯人的姓名和他被指控杀死的两个男子的姓名。

"我有许多话要说。"人犯缓缓说道,"我愿意把案子原原本本告诉诸位先生。"

"你放到法庭上去说不是更好吗?"警官问道。

"我恐怕永远出不了庭。"他回答,"请不要奇怪,我的意思不是想要自杀。您是位医生?"他一对严厉的深色眼睛转过来瞧着我,这么问道。

"是的,我是医生。"我回答。

"那么,请您用手摸摸这儿。"他微笑着说,一面用他被铐着的手指着他的胸口向我示意。

我用手按了按他的胸部,马上感觉到在他胸腔里面有一种异常的不规则的跳动。而他的胸腔壁也在轻微地颤动,就像在一间不牢固的屋中,有一台动力强大的机器在工作一样。在这安静的室内,我可听到他胸腔里有一种出自同一来源的单调沉闷的杂音和嗡嗡声。

"啊，"我大声说道，"你长动脉瘤了！"

"他们都这样说，"他平静地答道，"上星期我去看过医生，他说过不了几天血瘤就要破裂。我得这病已有多年，眼看一年年坏下去。这病是我在盐湖城大山中得的。是由多少年风吹雨淋、过度疲劳、吃不饱引起的。现在我已了却心愿，不在乎早死迟死了。只是死前还有几件事得说个明白，我不想死后让人说我是杀人狂。"

警官和两名侦探匆匆商量了一会儿，不知道让他谈自己的经历是否恰当。

"医生，你认为他马上有危险吗？"警官问。

"很有可能出危险。"我答道。

"这样的话，为了公正，我们的职责显然是取得他的供述。"警官说，"你现在可以自由讲述你的经历，不过，我再次提醒你，你的讲述将被记录下来。"

"请允许我坐下来讲吧。"人犯说着，自己就不客气地坐下了，"这动脉瘤让我很容易疲劳，半个钟头前，我们还折腾了一番，雪上加霜。我是一条腿迈进了坟墓的人，人死不说假话，我说的话，字字句句都是真的。你们记录下来，怎么用，我管不着了。"

杰斐逊·霍普说着话，身子往椅背上靠，开始做出以下精彩的供词。他从容不迫，娓娓道来，那神情似乎他所述的是极为平常、平淡无奇的小事。我可以保证这篇补充供词完全正确无误。因为我是直接从莱斯特雷德的记录上抄下来的，莱斯特雷德把人犯的陈述一字不漏地照记在本子上了。

"我为什么憎恨这两个人，对你们来说，无关紧要，"他说，"他们的罪恶是害死了两条人命——一个父亲和一个女儿——仅此一条就够要他们偿命。自他们犯下这桩罪行以来，时间已过了这么久，我不可能提出罪

名师批注

‖阅读看点‖

了却了心愿，即使面临监禁和死亡，人犯也不惧怕，胸中平和。

‖阅读看点‖

霍普讲述了他要复仇的原因和决心。

名师批注

证到任何法庭去控告他们。但我知道他们有罪，所以我打定主意，我要把法官、陪审员和死刑执行者的任务全都担当起来。如果你们是男子汉大丈夫，如果你们也处在我的位置上，你们也会这样干的。

"我提到的那位姑娘二十年前准备与我成亲的。她是因为被迫嫁给这个德雷伯才伤心死的。我在她死后从她手上摘下这枚结婚戒指，当时我发誓一定要德雷伯看着这枚戒指死去，要他临死时想到自己犯下的罪孽，因此他是罪有应得。我一直把戒指带在身边，追踪他和他的同谋，跑遍两大洲，终于逮住了他俩。他们想拖垮我，但是办不到。要是我明天就死——可能会死，但我死前知道自己生前的使命完成了，完成得圆满。他俩完蛋了，是我亲手干掉的。我已经没有什么可留恋的，也没有别的愿望了。

"他们是富翁，而我是个穷光蛋。因此，要到处追踪他们，对我来说是件很不容易的事。当我来到伦敦的时候，我身无分文、一贫如洗。当时我觉得，我必须找点事干，维持生活。赶马车和骑马，对我来说就像走路一样平常，于是，我进了一家马车主的办公室，很快就被雇用了。每周我要向老板交纳一定数目的租金，剩余归己——虽说所剩不多，我总能设法维持生活。最困难的事是学会识路，因为我觉得，在所有的错综复杂的道路中，伦敦的街巷道路是最令人困惑的。我就在身边带一张地图，当我熟悉了一些大旅馆和主要车站后，我赶起马车来就顺当得多了。

"好不容易叫我找到了他俩的住地。我是东打听西打听，结果还是让我碰巧撞上的。两人住在泰晤士河对岸坎伯韦尔区的寄宿旅店里。只要让我找上他们，我保管叫他们逃不出我的手掌心。我留了胡须，他们认不出

|| 写作看点 ||

把赶马车和骑马比喻成走路说明了赶马车这活儿对于霍普来说非常得心应手。

我。我盯住他们，跟踪不放，找机会下手。这一次我是铁了心，说什么也不让他们再逃掉。

"尽管如此，还是差一点又让他们溜走。无论他们在伦敦走到哪儿，我都紧跟在后。有时我赶着马车尾随他们，有时是步行。但是赶车是最好的办法，因为这样，他们就无法甩掉我。

"只有在清晨或深夜我才能赚点钱，所以我开始拖欠店主的租金。但是，只要我能亲手杀掉我的仇人，其他的我就顾不得那么多了。

"他们也很刁。他们一定也想到可能让我跟上了。这不，他们从来不单独出门。天一黑就躲在家里。两个星期来我天天跟着他们，可就是没有见到他们分开。德雷伯倒有一半时间喝得醉醺醺的，可斯坦格森丝毫不敢怠慢。我早晚都盯着，可压根儿找不到下手的机会。我不泄气，总觉得机会就要来的。只有一件事叫我担心，那就是我这胸病，要是提早发作，那我的大事就完了。

"终于，一天傍晚，当我正赶着马车在他们住的那条叫托尔奎特拉斯的街道上来回走动的时候，我看见一辆马车开来，突然停在他们的住所门前。立刻有人把几件行李搬下来，送进马车，不一会儿，德雷伯和斯坦格森走出来一起上了马车，马车立即开走了。我见状赶紧扬鞭催马跟了上去，紧追不舍。当时，我感到非常不安，唯恐他们又改变住处。到了尤斯顿火车站，他们下了马车，我让一个小男孩牵着马，我跟着他们进了月台。

"我听到他们是买到利物浦的车票，站上的人说有一班车刚刚开走，几小时内不会再有班车。斯坦格森听了样子很懊丧，德雷伯反而高兴得很。

"我混在乱哄哄的人群中，离他们特别近，所以他

名师批注

‖阅读看点‖

侧面写出了霍普追踪生涯的不易。

‖阅读看点‖

两个仇人异常狡猾，使这条复仇之旅非常艰难。

名师批注

‖阅读看点‖

由此可以看出德雷伯脾气暴躁、目中无人的个性。

‖阅读看点‖

霍普的智慧在此处可见一斑。

们之间所说的每一句话我都能听得清清楚楚。德雷伯说他有一点私事要去办一下，如果斯坦格森愿意等他，他很快就回来。他的同伴劝阻他，并提醒说，他们曾经决定两人时时都要共同行动的，他不能单独活动。德雷伯答道，这件事有点棘手，必须他自己去办。我没听清斯坦格森又说了些什么，但是听到德雷伯破口大骂，并提醒斯坦格森，他不过是他雇佣的一个仆人罢了，不要太放肆，竟敢对他发号施令。

"当秘书的碰了一鼻子灰只好不多嘴。不过还是用商量的口气跟他说，要是他误了末班火车，那就到哈利迪旅馆找他。德雷伯听了回答说，十一点前他一准回月台，说完就出了车站。

"我等了多少年的时刻终于来到了。我现在可以控制住我的仇人了。他们在一起时，可以彼此保护，但是，他们独自一人时，就得受我的控制了。然而，我没有采取仓促的行动。我早已有了周密的计划。除非让仇人有时间弄明白杀死他的人是谁，为什么他受到这种惩罚，否则这种报仇是不能令人满意的。我的复仇计划早就安排妥当，依照计划，我要让剥夺我至爱生命的人有机会明白，现在是他罪有应得的时候了。正巧，几天前有一位先生坐我的马车在布利克斯顿街查看几处住房，把其中一处房子的钥匙落在了我的车里。

"这天晚上他来把钥匙拿了回去，但是我已经趁这个空当，抓住机会把钥匙按了蜡模，自己照样另配了一把。这么一来，在这个大城市里，我至少有了一个地方可以放开手脚做事，没人来干扰。下边要解决的难题是怎么样把德雷伯弄到这所房子里去。他沿着大路走去，并进了一两家酒馆，在最后一个酒馆里停了几乎半小时。出来时，已是摇摇晃晃的了，显然他喝得酩酊大醉。正好在我前面有一辆双轮双座马车，于是他叫来坐了上去。我紧随其后，一路上我这匹马的鼻子距前边车夫的身体顶多有一码远。

"两辆车过了滑铁卢大桥，在街上跑了好几英里。奇怪的是最后他还是回到原先住的那条街。我捉摸不出他回到那里要干什么。我还是跟了下去。到了那座房子约一百码的地方我停下了车。他进了房子，双轮马车走了。请给我一杯水，我说得嘴干了。

"我给他一杯水，他一饮而尽。"这就好些了，"他说，"唔，我等了有一刻钟，或许更长一点，突然屋里传来一阵打架似的吵闹声。接着房门突然打开，出来了两个人，其中一个就是德雷伯；另一个是一个小伙子，这个人我从未见过。小伙子一把抓住德雷伯的衣领，当他们下到台阶的前端时，小伙子使劲一推，接着又补了一脚，把德雷伯踹到了大街当中。他对德雷伯挥舞着手中的木棍，大声喝道：'你这流氓！我要教训教训你，你竟敢侮辱诚实的少女！'他是那样怒不可遏，要不是德雷伯拼命往街上跑，我想，小伙子肯定要用木棍把他痛打一顿的。他一直跑到了街道的拐弯处，看见了我的马车，招呼着爬上了马车。'送我去哈利迪私人旅馆。'他说。

"我让他在车里坐定后，简直喜出望外。但我担心，在这个最后关头，我的主动脉瘤会出问题。我慢慢地赶着马车，心中在考虑着稳妥的办法。我可以把他拉到乡下去，找一个废弃的小路，对他进行最后的审判。我几乎决定就这么办的时候，是他突然为我解决了这个难题。这时他的酒瘾又发作了，他让我停在一家大酒店的外面。他一面走进去，一面留下话要我等着他。在那里，他一直待到酒店关门，出来时已经喝得烂醉如泥

|| 名师批注 ||

|| 阅读看点 ||

与上文格雷格森通过一顶帽子（德雷伯尸体旁边）查到查珀蒂尔客栈时，与查珀蒂尔太太讲述的情况相呼应。

名师批注

‖阅读看点‖

霍普并不是一个暴徒，也不是为了伸张正义，他是为了他所爱的人，为了复仇才要杀死德雷伯的。同时，他也已经病入膏肓，所以他选择了分吃药丸（可能有毒）这种比较冒险的复仇方式。

‖阅读看点‖

惨死的费里厄父女一直是霍普艰难复仇之路上的精神支柱。在他渴望了二十多年的复仇快要成功时，出现这样的幻觉是很符合常理的，可见霍普当时的心情是多么激动。

了。我知道，猎物已经任我宰割了。

"你们不要认为我会残忍地杀了他——如果我那样做的话，仅仅是常见的伸张正义而已——但是我不会那样干的。我早就决定给他一次活命的机会，如果他愿意利用这个机会的话。当我在美国四处漂泊时，干过许多差事，曾经当过'约克学院'实验室的看门人和扫地工。有一天，教授讲授毒药学的问题，他向学生展示了一种生物碱，是他从南美洲毒箭所用的毒药中提取的。这种毒药奇毒无比，只要沾上一点，就能致人死命。我记住放毒药的地方，在他们走后，拿出毒药瓶，倒出来一点。我是一个相当高明的配药师，把生物碱制成了可溶的小药丸。我在每个小盒放入一粒毒药丸，同时放进一粒大小一样的无毒药丸。我当时决定，只要我有机会，我的这两位对头每人分得一盒，让他们每个人自己挑一粒吞下，剩下的一粒由我吞服。这样做，和枪口蒙上手帕射击一样，可以置人于死地，但又没有声音。从那一天起，我就把装有两种药丸的盒子带在身边。现在该是使用这些药丸的时候了。

"当时已经过了午夜，接近一点钟。这是一个凄风苦雨的深夜，大风呼啸，大雨倾盆。虽说马车外面的景象凄凉，可是我内心却非常高兴——高兴得几乎要大声欢呼起来。先生们，如果你们中有人曾渴望过一件事，而且一直渴望了二十多年，突然间这件事很快要梦想成真，那么，你就会理解我的心情了。当时我点燃了一支雪茄，吞云吐雾，借以镇定我紧张的心情——由于激动，我的手在颤抖，太阳穴也在跳动。当我赶着马车前进时，我看见老约翰·费里厄和亲爱的露茜在黑暗中看着我，向我微笑，就像我在这间房子里看见你们一样清楚。一路上他们总是走在我的前面，一边一个在马的两边走着，一直跟我来到布利克斯顿街的这间空屋。

"除了淅沥的雨声，四周一片寂静，也看不到一个人影。我从车窗往里一瞧，只见德雷伯缩成一团，因酒醉而沉入梦乡。我摇醒他。'该下车了。'我说道。

"'好的，车夫。'

"我猜想，他可能以为我们已经到了他刚才要我送他去的那家旅馆，因为他二话没说就下了车，跟着我走进了屋前的花园。由于饮酒过度，我不得不扶着他一点，以免他跌倒。他一直有点头重脚轻，走起来晃晃悠悠的。到了门口，我打开了门，把他领进了前厅。我向你们保证，一路上，费里厄父女俩一直在我们车前面走着。

"'天太黑了。'他说，一面使劲地跺着脚。

"'这就点上灯来。'我划亮火柴，把随身带来的蜡烛点上，'德雷伯，'我转身对着他，把蜡烛移到自己的脸旁，说，'你看看我是哪一个？'

"他醉眼惺忪地看了我好一会儿。我见他吓得要命，浑身哆嗦起来。他认出我来了。他面如死灰，身子跌跌撞撞往后退，额头上冒出冷汗，汗珠直往下滚，牙齿捉对儿磕碰，咯咯作响。我背靠门上，放声大笑。我早知道，报仇是件痛快的事，可没料到此刻浑身上下会那样痛快。

"'你这个流氓，'我说，'我从盐湖城开始追踪你，一直追到圣彼得堡，你总是逃脱了。现在，你游荡的日子终于结束了。因为，不是你就是我，永远见不到明天的日出了。'我讲话时，他又向后退了几步。从他的脸上，我可以看出他以为我发疯了。那时我是疯了。我的太阳穴的搏动就像锻工挥舞大锤时那样跳动。我相信，如果血没有从鼻孔涌出来，使我激动的心情缓和下来，

‖ 阅读看点 ‖

这里提到费里厄父女是为了强调这次复仇的大快人心。

‖ 写作看点 ‖

通过脸色变化，身子、额头、汗珠、牙齿等细节的描写刻画了德雷伯当时的害怕。

‖ 写作看点 ‖

把"太阳穴的搏动"比作"锻工挥舞大锤时那样跳动"说明了"我"当时激动过度。

名师批注

‖阅读看点‖

两个问句，两个"当"句，写出了对仇敌所犯下的罪行的愤怒。

‖阅读看点‖

"手向前伸""身体摇晃""声音沙哑地惨叫""倒在地板上"写出了这罪恶之人中剧毒之后死亡的过程。

话，我的老毛病就会发作起来了。

"'露茜·费里厄，你对她够狠毒！'我吼着，把门落了锁，拿钥匙在他面前晃，'对你的惩罚，来得太慢太晚。可天网恢恢，疏而不漏，你终究还是逃脱不了惩罚。'我对他这么说，看见他吓得上下嘴唇在哆嗦，他还想恳求饶命，当然明知道这不会有用处。

"'你要杀害我？'他结结巴巴地说。

"'谈不上杀害不杀害的，'我答道，'谁说杀死一条疯狗也称得上是杀害？当你把我可怜的心爱的人从她被杀害的父亲身旁拖走时，当你把她抢到你那该死无耻的新房中去时，你对她有过丝毫的怜悯吗？'

"'杀死他父亲的并不是我。'他叫道。

"'正是你使她那颗纯洁的心碎了。'我尖声叫道，同时把药盒子放到他面前，让上帝来当你我的法官吧。拣一粒吞下。一粒可以送命，另一粒能使你活下去。我也吞，吞你剩下的那一粒。咱们瞧瞧，世上有没有公道。也可以说，到底哪个碰上好运。

"他吓得大喊大叫往后退缩，乞求饶命。但是我抽出刀来，直指他的喉头，他才服从我，吞下一粒药丸，我随后吞下另一粒。我们站在那里，相对无言，就这样等了一分多钟，我怎能忘掉他脸上出现的那种表情呢，那出现的痛苦表情，说明他吞下的是毒药丸。我见状大笑起来，并把露茜的结婚戒指举到他眼前。但这一切只是一会儿的工夫，因为生物碱的毒性很快。一阵痛苦的痉挛使他的面目扭曲变形，他两手向前伸开，身体摇晃着，接着，声音沙哑地惨叫一声，重重地倒在地板上。我用脚把他翻转过来，摸摸他的心口，他的心脏停止了跳动。他完蛋了。

"鼻子里的血不住地淌，我也不当它是回事。一念之间，不知怎么忽然想到要在墙上留个血字。

"也许这个想法是一种恶作剧，我想把警察引入歧途，因为当时我的心情十分轻松愉快。我记得，在纽约曾有一个德国人被谋杀，在死者的身上就写着'Rache'这个词，当时报纸还争论过，说什么这是秘密社团干的。我想，这个曾让纽约人感到费解的问题，或许也会让伦敦人困惑不解。于是我就用手指蘸着自己的血，在墙上找了个自己认为最合适的地方，写下了这个词。然后，我回到马车上，我发现四周空无一人，但依旧是风雨交加。我赶着马车走了一段路之后，我把手放进通常放露茜戒指的那个口袋里一摸，发现戒指没了。

"这下可把我惊呆了，这戒指是她留下的唯一纪念品。我心想，一定是蹲下去看德雷伯尸体时丢的，便壮着胆赶回房子。为这枚戒指我什么险都敢冒，只是别丢了。我一到就撞上一个警官，他正从屋里出来。

"我只得装成酩酊大醉的样子，以免引起他的怀疑。

"这就是伊诺克·德雷伯饮鸩而亡的全部情况。我接着要干的事情，就是用同样的办法来对付斯坦格森，这样，就彻底为费里厄父女报仇雪恨了。我知道，斯坦格森正住在哈利迪私人旅馆里。我在那家旅馆附近徘徊了一整天，可是他闭门不出。我想，因为德雷伯和他分手后一直没有露面，他有点觉察到出事了。斯坦格森这个家伙很狡猾，他总是保持高度警惕。可是如果他以为，只要待在屋里不出去就可以逃避我，那他就大错特错了。很快我就弄清了他卧室的窗户所在的位置。

"第二天凌晨，我拿了一架梯子，就是放在旅馆后面胡同里的，我正好拿来用，趁天色还没亮，爬梯子进了他的房间。我把他推醒，对他讲，很久以前他杀了人，现在偿命的时间到了。我把德雷伯已经死掉的情形

|| 名师批注 ||

|| 写作看点 ||
呼应上文目击警官的回忆。

名师批注

‖写作看点‖

只用了"跳""扑""卡""捅"几个动作就简单叙述了斯坦格森的死亡经过。

‖阅读看点‖

以动写静，用环境的寂静衬托出了这个故事留给人的极大震撼。

‖阅读看点‖

对于犯人同伙超乎常人的智慧，福尔摩斯也充满了佩服。

告诉他听，叫他做同样的选择，拣一粒药丸吞下。他连这个给他希望的机会都不要，从床上跳起扑过来卡我的脖子。我不得不自卫，一刀捅进了他心窝。不管用的是什么方法，结果都是一个样，老天决不会让他那只罪恶的手，拣起无毒的药丸。

"我还有几句话要说，说完了也好，因为我也快要死了。后来我又赶了几天马车，打算再干下去，直到积蓄足够的钱可以返回美国。有一天，我的车正停在广场上，忽然有个衣衫褴褛的小家伙在询问，是否有个叫杰斐逊·霍普的马车夫，他说，贝克街221号B室有位先生要雇他的车。我毫不怀疑地就跟着他来了。下面发生的事情，我想，就是这儿的这位年轻人用手铐把我铐住了，他铐得如此熟练、如此干净利落，这倒是我有生以来从未见过的。各位先生，这就是我的全部经历。你们可以把我看成凶手，但是，我却认为我是一名执法者，像你们一样。"

这个人的一席话令人惊心动魄，他的神态给我留下了不可磨灭的印象。我们静静地坐着，听得入迷，就连对犯罪司空见惯的职业侦探也听得津津有味。他讲完了，我们坐了好几分钟，一言不发，只有莱斯特雷德在速记最后的供词时铅笔发出的沙沙声打破了沉默。

"还有一点我想知道，"歇洛克·福尔摩斯开了口，"那个见了启事来认领戒指的同党是哪个？"这个罪犯开玩笑似的对我的朋友眨了眨眼说，"我可以说出自己的秘密，但是我不愿意牵连别人。我看到广告后，心想这也许是一种诱饵，但也可能真的是我要的那枚戒指。我的朋友自告奋勇愿意前往看个究竟。我想，你会承认他干得漂亮吧。"

"毫无疑问。"福尔摩斯由衷地说道。

"好了，先生们，"警官严肃地说，"法律的程序必须遵守。本星期四，罪犯将提交法庭审判，请诸位届时出庭。开庭前，我负责看护他。"他说完按了一下铃，于是杰斐逊·霍普被两个看守带走，而我和我的朋友也离开了警察局，乘马车回贝克大街。

阅读理解

这一章承接上文，转入了前文抓捕犯人后的叙述当中，犯人得了很严重的主动脉瘤，生命岌岌可危。他讲述了自己卧薪尝胆的追凶复仇之旅以及整个复仇过程。

写作借鉴

文中的转折出人意料又合情合理，事件的叙述可谓是一波三折、引人入胜，把读者一次又一次地带入了案件之中。

回味思考

1. 犯人的生命正遭受怎样的威胁？

2. 犯人是怎样实施复仇的？

第十四章　案情盘点 [精读]

导语

杰弗逊·霍普被捕的当夜，主动脉瘤破裂身亡，劳里斯顿花园街奇案也算告一段落，对本案的侦破做出最大贡献的福尔摩斯会得到应有的待遇吗？

名师批注

‖写作看点‖

把霍普的死说成是一位更高级的法官做出的极公正的判决，非常幽默风趣。

我们得到通知，要我们在星期四出庭。可是到了星期四我们没有必要去了，因为一位更高级的法官受理了这一桩公案。杰斐逊·霍普被送上一个特殊的法庭，受到极公正的判决。原来在他被捕的当天晚上，他的主动脉瘤破裂，第二天早晨，他被发现死在狱中地板上。他脸上带着安详的微笑，仿佛撒手归天之时在回顾那并非虚度的年华，他终于圆满完成了自己的使命。"格雷格森、莱斯特雷德知道他死了，一定也要给气死。"我们第二天傍晚在闲谈这件事，福尔摩斯说道，"这样一来，他们出不了庭，再一次自我吹嘘不就泡汤了吗？"

"把凶手捉拿归案，又不是他们两个人的功劳，我没看见他们出多少力。"我回答说。

"在这个世界上，你干了些什么是件无足轻重的事，"我的伙伴辛酸地说道。"问题在于你如何能让人们相信你已经干了什么。"过了一会儿他又欢快地继续说道，"无论如何，我是不会放弃对这件案子的调查的。在我的记忆中，再没有碰到比这个案子更精彩的案子了。尽管案情简单，但其中有几点是非常有教益的。"

"简单？"我情不自禁地叫了出来。

"是的，的确简单，很难用复杂这个词来形容它，"福尔摩斯见我惊讶的样子，不禁微微一笑，"从本质上讲，说本案简单的证据是，无须任何人的帮助，只要经过一番平常的推理，我就能够在三天之内抓住这个罪犯。"

"真是这么回事吗？"我问道。

"我不是说过吗，但凡异乎寻常的现象，通常不是破案的障碍，反倒成了线索。要解决这类难题主要采取逆向推理，这是一种很有用的技巧，而且简单易行。但是人们在实际工作中不常用它。在日常生活中正向推理用场大些，所以逆向推理往往被人忽视。如果说会做综合推理的人有五十个之多，那么善于分析推理的人只有一个。"

"坦率地说，"我说道，"你这话我不大明白。"

"我也没指望你马上就理解透彻。让我看看，我能不能讲得再清楚一些。大部分人都是这样的，你向他们罗列一系列相关事情以后，他们都会告诉你结果是什么。他们把所有这些事统统汇集在心中，就能说出通过思考得到什么结论。另有为数不多的人，比较不简单。你告诉他们一个结论，他们就能够凭着知识感悟，推理得出达到这结论的各个步骤是什么。这是一种能力，就是我讲的逆向推理，或者叫分析推理也一样。"

"我懂了。"我说。

"现在，这个案件就是个实例，它的结果已经告诉你了，但是产生它的结果的每个步骤必须由你自己去探讨。现在让我尽力把我在这个案件中的各个不同的推理步骤向你说明一下吧。让我从头开始说，我步行来到那

‖阅读看点‖

这里又写出了福尔摩斯那特有的自负。

‖写作看点‖

通过"五十"与"一"这两个数字说出了福尔摩斯这善于分析推理的能力是独一无二的。

名师批注

‖写作看点‖

与前文提到的福尔摩斯的举动相对应，说明了福尔摩斯善于观察分析。

‖阅读看点‖

神探并非是天生的，也需要后天专门的训练。

所房子，这你是知道的，当时我头脑中是一片空白。我自然而然地先从检查道路着手，正如我已对你讲过的那样，在街上我清楚地看到一辆马车车轮的痕迹。经过研究，我确定这些痕迹一定是在夜里留下的。由于车轮轮距较窄，我断定这是一辆出租马车，而不是私家马车的痕迹，因为伦敦普通的出租四轮马车都比绅士们自用的四轮轿式马车狭窄一些。这就是我得到的第一点推论。接着我走上了花园小路，正巧那是条黏土路，特别容易留下压痕。毫无疑问，在你看来这条小路不过是被人践踏得一塌糊涂的烂泥路罢了，可是，在我这双久经训练的眼里，路面上的每一道痕迹都有它的意义。侦探学中，寻找足迹这一技能是最重要却又最容易被人忽略的。幸好我一向很重视这一技能，经过大量的实践，我已经使它成为我的第二天性了。我看到了警官们留下的大靴印，但我也看到了最先进入花园的那两个人的足迹。

"他们的足迹在先，这一点很容易分辨，因为有的地方他们的脚印已被后来人踏过，踩掉了。这样就成了我的第二个环节，提醒我夜里来客共有两个人，一个个子非常高，这是我根据他跨出的步距推算出来的。第二个人穿着入时，从他留下的小巧而精致的鞋印就可判断出来。

"进了屋子，这后一个推理立即得到证实。躺在我面前的那位先生就穿着一双漂亮的靴子。如果说这是件凶杀案，那么高个子便是杀人犯。尸体身上没有伤痕，但是脸上留着紧张激动的表情，据此可以确定，他是死前知道自己死到临头了。凡是突发心脏病而死的人，也包括其他自然原因的猝死，面部都不会有紧张激烈的表情。我嗅了一下死者的口唇，闻到略有些酸味，我就得出了结论：他是被迫服毒而死亡。再说一遍，我说他是被迫服毒，这从他脸上留有又恨又怕的表情可以推断。我是用排他法得到这一结论的，因为除此没有别的假设可以解释这一现象。不要以为这是一种闻所未闻的事。

"现在来谈谈关于按推理的方法找出动机这个大问题吧。这起谋杀的目的并不是为了抢劫，因为死者身上并无抢劫的迹象。那么它是一桩政治案件，或是与女人有关的情杀案？这正是我当时要决断的问题。一开始我的想法就倾向于后者。因为在政治暗杀中，凶手一旦得逞，就会立即逃之夭夭。可是这件谋杀案中的情况恰恰相反，看来凶手处之泰然，干得非常从容不迫，在屋子各处都留下了他的足迹，这表明他始终是待在现场的。因此，我想这一定是一桩个人情杀案，而不是政治谋杀案，因为情杀才需要这种精心策划的报复手段。当墙上的血字被发现后，我就更加倾向于我的观点了。很明显，这是一种诱饵。戒指的发现解决了这个问题。显然，凶手用这枚戒指使被害者回忆起某个死者或不在身边的女人。关于这一点，我问过格雷格森发往克利夫兰的电报中，是否问过德雷伯的生涯中有无特别的问题——你也记得，他当时回答说没有。

"后来我仔细检查了房间，结果证实了凶手的身高，并得到印度雪茄烟灰及凶手留着长指甲等一些其他细节。由于现场没有搏斗迹象，所以我得出这样的结论：地板上的血迹是凶手激动时流出的鼻血。我发现血迹与足迹往往同时出现。除非血气方刚的人，很少人会在冲动时流那么多的血。所以我大胆认为罪犯可能是个身强力壮的人，脸色红通通的。事实证明我的判断是正确的。

"离开屋子以后，我把格雷格森疏忽了的地方补了

‖ 名师批注 ‖

‖ 写作看点 ‖
用选择性疑问句推进福尔摩斯的思考。

‖ 阅读看点 ‖
注重细节和缺漏说明了福尔摩斯工作的细致。

名师批注

一补。我给克利夫兰警察局长拍了份电报，专门询问伊诺克·德雷伯的婚姻状况，回电很明确。电报说，德雷伯曾经指控一个名叫杰斐逊·霍普的旧日情敌，要求取得人身安全的法律保护。这个霍普现在也在欧洲。我当时就明白，迷案头绪已经出来，已握在我的手掌之中。剩下要做的事情，就是捉拿凶手了。

"当时，我心中已经断定，和德雷伯一同走进屋子的不是别人，而是车夫。因为从路上的马蹄印可以看出，马曾在路上任意走动过，如果当时有人看管，它是不会这样的。那么，赶车的人如果不在屋中，又会到哪儿去呢？还有，假如认为一个神智健全的人，会在一个肯定要告发他的第三者的眼皮底下去故意杀人犯罪，这岂不是太荒唐、太愚蠢可笑了。最后一点是，假如一个人想在伦敦跟踪另一个人，有什么办法比当一名马车夫更好的呢？考虑到所有这些问题，我得出的必然结论是，必须到这个大城市的出租马车车夫中去寻找杰斐逊·霍普。

"如果他从前当过马车夫，没有理由不再重操旧业，恰恰相反，在他看来，突然改变工作反而会引起人们的注意。他至少在一段时间内会继续赶他的马车；也没有理由认为他在使用一个化名。在一个没有人知道他的真实姓名的国度里，他为什么要改名换姓呢？于是，我就把一些街头流浪儿组成一支侦查队，派他们到伦敦城里每家马车行去打听，一直到他们找到我要找的人为止——他们干得很出色，我利用这支侦查队也感到方便快速。至于斯坦格森的被杀，完全出乎我的预料。强迫服毒，在每年的犯罪记录中时有所见，绝不是新闻。一说起强迫服毒，任何毒物学家都会联想起敖德萨的多尔斯基案件，还有蒙彼利埃的勒蒂里埃一案。

‖ 写作看点 ‖

通过假设和反问推进讲述继续进行，设置悬念。

‖ 阅读看点 ‖

此处引用其他强迫服毒案件说明了福尔摩斯熟读各类案件。

"但是这类意外任何情况下都在所难免。你知道出了这件事后我拿到了药丸。我早就设想过,会有这类东西存在的。可见整个案件就像一条链条,逻辑上前后贯穿,不会有脱节,也可以说没有任何漏洞。"

"非常出色!"我赞叹道,"你的功绩应当让全社会知道,让公众知道,把这件案子写成报告来发表。你不写,我替你写。"

"你爱写你就写吧,医生。"他答道,"瞧这儿!"他递给我一张报纸,"看看这个!"

这是当天的《回声报》,他指的这一篇正是报道我们这个案件的。

报道说:

> 由于霍普这名谋杀伊诺克·德雷伯先生和约瑟夫·斯坦格森先生的嫌疑犯的突然死亡,使公众失去了有关这一耸人听闻事件的谈话资料。尽管我们有足够的根据知道,这是一起由来已久的桃色纠纷案,其中涉及爱情和摩门教的问题,但是,此案之详情现在可能永远也无法澄清了。两个被害者年轻时似乎都是摩门教教徒,已死的在押犯人霍普也是来自盐湖城。如果说这宗案子没有别的影响的话,它至少突出地说明警方破案之神速,并足以使所有外国人引以为戒——他们还是在他们本国解决宿怨为好,不要把宿怨带到英国的国土上来。神速捕获罪犯,完全应当归功于苏格兰场的著名警官格雷格森和莱斯特雷德这两位先生,这已是公开的秘密。凶手是在一个名叫福尔摩斯的先生住的房间里被抓住的,而福尔摩斯本人,作为私人侦探,在探案方面也有一定的才能。

名师批注

‖ 写作看点 ‖

把案件比喻成链条非常生动形象。

‖ 阅读看点 ‖

功绩全归功于官方警察的事实没有超出福尔摩斯的预料。

名师批注

‖写作看点‖

采用名人的话来对福尔摩斯的行为做总结。

人们期待警局给这两位警官颁发奖状，作为对他们功绩的认可。

"我开始时不就说过吗？"歇洛克·福尔摩斯放声大笑道，"咱们的血字研究的收获便是为他俩挣得奖赏。"

"不妨，"我说，"我的记事本记着全部事实，公众会知道真相的。况且这案子已办成，你也心安理得了。就像那位罗马守财奴说的：'笑骂听便，我行我素，万贯钱财，我自享受。'"

阅读理解

案件以犯人的死亡作为结尾，而福尔摩斯向我详细描述了他的整个推理过程。最终如他所料想的那样，他所有的努力都替他人做了嫁衣裳。

写作借鉴

小说结局揭示了整个案件的推理过程，这样后置的方式让读者有恍然大悟之感，不禁佩服福尔摩斯的侦破能力。

回味思考

1. 福尔摩斯是怎样对本案进行推理的？

2. 华生决定为福尔摩斯做一件什么事？

四个签名

第一章　演绎法

歇洛克·福尔摩斯从壁炉台角上取下一瓶药水，再从一只整洁的摩洛哥搓纹皮革匣子里取出皮下注射针筒。他用洁白、纤长、敏感有力的手指装好尖细的针头，卷起左臂的衬衫袖口，对自己已有许多针眼的胳臂打量了片刻，便把针尖扎入丰满的肌肉，推动小小的针筒芯子，然后靠在绒面安乐椅里，舒心地长叹了一口气。

他这样的动作每天三次，已经有好几个月了。但是，看惯了不等于安心接受了，相反，我看着他这样做，一天比一天心烦。想到我没有勇气提出抗议，我的良心就夜夜不安。我一次又一次地许愿，要对这件事说出我的心里话，但是我朋友身上那种冷漠而满不在乎的气质，使他成为人们最不愿意对之随意进言的人。他的非凡的能力，他自以为是的态度，还有我所体验过的他的许多突出品格，处处都使我踌躇退缩，不能向他提出反对意见。

可是，那天下午，不知是午餐时我多喝了酒，还是他那无所谓的神态激怒了我，我突然感到再也忍无可忍了。

"今天你用的是什么？"我问，"吗啡还是可卡因？"

他正在看一本黑字体印的老书，听了我的话，懒洋洋地抬起头来。

"可卡因，"他说，"百分之七浓度的溶液。你想试试吗？"

"我才不试呢。"我粗暴地回答，"我的体质还没有从阿富汗战争中恢复过来，再也经不起瞎折腾了。"

听到我言辞激烈，他笑一笑，说道："华生，也许你是对的。我知道这药物对身体有害，可是它能超常地醒脑提神——它的副作用也就无关紧要了。"

"请你想一想，"我恳切地说，"权衡一下利害得失！也许如你所说，你的大脑能够因刺激而兴奋起来,但这在病理学上是个可怕的过程,它会引起人体组织的日益变化,或者,至少也会使体质长期衰弱。你也知道这药所能引起的不良反应,实在是得不偿失。你为什么只顾一时的快感,戕害你那天赋的卓越才能?你该明白,我不单是站在志同道合的朋友的立场对你这样说,也是作为一个对你的健康负有责任的医生对你这样说。"

他听了我的话不但没有生气,反而把十指对顶在一起,两肘支在椅子的扶手上,像是对我说的话饶有兴趣。

"我的脑子,"他说,"憎恶停滞。给我问题,给我工作,给我最难解的密码,让我进行错综复杂的分析,那我就会感到如鱼得水,用不着人工的刺激物了。但是,我害怕日常生活中的停滞不前,我渴求意气风发的精神状态。这就是我为什么选择了这个特殊的职业,或者不如说,我创造了这个职业的原因,因为在世界上我是独一无二的。"

"唯一的私家侦探吗?"我抬起头来,问道。

"唯一的私家咨询侦探。"他回答说,"我可是侦探界最有权威的法官。当格雷格森、莱斯特雷德、埃瑟尔尼·琼斯遇到难题时——他们常遇到这种情况——就来找我。我以专家的身份审查材料,提出自己的见解。我这样做并非图名,我的名字也不会见诸报端。工作本身为我的特殊才能找到用武之地,这种乐趣,就是对我的最大奖赏。我在杰斐逊·霍普案里所采用的工作方法不是也使你从中获得了一些经验吗?"

"对,确实有的。"我真心诚意地回答道,"这是我有生以来印象最深刻的案子。我已经写成了一本小册子,起了个新颖的标题——《血字的研究》。"

他表示遗憾地摇了摇头。

"我大致看了一下,"他说道,"说老实话,实在不敢恭维。探案是一门精确的科学,是应该用冷静的头脑而非感情来处理的。你把它渲染上一层浪漫色彩,结果就像是在欧几里德的几何定理中搀进了恋爱故事一样。"

"可是案情确实就像小说嘛。"我反驳道,"这是事实,我不能歪曲篡改。"

"有些事实可以删掉不写,或者,至少要把重点显示出来。这个案子中唯一值得一写的，是我怎样精确运用分析推理法，即演绎法，从事件的结果找出原因，从而一举破案成功。"

我对他这番话很不高兴。写这篇东西原指望博得他的欢心，结果反而遭到批评，真是事与愿违，吃力不讨好。我承认，他那种自高自大的态度也让我恼怒，他似乎要求我的小册子中的每一行都应该描写他本人的特立独行。过去几年来我和他同住贝克街，我曾不止一次地注意到：在我的同伴安静和说教的态度之中，隐藏着一种小小的虚荣。然而，对此我未做评论，只是坐在那里照顾我那条受伤的腿。我的腿曾经被一颗子弹打穿，虽然并不妨碍走路，但每逢天气变化就痛得令人厌烦。

"最近我的业务已扩展到欧洲大陆了。"过了一会儿，福尔摩斯装满了他那支欧石南根做的旧烟斗，说，"上星期弗朗索瓦·勒·维拉德向我求教，你也许知道这个人，近来在法国侦探界声誉日隆。他具有凯尔特民族敏感的直觉力，但缺乏进一步提高技术水平所必需的广博知识。案件涉及一份遗嘱，有点意思。我叫他去查看两个类似的案例，一个是1857年发生在里加市的案子，另一个是1871年发生在圣路易斯市的案子。这两个案例为他提供了破案的方法。这儿有一封他写的感谢信，是我今天早上收到的。"

他一边说着，一边递给我一张皱巴巴的外国信纸。我略看了一下，上面写满了仰慕之词，如"伟大""手段高超""果敢有力"等，充分表达了这位法国人对福尔摩斯的景仰之情。

"好像是一个学生在对老师讲话似的。"我说道。

"啊，他对我的帮助评价过高了。"福尔摩斯淡淡地说道，"他自己也相当有天分。一个理想侦探所必须具有的条件，他多半具备。他有观察能力，有分析能力，所缺的仅仅是知识，这一点很快就能补足。他现在正在把我的几篇小文字翻译成法文。"

"你有作品？"

"噢，你不知道？"他惊奇地说，大笑着，"是啊，惭愧得很，几篇小论文，都是刑侦技术性题材。这儿有一篇，举个例子，《论各种烟灰之鉴定》。文章列举一百四十种雪茄烟、纸烟、烟斗丝的烟灰，配上彩色版插图，形象说明各种烟灰的区别。这是在刑事案子中经常会出现的证据，有时还是最关键最重要的线索。

"比如说，如果你能肯定地说，某次谋杀是某个抽印度烟的人干的，那你搜索的范围显然就缩小了。对于训练有素的眼睛来说，一种两端开口的印度方头雪茄烟的黑色烟灰与小鸟眼睛周围的白色绒毛之间的区别有如白菜和土豆之间的不同。"

"你审查细节的天才非同寻常。"我评论道。

"我重视细节的重要性。这是我关于追踪足迹的专题文章，有些地方提到使用熟石膏来保存压痕。

"这里还有一篇新奇的小论文，谈到了一个人的职业会影响到他双手的形状，文中还配有石匠、水手、木刻工、排字工、纺织工和磨钻石的工人的手形插图。这对于科学的侦查有很大的实用价值——特别是在碰到无名尸体的案件，或在验明罪犯身份时很有帮助。我一个劲儿地谈自己的爱好让你感到乏味了吧？"

"哪能呢，"我真诚地说，"你说的我非常感兴趣，特别是能有机会目睹你把自己所说的方法应用到实际中去。你刚才说到观察与推理，在某种程度上，两者确实有一定关联。"

"嗯，几乎没有什么关联，"他非常舒适地靠在椅背上，从烟斗中喷出蓝色的烟圈来，"举例说吧，我的观察表明今天早晨你曾去过威格莫尔街邮局，而推理又让我知道你在那里发了一封电报。"

"对，两件事都不错，"我说道，"我实在不明白你是怎么知道的，那是我临时想到才做的事，没有向任何人说起过呀。"

"这件事本身很简单，"看到我感到惊讶，他笑嘻嘻地说，"太简单了，其实根本没必要解释——可是我不妨解释一下，这能够使你明确观察和推理的范围界限。观察使我看到你鞋帮上沾有一点红泥。在威格莫尔街邮局前的人行道上，正在开挖，泥土翻上来堆在那里，进邮局还非得踩着这土堆不可。翻上来的泥土就是这种特有的红土，只有那里有，附近别的地方据我所知，都没有。观察到的就这么多，余下的就要靠分析了。"

"好，那么你是怎么推断出我去发电报的呢？"

"嘿，我当然知道你没有写信，因为一早上我都坐在你对面。在你打开的书桌上我也看到你有一整版邮票，还有厚厚的一叠明信片。那么，你到邮局除了发电报之外还能干什么？排除了其他所有因素，剩下的就必然是事实真相。"

"就这件事而论的确如此。"我想了一会儿之后说，"然而，问题在于，如你所说的那样，这件事是极其简单的。如果我将你的理论用到更加苛刻的试验上去，你不会觉得我不礼貌吧？"

"恰恰相反，"他回答说，"那样我就用不着再来一针可卡因了。不论你提出什么难题，我都乐于应对。"

"我听你说过，一个人用过的日用品很难不留下他个人的印记。训练有素的人都能看得出来。这里有一只我新近得到的手表，你能不能告诉我这表原来主人的性格和习惯？"

我递过表去，心中暗自高兴，因为我知道他是通不过这种考验的。算是给他平时那种武断腔调的一个教训吧。他把表放到手心上，细细看了看表面，又打开后盖，先是用肉眼，继而又用高倍放大镜查看机件。最后，他合上后盖，把表递给了我。看到他那张沮丧的脸，我差点笑出声来。

"几乎没有任何痕迹，"他说道，"这块表最近擦过油泥，把最能给我提供事实的痕迹都抹掉了。"

"你说得不错，"我说道，"这块表在给我之前已经清洗过了。"

我暗自冷笑，我这位朋友居然提出这样不高明而又没有说服力的借口，来掩饰他的失败。那么，他希望从一块经过擦洗的表上看出什么名堂来呢？

"虽然不尽如人意，但是我的研究并非一无所获。"他用蒙眬无神的双眼望着天花板说道，"现在姑且提出来请你指正。我判断这块表是你哥哥的，而他是从你父亲那里继承下来的。"

"这点算你猜到，不稀奇。表壳上有 H. W. 字母对不对？"

"正是如此。W 是你自己的姓。这表的制造日期将近有五十年，这刻的字母同表是一般的年纪，所以是上一代人定制的表。习惯上珠宝类遗传给长子，长子的名字往往同父名。你的父亲，如果我记得没错，已去世多年。因此，表就传到你长兄手里。"

"到现在为止，这些都是正确的。"我说，"再有什么没有？"

"令兄不是个整洁的人——相当不整洁,而且粗心大意。祖宗留给他美好的前程,他却断送了各种机会,常年生活于贫困之中,只偶尔有短暂的好日子,最后,他好上了酒,去世了。这就是我从这块表上收集到的所有情况。"

我从椅子上跳起来,不耐烦地跛着脚在房间里走来走去,心里相当酸楚。

"这你就不地道了,福尔摩斯,"我说,"我不相信你能一直推断到这个地步。你调查过我那不幸兄长的历史,而你现在用某种怪诞的方式假装是通过推断而了解到这些情况的。你别想让我相信,你能从这块旧表上发现出这些事实!你太不地道了,说穿了,你玩的是骗术。"

"我亲爱的大夫,"他温和地说,"请接受我的道歉!我把这件事当成了一个纯理论问题来对待,没想到它会触痛你的隐私。但我保证,在你把表递给我之前,我决不知道你还有一个哥哥。"

"那你究竟是怎样推断出这些事实的呢?每个细节都绝对正确。"

"啊,那不过是侥幸碰上的。我只是说出某些可能性,确实没想到会如此准确。"

"那就是说不是单凭猜测出来的了?"

"不,不,我决不猜测——这是一种极其不好的习惯,对逻辑思维能力是有害无益的。你觉得奇怪,是因为你没有弄清我的思路,没想到根据那些细枝末节能推断出大事来。

"我们从具体说吧,我一开始就说,你哥是个粗心大意的人。看看这块表,表壳下面部分有两处凹痕,整个表面上全部是印痕,这是不良习惯造成的——老是把表放在有硬币、钥匙这种硬东西的衣袋里,而不用一个专门的口袋放。拿一块价值五十英镑的表这样毫不经心,说他邋邋遢遢不算过分吧?这也称不上是太不得了的发现。单是这块表就已经如此贵重,那么其他方面,该是殷实人家便没有问题了。"

我点头,表示理解他的推理。

"英国的当铺老板拿到表以后,习惯于在表壳内侧用尖细的笔写下当票的号码。这比拴上标签更加方便,因为这样做当票的号码不会丢失或者变动。在我的放大镜下面，这块表的表壳内侧至少能看到四个这样的号码。第一个推断——令兄时常手头困窘；第二个推断——偶尔他也会手头宽裕，不然他不可能赎当。最后，请你看看表盖内侧，那里有个钥匙孔。钥匙孔四周有无数印痕，那些都是被钥匙划伤的。头脑清醒的人怎么会留下这些痕迹呢？而醉汉的表没有不留下这种痕迹的。他夜间上发条，手腕又颤抖，所以才划伤了表。这有什么奥妙可言？"

"经你一说，这道理确实是一清二楚的了。"我答道，"悔不该刚才对你无礼了，我应该对你的聪明才智有更大信任才是。请问现在你有没有在调查某项案件？"

"没有，所以才注射可卡因啊。不用动脑筋思考，生活还有什么奔头呢？请你到窗前来看看，你可曾见过如此阴郁凄凉而又赚不到钱的世界？你看那朦朦的黄雾，弥漫了街道，隐没了那些褐色的房屋，难道还有比这个更令人绝望的世界吗？医生，试想英雄无用武之地，有才能又有什么用呢？犯罪是平常事，而生存也是平常事。除了平常事，这个世界上还能有什么呢？"

我正要张口回答他这激动的言辞，忽然响起急促的敲门声。我们的女房东走了进来，托着铜盘，盘里放一张名片。

"一位年轻姑娘求见，先生。"她说，招呼我的同伴。

"玛丽·摩斯坦小姐。"他看着名片说，"嗯！这个名字很陌生。请小姐上来，赫德森太太。别走，医生。你要留在这儿，不要离开。"

第二章　案情陈述

摩斯坦小姐走进来，步履稳健，举止沉着镇定。这是位年轻的金发女郎，身材矮小而秀丽，戴着手套，穿着十分得体。但她那朴素的装束表明她的生活并不优裕。她的外套是暗灰色的斜纹呢料，没有装饰，没有镶边，头上的小帽也同样是暗灰色的，只在帽缘上插了一根白色的羽毛，多少增加些许明亮的色调。她相貌并不出众，也算不上美丽，却非常甜美可人，一双蓝色的大眼睛神采飞扬，含情脉脉。我到过三大洲，见过许多国家的女人，还不曾见过如此优雅聪慧的容貌。福尔摩斯请她坐下时，我看见她嘴唇微微颤动，手轻轻发抖，表明她内心的紧张与不安。

"我来拜访您，福尔摩斯先生，"她说，"因为您曾经为我家主人塞西尔·福雷斯特夫人解决过一件家庭纠纷。她十分感谢您的帮助，钦佩您的才能，一直铭记不忘。"

"塞西尔·福雷斯特夫人。"他回想起来说道，"记得的，不过是对她一点小小的帮助，那桩案子很简单，是小事情。"

"她可不这样认为。不过我现在来向您求教的案子，可不能说也是简单的了。我现在的处境，真想不到会变得这么复杂、离奇。"

福尔摩斯搓着双手，目光炯炯。他坐在椅子上，俯身向前，在他那轮廓分明像鹰隼一样的脸上，露出全神贯注的表情。

"请说一下案情。"他用轻松的语调说道，一副若无其事的样子。

我觉得我在此有诸多不便。"对不起，我失陪了。"我从椅子上站起身来说道。

出乎意料的是，那姑娘伸出戴手套的手拦住了我。

"您这位朋友最好留下来，他也许会对我有很大帮助呢。"

我坐回到椅子上。

"简单地说,"她继续说下去,"事情是这样的。我父亲曾经是印度军团的一名军官,在我还很小的时候,他就打发我回国了。我母亲已经去世,我在英格兰没有亲戚。不过,我被安排在爱丁堡一所舒服的寄宿学校就读,一直在那里待到十七岁。我父亲是他那个团的资深上尉,1878年有了一年的假期,回国来了。他从伦敦打电报给我,说他已经平安到达,要我马上过去,还告诉我,他就住在朗汉姆旅馆。

"我记得他的电文里充满了关切和慈爱。我一到伦敦就坐车赶到朗汉姆旅馆。旅馆里的人告诉我,摩斯坦上尉确实住在那里,但头一天夜里外出后尚未回来。我等了整整一天,消息全无。那天夜里,按旅馆老板的建议,我与警方取得了联系。第二天早上,各家报纸都刊登了寻人启事。寻找毫无结果。自那以后,至今没有得到我不幸的父亲的丝毫消息。他满怀希望,回家想过个安宁与舒适的生活,可是……"

她手按喉咙,泣不成声。

"是什么日期记得吗?"福尔摩斯问道,翻开了记事本。

"他是1878年12月3日失踪的——差不多有十年了。"

"他的行李呢?"

"留在旅馆里。行李中找不到一点线索——一些衣服、一些书,还有不少安达曼群岛的珍奇古玩。他是那儿管监狱犯人的军官。"

"在伦敦有朋友吗?"

"我们知道只有一个人——舒尔托少校,和他一个团的,驻孟买陆军第三十四团。少校那时刚退休不久,住在诺伍德。我们当然和他联系了,可是他连自己部队的同事回到英国都不知道。"

"真是怪事。"福尔摩斯说。

"我还没有告诉您最奇怪的事呢。大约六年以前——确切地说,是在1882年5月4日那天,我看见《泰晤士报》上刊载了一则广告,征询玛丽·摩斯坦小姐的地址,并说如能答复必对她有利等,广告并未署名,也没有地址。当时我刚刚去塞西尔·福雷斯特夫人家中做家庭教师。听了夫人的劝告,我把我的地址登在了广告栏内。当天我便收到了从邮局寄来的一个小纸盒，里面装着一颗光泽耀眼的大珍珠，盒子里没有留下只言片语。自从那时以来，每年的同一天总会出现一个类似的纸盒子，里面有一颗类似的珍珠，没有任何有关寄件人的线索。有位专家宣称那些珍珠都是很稀有的，而且价格不菲。你们自己可以看到这些珍珠都很漂亮。"

她一面说一面打开一个扁平的盒子，让我看到六颗珍珠，那是我所看到过的最好的。

"你所说的有趣极了。"福尔摩斯说，"还发生了别的事吗？"

"是的，就在今天，所以我来找你。今天早上，我收到这封信，你自己看看吧。"

"谢谢，"福尔摩斯说，"信封也给我吧。邮戳：伦敦西南区，7月7日。啊，信封角上有一个人的大拇指印——也许是邮差的。纸质上乘，六便士一扎的信封，这个人使用的文具用品倒是非常讲究。没留地址。

"'今晚七时请到莱西姆剧院外左侧的第三根柱子处等候。如不放心，可带二位朋友前来。你是受屈的女子，可获得公道。切勿带警察，否则作罢。你陌生的朋友。'

"啊，这可真是一桩小小的神秘事件！摩斯坦小姐，你打算怎么办？"

"我来正是要请教您呀。"

"既然这样，我们应当去，肯定得去——您，我，还有——对了，华生医生也正好算上一位。符合信上说的，两个朋友嘛。他和我一直是在一起工作的。"

"他肯去吗？"姑娘向福尔摩斯问道，声音和表情中带有几分恳求。

"能为您效劳，我深感荣幸和愉快！"我热情地说。

"你们两位真是太好了，"她说，"我一直过着深居简出的生活，没有亲朋好友可以求助。我想我六点钟来，可以吧？"

"可别再晚了——还有一点，那装珍珠的盒子上的笔迹与这封信上的笔迹相同吗？"

"我全都拿来了。"她说着拿出六张纸片来。

"你真是模范客户，你具有正确的直觉。现在，让我们来看看吧。"他在桌子上铺开这些纸，眼睛迅速地在这些纸上扫动，"笔迹是经过伪装的，但信没有，"他不久就说，"不过无疑是一个人写的。看看这个控制不住的希腊文 e 字出了行，再看看最后的这个 s 那么一扭。这些字无疑是同一个人写的。摩斯坦小姐，我不应该提出虚假的希望，不过这字迹和令尊的字迹有没有任何相似的地方呢？"

"绝无相似之处。"

"我料到你会这么说的。我们等着你，六点。请允许我留下这张纸，我想去之前再好好看看。现在才三点半，好吧，再见。"

"再见！"我们的客人答道。她那善良明亮的眼睛先后看了我们一眼，把珠宝盒塞进怀里，匆匆走了。

我立在窗口，看着她轻快地朝街那边走去，最后她那暗灰色的帽子和白色的羽毛落在模糊的人群中，成了一个黑点。

"多么动人的一位姑娘！"我赞叹道，转向我的伙伴。

他再次点起了烟斗，垂着眼皮，靠到椅子上。"是吗，她？"他无精打采地说，"我倒没注意。"

"你真是一架机器——自动计算器。"我大声说，"你有时候竟无一点人情味。"

他温和地微笑着。

"最重要的事情是，"他说道，"不要从一个人的身份地位去看问题，不然你的判断必有偏差。对我来说，一个委托人就是一个符号，是问题中的一个因素。感情用事和清晰的推理是对抗的，互不相容。我告诉你，我曾认识一个极为迷人的女人，为了获得保险金，毒死了自己的三个孩子，结果被判了绞刑。而我认识的最令人反感的男子是一位慈善家，他为伦敦的穷人花了将近二十五万英镑。"

"但今天这事——"

"我从不考虑例外，例外情况不能证明规律。你从来没有研究过笔迹方面流露出来的性格吗？你从这个家伙草草写就的便条上看出什么来了吗？"

"这笔迹清晰而整齐匀称，"我答道，"是一个做生意人的习惯，还有些性格方面的魄力。"

福尔摩斯摇头。

"看看他写的长字母,"他说,"它们差不多都没有超过一般的字母。d字像个a,ℓ像个e。有个性的人无论字迹写得多么潦草,字母的长短都是分明的。他的k都写得摇摆不稳,大写字母显出这个人很自负。我现在出去一下,我要去找一找参考资料。这本书推荐你看看——一部不同凡响的作品。这是温伍德·里德的《成仁者》。一小时后我就回来。"

我坐在窗边,手里捧着书,但是完全走神,无心拜读这部大作。我的心思牵挂在刚才的来客身上排解不开——她的音容笑貌,她生活中遇到的离奇的谜。她父亲失踪那年,她是十七岁,那么现在该是二十七岁——正当最醇如蜜的年华,少不更事的稚气已经蜕去,转入涉世适度的人生阶段。

我坐在那里渐渐地想入非非起来。我感到这样非常危险,便急忙走向书桌,抓起一本最近出版的有关病理学的专著,埋头读了起来。我是什么人?一名陆军军医,还有一条伤残的腿,银行里的存款也很微薄,怎么敢有这种非分之想呢。她是委托人,不过是一个符号、一个因素——其他什么都不是了。如果前途暗淡无光的话,作为一个男子汉,最好应该挺身面对它,而不应该痴心妄想,企盼着有朝一日峰回路转,能够柳暗花明。

第三章　寻求答案

福尔摩斯五点半才回来。一办起案子来，他便显得兴奋、热切，心情极好，不再心灰意冷、沮丧无聊了。

"这案子没什么神秘的，"他说着，端起我为他泡好的茶，"事实表明只有一种解释。"

"什么！你已经弄清楚了？"

"眼下还不能这么说。我找到了一个有启发性的事实，极富启发性，但还需要增加一些细节。在查阅旧《泰晤士报》的合订本时，我发现孟买三十四步兵团的舒尔托少校的一些资料。他的家在诺伍德，他死于1882年4月28日。"

"可能是我愚钝，福尔摩斯，我看不出这讣告能说明什么问题。"

"看不出？真是奇怪。这个问题这样来看，摩斯坦上尉失踪了，在伦敦，他要出去拜访的只有舒尔托少校一人，而舒尔托少校否认，说连他到了伦敦都不知道。四年以后舒尔托死了。他死后，一个星期还不到，摩斯坦上尉的女儿就收到了贵重礼物，此后每年收到一次，到现在为止，来了一封信，称她是受了亏待的女人。除了她丧失父亲以外，还能说她受到什么亏待呢？除非舒尔托的继承人知道这个谜团的一部分，并且打算做一些补偿，否则那些礼物为什么在舒尔托死后立即开始到来呢？你还有其他任何理论能解释这些事实吗？"

"但是这种补偿多么奇怪啊！送的方式又多么奇特啊！还有，为什么他是现在，而不是六年以前写这封信呢？再者，这封信说，要还她以公道。她能得到什么公道？要是假定她父亲还在世，那恐怕不现实吧。你知道，以她的情况而论，除此之外也没有其他不公道的事情。"

"确实是有困难,肯定有困难,"福尔摩斯沉思着说道,"但是今天晚上我们走一趟,一切困难就可以解决了。啊,来了一辆四轮马车,摩斯坦小姐坐在里边。你准备好了吗?我们最好下楼去,现在已经过了六点钟。"

我拿起了帽子和那根沉重的手杖,看到福尔摩斯从抽屉中取出手枪放入衣袋里。显然他认为我们今夜出行,有一定的危险。

摩斯坦小姐把自己裹在一件深色的披风中。她显得镇定自若,可面色苍白。如果她对我们今晚要进行的冒险行动没感到任何不安,那她一定是个非同寻常的女子。她的自制力极强,很快回答了福尔摩斯提出的几个新问题。

"舒尔托少校是爸爸一个特别要好的朋友。"她说,"他的来信中总要提到这位少校。他俩都是安达曼群岛驻军的指挥官,所以常在一起。还有,在我爸爸的抽屉里发现了一张神秘的纸条,不明白是什么意思。我想这东西也许并不重要,但你可能想看看,所以我带来了。就是这张。"

福尔摩斯小心地把纸打开,在膝盖上摊平,拿出双透镜仔仔细细审视了一遍。

"这纸是印度的土纸。"他指出,"过去这纸曾经一直钉在板上。纸上的图样像是一幢大房子的建筑图,是建筑的一部分,有许多厅房、厅廊和甬道。有一个用红墨水画的十字,十字上面有模糊的铅笔字'左侧3.37'。左角上有个怪符号,象形文字似的,是连接在一起的四个十字。边上还有字,写得很粗糙,很潦草,'四个签名——乔纳森·斯莫尔,穆罕默德·辛格,阿卜杜拉·汗,多斯特·阿克巴尔。'我也看不出这纸同本案有什么关系。不过这一定是一份很重要的文件,给小心地压在票夹里,因为两面都一样光洁平整。"

"我们正是在他的袖珍本子里发现这张纸的。"

"那么,小心保存好,摩斯坦小姐,因为这张纸可能对我们有用。我开始怀疑这件事可能比我起初假定的要深刻微妙得多,我必须重新考虑我的见解。"

他向后靠在车座上,我能根据他皱起的眉头和空虚的眼神看到他在紧张地思考。摩斯坦小姐和我低声交谈,谈的是我们目前的出征和它可能带来的结果,但我们的同伴在路程结束前一直缄默不语。

这是 7 月里的一个傍晚，还不到七点钟。天色阴沉，浓雾笼罩着伦敦城。土黄色的阴云惨然低垂在泥泞的街道上空。沿着河滨大街一路走去，路灯灯光如豆，暗淡朦胧，那微弱的光圈一闪一闪地照在满是泥泞的人行道上。商店里的灯光呈黄色，透过玻璃窗直射出来，融入茫茫迷雾和水蒸气中，构成阴暗而又光怪陆离的斑驳光影，照在拥挤不堪的大街上。

在我看来，朦胧黯淡的灯光照在络绎不绝人群的脸上，显得荒诞和怪异——有人忧郁，有人欢喜，有人憔悴，有人快乐。他们从黑暗走向光明，又从光明走向黑暗，世间人人无不如此。我并非多愁善感的人，但在这样一个阴郁、沉闷的夜晚，再加上我们即将卷入奇特的事件，我也变得紧张不安起来。从摩斯坦小姐的表情中，可以看出她和我有同样的感受。只有福尔摩斯没有受到丝毫影响。他把笔记本摊在膝盖上，借着随身携带的电筒的光，不停地记着数据和其他材料。

在莱西姆剧院，侧面入口那里早已人潮汹涌。在剧院前面，双轮双座马车和四轮马车轻捷地一连串驶来，卸下它们的货物：身穿硬胸衬衫的男子和披着披肩、戴着钻石的妇女。我们刚刚走近约定见面的那第三根柱子，就有一个身材矮小、深色皮肤、生气勃勃、身穿马车夫衣服的男子迎上前来跟我们说话。

"你们是陪摩斯坦小姐来的吧？"他问道。"我就是摩斯坦小姐，这两位是我的朋友。"她说道。那人用一对灼灼逼人的眼睛狐疑地看着我们。"请您原谅，小姐。"他用严厉、强硬的口气说道，"我要您给一句话做保证，这二位没一个是警察。"

"我完全可以保证。"她回答道。

那人吹一声口哨，立刻有一个小瘪三应声而到，牵过来一辆四轮马车，把车门打开。迎候我们的那个人就跳到车夫座上，我们三人也上了车。没等我们各个坐定，车夫就挥鞭驱车，迅速驰行在雾气迷漫的街道上了。

我们的处境真是奇怪得很。我们既不知道马车往哪儿去，也不知道去干什么。或许我们被愚弄了，又好像不可能，想来还不至于白跑一趟，总应该有点收获的。摩斯坦小姐倒一直面容坚定，泰然自若。我竭力想安抚鼓励她，便讲起了我在阿富汗的冒险故事来。但说老实话，我自己对当前的处境感到紧张不安,所以故事讲得也乱七八糟。

至今她还拿我讲的一个故事取笑我:说什么深夜一头滑膛枪钻进我们的帐篷,我拿起双筒小老虎开火。起初,我还能辨别经过的路线和方向,但没过多久,由于车速加快,大雾弥漫,更加上我对伦敦道路不够熟悉,我便分不清东西南北了,只知道已跑了很长路程,其他一概不知。但福尔摩斯没有迷失方向。马车穿过广场或行驶在弯弯曲曲的小道时,他都能低声一一说出所经过的地方。

"罗彻斯特街。"他说,"现在是文森特广场。现在我们来到沃克斯霍尔桥路,我们显然正在驶往萨里那个方向。对,我想是的。现在我们是在桥上,你能偶尔看到河水的闪光。"

我们的确能飞快地捕捉到泰晤士河部分河段的景色,因为灯光照在广阔静寂的河面上。但是我们的马车继续往前冲,很快就到了河对岸那迷宫似的街道上了。

"华兹华斯路。"我的同伴说,"修道院路,拉克雷尔巷,斯托克维尔广场,罗伯特街,冷港巷。这个方向不像是高级地段。"

我们的确来到了一个陌生可疑的郊区地方,都是一排排灰暗的砖墙房,转个角才见几家粗俗、刺眼的酒店突然出现。

随后又有几排双层小楼,门前有小花园,继而又有无数行新建成的颇为显眼的砖砌新楼群——是这座城市拓展到郊外的新区。马车最后在一排新建房屋的第三家门口停了下来,其他房子都一片漆黑,显然尚未有人居住。我们停车的这家和邻居一样黑暗无光,只是厨房的窗户露出一线微光。敲门之后,门立刻就打开了,一名印度仆人在迎候着我们。这人头戴黄色包头,身穿宽大的白袍,腰系黄色带子。在这三流的郊区住宅门口,居然出现了一个东方人的身影,真乃咄咄怪事!

"先生在等你们。"他说,话音未落,某个内室里传来了一个高亢尖锐的声音。

"领他们到我这里来,吉特穆特加。"那个声音说道,"直接把他们领到我这里来。"

第四章　秃头的故事

我们跟着印度人穿过一条肮脏的普通过道,过道里光线暗淡,陈设简陋,走到右边的一道门前,他推开门,屋里透出的昏黄灯光照射到我们身上,只见灯光下立着一个男人,他个子矮小,高而尖的脑袋上有一圈红发,秃顶油光发亮,就像枞树林里耸起的一座山峰。他站在那里,搓着双手,脸上的肌肉不停地抽搐——时而微笑,时而皱眉,一刻也不能平静。他生就下凹的嘴唇,露出一排不整齐的黄牙,他不停地用手遮掩下半张脸,但还是遮不了丑。他虽然秃了顶,但看上去还年轻,实际上才三十岁出头。

"摩斯坦小姐,愿为您效劳。"他不断用尖而高的声调重复着,"这两位先生,我也愿意为您二位效劳。请进到我的陋室来坐坐——房间虽小,小姐,却是按照我喜欢的方式布置的。这是伦敦南区荒僻沙漠中的一块文化绿洲。"

我们应邀入内,看见室内华丽的摆设,不觉大为惊异。这间幽暗无比的屋子里,装饰得富丽堂皇,看来就好像把上等的钻石安放在了废铜烂铁之间似的。

墙壁上垂着最富丽最有光泽的挂毯和装饰,错落有致地露出若干装裱华丽的油画或是东方的花瓶。地毯是琥珀色和黑色的,又软又厚,脚陷进去很舒服,好像踩在青苔上一样。两张硕大的虎皮摊开放着,使人更加联想到东方式的奢华,角落里的垫子上有一支巨大的水烟筒,也给人以同样的联想。一盏银鸽样式的灯从房间中央几乎看不见的金色细线上垂下来,这盏灯点燃的时候散发出一股微妙的香气。

"塞笛厄斯·舒尔托,"小个子男人说道,脸上依然显出哭笑不得的样子,"这是我的名字。您就是摩斯坦小姐吧,这二位先生……"

"这是歇洛克·福尔摩斯，这是华生医生。"

"是医生，啊？"他叫起来，兴奋异常，"您带着听诊器吗？我的心脏，我担心心脏瓣膜有毛病。劳您大驾了。我的大动脉还好，我的瓣膜，得听听您的宝贵意见。"

按他的请求，我听了他的心脏，除了因极度紧张而全身发抖外，没有发现任何不正常现象。

"心脏正常，不必担心。"我说。

"请原谅我的焦虑，摩斯坦小姐，"他轻快地说，"我好担心，一直疑心心脏不好。听说正常，我很高兴。摩斯坦小姐，如果您的父亲能保持心态平和，没损害到心脏，他或许还健在呢。"

听他说出这番话，我大为光火，真想给他一记耳光，这种微妙敏感的事情，他竟若无其事，轻轻松松地说了出来。摩斯坦小姐坐了下来，面色苍白。

"我心里知道他早已不在人世了。"她说道。

"我能告诉您事实真相，"塞笛厄斯说道，"再有，我能为您主持公道。不管我哥哥巴塞洛缪怎么说，我也一定要这样做。很高兴您和两位朋友同来，他们一则可以保护您，并且还能为我的言行做个见证。我们四个人组成联合战线，足以对付我哥哥巴塞洛缪，我们最好别让圈外的人参与此事——不要警察与官方插手。一切问题我们自己都可以圆满解决，无须他人干预。如果此事公之于众的话，我哥哥巴塞洛缪必然深受其苦。"

他在一张矮矮的长靠椅上坐了下来，一双无神而水汪汪的蓝眼睛对我们询问似的眨着。

"就我而论，"福尔摩斯说，"不管你说什么我都不会给你泄漏出去的。"

我点头表示同意。

"那敢情好！那敢情好！"他说，"我可以请你喝一杯意大利红葡萄酒吗，摩斯坦小姐？或者是匈牙利托考伊红葡萄酒？我没有其他酒了。我开一瓶好不好？不要？好，那么，相信诸位不反对抽烟吧，有东方烟的安息香、肉桂香味。我有点紧张，吸口水烟就好，是绝对好的镇静剂。"

他引火点上大水烟壶，烟从壶里的玫瑰香水中噗噗响着冒出来。我们三人围在他前面坐定，伸着脖子，手撑住下巴，瞧这个奇怪的小个子痉挛着，秃顶生辉，坐在我们中间赶紧噗噗地吸个起劲。

"我头一回决定同您联系，"他说道，"原想给您地址，可又怕您不相信我的话，带来一些信不过的人。所以，我冒昧做出这种安排，让我的仆人威廉姆斯先生和你见面。他是个办事谨慎的人，我完全信得过他。我嘱咐他，如果情况不对，就不要带你们来。我预先采取了这些防范措施还请见谅，因为我平素不爱与人来往，甚至可说是个孤芳自赏的人，我最讨厌的是警察。我天生厌恶粗俗的追求物质之徒，极少与粗鄙之辈来往。你们也看到了吧，我生活在优雅的情调之中。我自命为文人雅士，这算是我身上的一大弱点。

"这幅风景画是科罗亲笔所画；这幅是萨尔瓦多·罗萨的作品，有的鉴赏家对其真假未做定论；但是布格罗的这幅画毫无疑问是真品。我最偏爱现代法国派的绘画。"

"舒尔托先生，请原谅我打断您，"摩斯坦小姐说道，"我们应您之邀而来，是为了听您想要告诉我们的那些事的。天色已晚，我希望这次会见越短越好。"

"在最好的情况下那也要些时间，"他答道，"因为我们肯定要到诺伍德去见巴塞洛缪兄弟。我们都应该去，还要试试看我们能不能占巴塞洛缪的上风。他很生我的气，因为我做了我认为应该做的事。昨天晚上我和他吵得很厉害，你们想象不出他发怒时有多么可怕。"

"要上诺伍德，那现在就得走了。"我插嘴道。

他大笑起来，笑得耳根都发红。

"不行呀。"他大声说，"还不知他会怎么说呢，我这就一下子把你们带过去的话，不行，我还得让你们有点准备，看看我们之间该怎么统一统一才好。所以首先，这事情有几点要向你们交代，都是我本人也还是不太清楚的，我只能姑且把事实向你们摊一摊。

"我的父亲，也许你们已经猜到，就是前印度兵团里的约翰·舒尔托少校，大约十一年前退的役，回国后住在诺伍德的樱沼别墅。他在印度发了财，带回一大笔钱和许多贵重的古玩，还有几个印度仆人。他有了钱，便给自己买了别墅，过着舒适的生活。他只有两个孩子，巴塞洛缪和我。我们是孪生兄弟。

"我清楚记得摩斯坦上尉失踪所引起的轰动,详情细节是从报纸上看到的。因为知道他是我父亲的朋友,我们当着父亲的面毫无拘束地评论此事。父亲也常常与我们一道对事态的发展加以猜测。我们丝毫也没有怀疑父亲。谁也没料想到他会将全部秘密藏在心底——众多世人中只有他知道阿瑟·摩斯坦上尉的最终命运。

"然而,我们的确知道,某种神秘的东西,某种确实的危险在逼近我们的父亲。他非常害怕单独外出,他总是雇用两名职业拳击手在彭地治利小屋充当门房。今晚为你们赶马车来的威廉姆斯就是其中之一。他曾经是英格兰的轻量级拳击冠军。我们的父亲从来不肯告诉我们他害怕的是什么,但是他特别厌恶有木腿的人。有一次,他竟然用左轮枪击中了一个有木腿的人,其实那人是个没有害处的商人,是来游说订单的。后来我们付了好大一笔钱才了结这件事。我哥哥和我也曾想这不过是父亲脑子一时糊涂,但是此后的许多事,让我们改变了看法。

"1882年年初,父亲收到印度来的一封信,使他大惊失色。那天他在早餐桌上打开信一看,差一点要晕过去。信的内容我们一无所知,但他拿着信时,我看到上面只有潦潦草草的几行字。他多年来一直患有脾肿大,这样一来,病情急剧恶化,四月底我们得知他已毫无希望了,想最后见我们一面。

"我们进了他的房间,只见他靠在枕上,呼吸急促。他要我们锁上门,站到他床边。然后,他拉紧我们的手,说出了一番惊人的事来。由于极度激动和痛苦,他的声音断断续续。我尽量用他的原话给你们说说。

"'在我弥留之际,我只有一件事,'他说,'像石头似的一直压在我的心头,那就是我没有善待摩斯坦上尉那可怜的孤女。那该诅咒的贪心是我毕生都摆脱不掉的——我夺走了宝物,而这宝物至少有一半是属于她的。虽然我尚未动用过这些宝物,可是贪婪令人愚蠢,干出利令智昏的罪恶。仅仅是想到拥有这大宗宝物,就令我心花怒放,说什么也不愿意与他人分享。看奎宁瓶旁边那个饰有珍珠的项圈。就连这个项圈我也舍不得放手,尽管我把它拿出来原是想送给她的。你们,我的儿子们,要把阿格拉财宝中的相当一部分给她。不过,我死以前不要送给她任何东西——就连这项圈也不要送。毕竟有人病成这样也还能恢复健康的。

"'我要告诉你们，摩斯坦是怎么死的，'父亲接下去说，'摩斯坦有心脏病，是多年的老毛病，可是他一直没跟别人说，只我一人知道。他和我在印度经过几番离奇曲折，得了一大批宝物。我带回了英国。摩斯坦回国的那天晚上，他一到就找上这儿来，要拿他自己应得的那一份。他从车站步行到这里，是我的忠实老仆人拉尔·乔达开的门，迎他进屋。拉尔·乔达，现在是死了。摩斯坦和我发生了争执，宝物分不均，吵了起来。摩斯坦一怒之下从椅子里跳了起来，突然手按胸口，面色苍白，身子向后一仰，头撞在财宝箱角上。我弯下腰，一看，天啊，发现他死了！

"'我坐了很久，心烦意乱，不知如何是好。我第一个反应自然是求人帮助，但我意识到，我会肯定被指控谋杀了他。他是争吵时死去的，头部有伤口，都对我不利。再说，警方调查时定会引发出财宝的事，这是我特别要保守的秘密。他已告诉我，他是悄悄来的，没人知晓。所以，似乎没有必要让任何人知道这件事。

"'我正在思前想后，猛一抬头，看见我的仆人拉尔·乔达站在门口。他悄悄地走了进来，并锁上了身后的门。'别怕，主人，'他说，'不要告诉别人你杀死了他。让我们把他藏起来，谁还会知道呢？''我没有杀死他，'我说道，拉尔·乔达摇着头笑着，'主人，我全听见了，'他说，'我听见你们大吵，也听见他被击倒的声音，但是我会守口如瓶的。这所房子里的人都睡着了，我们俩一块儿把他搬出去吧。'他这样一说，倒让我下定了决心。如果我自己的仆人都不相信我是无辜的，那我在陪审席上的十二名愚蠢商人面前能落什么好呢？拉尔·乔达和我当夜处理了这具尸首，几天之后伦敦报纸上都是摩斯坦上尉神秘失踪的消息。根据我所说的情况，你们可以看到，在这件事上我没有什么可被谴责的。我的过错在于我们不但隐藏了那具尸首，还隐藏了那笔财富，而且我抓住摩斯坦的和我自己的那份不放。因此，我希望你们去归还。把你们的耳朵凑到我嘴边来，那笔财富是藏在——'

"正在这时候，他脸色突变，眼睛直瞪，嘴大张，喊了起来。这声音我一辈子都忘不掉，'赶他走！快赶他走！'我们二人回过头，朝他眼睛盯着的那个窗口望去。外面黑暗中，有一张脸朝我们看。我们看到一张脸，压在玻璃窗上，鼻子因为被压扁而发白，满面胡须，一对野兽般厉害的眼睛，一副凶恶的面相。哥哥和我立刻冲到窗口，可是那人不见了。等我们回到父亲身边，父亲已垂了脑袋，脉搏也停了。

"我们当晚搜遍了花园，除窗下花圃上有一个明显的脚印外，没发现任何不速之客的痕迹。但是，要不是有这只脚印，我们或许还以为那张凶狠的脸是我们胡思乱想出来的。然而，不久我们就得到了更震惊的证明，我们周围有神秘人物在活动。第二天早晨我们发现，父亲房里的窗子被人打开了，橱柜和箱子全被翻得乱七八糟，他的胸前别着一张破纸，上面潦草地写着'四个签名'几个字。这几个字是什么意思，神秘来客是谁，我们从没弄明白。我们所能断定的是：尽管所有的东西都被翻动过，父亲的财物却完好无损。哥哥和我自然把这桩怪事与他平日的恐惧联系起来，但到底是怎么回事，至今仍是个谜。"

这位矮小的人停下来，重新点上了水烟筒，在沉思中一口一口地吸了片刻。我们则坐在那里全神贯注地倾听着这个离奇的故事。摩斯坦小姐在听到有关她父亲猝死的那短短几句话时，脸色变得煞白。我当时真怕她晕倒，便从旁边桌上摆着的威尼斯水瓶中给她倒了一杯水，她喝了下去，精神才渐渐恢复过来。福尔摩斯靠在椅背上，一副茫然出神的样子，下垂的眼皮遮住了他那闪烁的目光。

我向他看了一眼，不由得想起就在当天他还痛苦地抱怨过生活平淡，这儿至少有一个问题可以让他尽情地利用自己的聪明才智了。塞笛厄斯·舒尔托先生把我们审视一遍，显然对他的故事所产生的效果感到得意，然后，在吞云吐雾的间隙继续说下去。

"我们兄弟俩，"他说，"如你们可能想象的那样，对于我们父亲提到过的宝藏感到十分兴奋。我们在花园里刨呀挖呀，几星期，几个月，角角落落到处找，什么也没找到。藏宝的地方藏在了他临终时的嘴边，想起来就叫人要发疯。我们看看他拿出来的一串珍珠，颗颗珠子无疑都值大钱，家兄他舍不得脱手了，他待人也有如父亲一样的缺点。他还想到，珠子一旦出手，会引来闲话，最终是自找麻烦。还是我想出两全之策，说服他，让我先找到摩斯坦小姐的地址，每隔一段时间解下一颗送去，如此，也好让她生活免受窘迫。"

"你想得真周全,"我的朋友说,"你的心肠真好!"

矮个子摇摇手,表示不能接受。

"我们只是你财产的受托人,"他说,"这只是我的想法,哥哥巴塞洛缪可不这样看。我们自己有足够多的钱,再多的钱我不需要。再说,如此卑劣地对待一位年轻的女子,情理难容。法国人说:'卑劣为万恶之首',你看这话说得多精辟。我们的观点分歧太大了,所以觉得还是与他分开的好,于是我就搬离了樱沼别墅,带了一名印度仆人和威廉姆斯单独住下来。

"但是昨天我听说发生了一件极端重要的事——珍宝终于找到了。我立刻联系摩斯坦小姐,剩下的就是我们赶快乘车去诺伍德,讨还您那份应得的珍宝。昨晚我跟巴塞洛缪谈了我的看法,也许我们是不受欢迎的客人,可他倒是答应等着我们。"

塞笛厄斯停下话头,坐在那张奢华的长椅上,全身颤抖不已。我们都默不作声,心里想着这件奇事的新发展。福尔摩斯首先站了起来。

"从开始到现在,你,做得很好,先生。"他说,"我们也许能够将你仍然不明白的事情进一步弄清,以此给你一些小小的回报。不过,正如摩斯坦小姐刚才所说的那样,时间不早了,我们最好马上将这件事进行到底。"

我们的新朋友慢条斯理地将水烟筒的管子卷起来,从帘子后面取出一件很长的饰有盘花纽扣的轻便大衣,大衣的领子和袖口是阿斯特拉罕羔皮做的。

他把纽扣全部扣起来,也不顾夜里还是非常闷热,再添上一顶兔皮帽,更要把帽子两侧翻下来遮住双耳。他如此盛装,裹住全身,只露出一张不断扭动的清瘦的脸,其他一处也看不见。

"我身体弱不禁风。"他领着我们走在过道上这么说,"自己的身子只好自己多加当心。"

马车已等在门外,这一步骤显然早有安排。车夫立即驾车疾驰。塞笛厄斯·舒尔托话语不断,嗓门儿高过辘辘车轮声。

"巴塞洛缪是个精明人,"他说,"你们猜猜他是怎样找到财宝的?他最后断定财宝在屋内的某个地方,于是计算了整座房屋的体积,量过了每个地方,一英寸也没漏过。他算出整幢房屋高七十四英尺。他把各个房间的高度和通过钻探测得的房间之间楼板的厚度相加,发现只有七十英尺,还差四英尺,那显然是楼顶了。于是他在顶层的用板条和熟石膏做的天花板上打了个洞,在那儿,就在那儿,他发现了一个封闭的、无人知晓的小阁楼,财宝箱就放在正中的两根椽子上。他把箱子从洞口拿下来。他估计珠宝的价值不少于五十万英镑。"

这样巨额的数字一出口,我们都瞪大了眼睛相互对视着。如果摩斯坦小姐能争到她应得的那份珍宝,那么这位寄人篱下的家庭教师便一跃而成为英国最富有的继承人了。作为她忠实的朋友,听到这一消息,理应为她高兴。可是我,实在羞于启齿的是,由于我的私心在作怪,我此时的心情却极其沉重。我结结巴巴地向她祝贺了几句,便垂头丧气地坐在一边,对我们的新相识塞笛厄斯喋喋不休的谈话也充耳不闻了。

他显然是一个彻头彻尾的疑病症患者,我似乎在梦中听到他无休地说出一串症状,听到他在探讨无数江湖医生所开秘方的构成和作用,其中有些方子他是随身携带放在衣袋里的一个皮匣子里的。我认为他可能记不得那天晚上我给他的任何回答。福尔摩斯宣称,他无意中听到我提醒他说,蓖麻油喝到两滴以上是非常危险的,同时我向他推荐大量服用马钱子碱作为镇静剂。不管怎么样,我们的马车震动一下停了下来,马车夫跳下来开门,这时我肯定是松了一口气。

"到了,摩斯坦小姐,这就是樱沼别墅。"塞笛厄斯·舒尔托说,握住她的手搀她下车。

第五章　彭地治利小屋的悲剧

等我们到达深夜探险的最终阶段时，已经将近十一点了。伦敦城的湿雾已经留在了我们身后，夜色相当晴好。温暖的西风吹着，乌云在天空缓慢地移动，圆圆的月亮偶尔从云间的缝隙里偷窥。光线很好，可以看到一定距离以外，不过塞笛厄斯·舒尔托还是从马车里拿下一盏侧灯，给我们以更好的照明。

彭地治利府邸矗立在一块宽阔地上，四周围着石头高墙，墙头嵌满了碎玻璃片，只有一扇窄窄的铁皮大门，作为唯一的出入口。我们的引路人塞笛厄斯先生像邮差那样嗒嗒地敲着那扇铁门。

"谁呀？"门内传出一个粗鲁的声音。

"麦克默多，是我啊，你当然知道在这个时候只有我才会来。"

传来一阵抱怨声，接着是窸窸窣窣的钥匙声。门沉重地打开，出来一个个头儿矮小、胸脯厚实的男人，昏黄的灯光照着他向外窥探的脸和两只不停眨巴着的多疑的眼睛。

"塞笛厄斯先生，是你吗？另外几个是谁？我没听东家说还有别人要来。"

"没听说？麦克默多，你真让我吃惊！我昨晚告诉了哥哥，我会带几个朋友来。"

"塞笛厄斯先生，东家今天还没出过房间呢，我没接到吩咐。你知道我得守规矩，我可以让你进来，但你的朋友必须等在外面。"

这可是没有想到的一着。塞笛厄斯·舒尔托朝他上下看看，倒有些尴尬。

"你太不像话啦，麦克默多！"他说，"我带来的人，你就不用管！还有一位年轻女士呢，你叫她这个时间等在大街上！"

"实在对不起您,塞笛厄斯先生,"看门人说道,仍不通融,"来人是您的朋友,可不是主人的朋友。我吃他的饭,给他做事,我做什么事操什么心。您的朋友我一个都不认识。"

"哦,不,你认识的,麦克默多,"歇洛克·福尔摩斯友好地叫道,"你难道忘了我吗?你难道不记得四年前你比赛的那天晚上,一名业余拳击手在阿利逊和你周旋了三个回合吗?"

"是歇洛克·福尔摩斯先生吧!"这个拳击家吼道,"千真万确的事!刚才我怎么会认不出你来呢?如果你不是那么安静地站在那里,而是走上前来,给我的下巴来一个交叉出击,我肯定早就把你认出来了。啊,你浪费了你的天才了,真是浪费了!要是你顺从你的爱好,你可能成就很大了。"

"华生,你看,即便我一事无成,还有这种业余爱好为我敞开大门呢!"福尔摩斯笑着说,"我敢肯定我们的朋友不会让我们在外面挨冻的。"

"进来吧,先生们,进来吧——您和您的朋友,"看门人说道,"真对不起,塞笛厄斯先生,主人的命令很严。我必须认定是您的朋友,才能让他们进来。"

进了门,只见一条砾石铺成的小径穿过一片荒芜的空地,弯弯曲曲通向一所四方形的普通的大房子。整座房屋隐现在暗影中,唯有房子的一角映照在月光下,显现出顶楼上的一扇大窗。这么大的房屋朦朦胧胧,死一般寂静,阴森恐怖,让人不寒而栗,就连塞笛厄斯·舒尔托也显得不安,手中的提灯不住地抖动,嘎嘎作响。

"我实在不明白,"他说,"一定出了什么事。我明明告诉过巴塞洛缪我们要来,可他的窗子里没一丝灯光,到底是怎么回事?"

"他这里平常都这样戒备吗?"福尔摩斯问道。

"是的,他还是跟着父亲的老习惯。您知道,父亲宠爱他。所以有时候我都会想,父亲有事都告诉他,不告诉我。那个窗,月亮照着的,就是巴塞洛缪的屋子。那窗口很亮,可是我看这不是从里面照出来的灯光。"

"不是,"福尔摩斯说,"不过我看到门旁边的那个小窗子有一点亮光。"

"啊,那是管家的房间,是伯恩斯通老太太住的地方。她可以告诉我们所有的情况。不过也许你们不介意在这里等一两分钟,因为如果我们一起都进去,而她又不知道我们要来,她可能会受惊。但是别作声!那是什么?"

他举起了提灯,由于发抖,提灯的光圈在我们四周摇曳不定地晃来晃去。摩斯坦小姐紧抓住我的手腕,我们全都站在那里,内心怦怦地跳着,侧耳细听。在这静寂的夜晚,从这所又大又黑的宅子里传出一阵极为悲伤而又可怜的声音,是一个受惊的女人发出的断断续续的、凄厉的呜咽声。

"是伯恩斯通太太,"塞笛厄斯说,"她是这所房子里唯一的女人,请稍等片刻,我去去就来!"

他说罢奔到门口,以他特有的方式敲开门。一个高大的老太太一看到他,现出惊喜的神情,忙请他进屋。

"哦,塞笛厄斯先生,你来了就好!来了就好,塞笛厄斯先生!"

我们听到她高兴得不断重复这些话,门关上后,才听不见。

领我们来的塞笛厄斯把提灯留给了我们。福尔摩斯慢慢地转动提灯,仔细地查看四周的房子和堆在空地上的大堆泥土。

摩斯坦小姐和我一起站着,她的手握在我的手里。爱情真是甜蜜、微妙、不可言传的事。我和她站在了这里,两人今天初识,以前从未谋过面,一天来也还不曾有过一句爱语和情话,可是就在此刻面临危难之时,我俩的手就会不约而同地紧握在一起。我至今想起此事,一直感到奇妙,可是在当时我会如此向着她,完全是情不自禁。她后来也一直跟我说,她当时也是自然而然地要转向我,依傍着我,才感觉是得到了慰藉和依靠。

所以我们就手拉手像两个儿童一样地站着。尽管周围一片黑暗,我们心里却是平静的。

"多奇怪的地方啊!"她环顾周围说。

"好像英格兰所有的鼹鼠都被放到这里来了。我曾经在巴拉腊特附近的一座小山坡看到过这样类似的景象,那是勘探者工作的地方。"

"这里情况一样,"福尔摩斯说道,"这是挖宝人留下的痕迹。别忘了他们花了六年的时间寻找宝物,怪不得这所庭园被挖得像个沙砾坑呢。"

这时大屋的门忽然大开,塞笛厄斯跑了出来,两手向前伸着,眼睛里充满了恐惧。

"巴塞洛缪出事了!"他喊道,"吓死我了!我的神经可真受不了啦!"

他惊恐万状,那张从羔皮领子里探出来的虚弱脸孔不住地痉挛,苍白无血,就像一个惊慌失措的孩子,露出无助求救的神态。

"进屋去!"福尔摩斯斩钉截铁地说。

"好,进去!"塞笛厄斯·舒尔托恳求道,"我真的不知道该说些什么了。"

我们跟着他一同走进了女管家的房间,房间就在过道的左边。老妇人搓着双手,惊恐不安地在屋子里来回转着身子,但一见摩斯坦小姐,立刻镇定了不少。

"上帝给你多么文静、甜蜜的脸呀!"她激动得流着泪说道,"我看见你就好受多了。哦,这一天来我真是又累又痛心!"

我们的女同伴轻轻地拍拍她瘦骨嶙峋的粗手,低声说着女人温柔的话安慰她,她那苍白的面颊才恢复了血色。

"主人把自己关在屋里,叫他叫不应。"她诉说着情况,"这一天来,我的心挂着他,等他叫我,往常他也是喜欢独自一人。不过一小时以前我担心出了什么事,就走上前去,从钥匙眼里偷看。你一定要走上前去,塞笛厄斯先生——你一定要走上前去自己看看。十年以来,我见过巴塞洛缪先生高兴和忧愁的时候,但是我从来没有见过他脸上这种表情。"

歇洛克·福尔摩斯拿起灯带头走去,因为塞笛厄斯的牙齿直抖个不停。他受到那样的惊吓,他的膝盖也在颤抖,以至上楼时我不得不把手伸到他腋下扶他一把。

我们上楼时,福尔摩斯两次从口袋中取出放大镜,仔细地观察楼梯上铺着的棕色垫毯上的泥印。在我看来那不过是不成形的灰尘罢了。他慢慢地拾级而上,把灯放得很低,从左到右敏锐地查看着。摩斯坦小姐留在下面和受了惊吓的女管家做伴。

第三层楼梯的尽头是一条笔直的通道。右侧挂着一大幅印度挂毯,左侧有三扇门。福尔摩斯仍然一边慢慢往前走,一边有条不紊地观察着,我们则紧紧跟随在他身后,走廊后面投下了我们长长的身影。

我们要去的是第三扇门。福尔摩斯敲敲门,没有回应,接着转动门把手,想用力推开它。但当我们把灯贴近门缝时才发现,门从里面用一根粗大结实的门闩闩上了。钥匙已经扭转,但钥匙孔还没被完全堵上。福尔摩斯弯腰朝里面看去，但立刻直起身来，倒吸了一大口气。

"里面情况异常，华生，"他说，我从未见过他如此激动，"你看怎么办？"

我弯腰从锁眼里一看，吓得立刻缩了回来。月光照进屋内。一张脸，朦胧中泛着亮色，好像挂在半空中似的在注视着我，因为脸部以下都遮在暗影里看不出来。这张悬着的脸和我们同伴塞笛厄斯的脸一模一样：都是尖尖光亮的秃顶，都是一圈红毛发，都是毫无血色的面颊。脸部表情死板不动，露着可怕的狞笑，一种不自然的咧嘴而笑。在寂然的月光照射下，比之扭曲的怒容、愁容更令人毛骨悚然。

这张脸和我们的矮小朋友如此相像，以至于我不禁回过头想去确认一下他确实和我们在一起。然后我记起来，他曾经对我们提起过他俩是孪生兄弟。

"真可怕！"我对福尔摩斯说，"应该怎么办呢？"

"一定要打开门。"他答道，他对准门跳过去，把自身的重量全部压到了门锁上。

那扇门嘎嘎作响，但并没有被撞开。我们两人合力再次向门猛撞，忽听砰的一声响，这回门开了，我们冲进了巴塞洛缪·舒尔托的卧室。

这间屋子布置得好像是一间化学实验室。那面正对着门的墙上，架着两行盖着玻璃塞子的瓶子，桌子上摆满了本生灯、试管和蒸馏器。放在角落里的柳条篮子中装着盛有酸性液体的瓶子。

其中一个好像有点漏，也许已被打破，流出一股黑色的液体，空中散发着一股刺鼻的焦油气味。屋子的一边，在杂乱的板条和灰泥上，立着一架梯子，梯子上的天花板有一个大的可以穿过一人的洞，梯子下零乱地放着一卷很长的绳子。

在桌子旁边的扶手椅上，坐着房间的主人，头歪在左肩上，脸上露出恐怖的、令人费解的笑。他已变得僵硬冰冷，显然已死去数小时了。

我注意到，不只是他的面部表情怪，而且四肢都向内蜷曲，这样子也是非常奇特的。他有一只手搭在桌上，手边有一件奇怪的工具——一根纹理密致的棕色木棒，头上用麻绳粗粗地捆着一块石头，像是一把锤子。锤子旁边放着一张从本子上撕下来的纸，纸上有几个潦草的字。福尔摩斯看了一眼，把纸递给我。

"你看。"他朝我抬了抬眉毛，说道。

我在灯光之下看这张纸，心中一阵恐怖，"四个签名"。

"天哪，这都是怎么回事呀？"我问道。

"是谋杀，"他说，向死者俯下身去，"啊！我就知道会有这个。看这里！"

他指着插在死者耳朵上方，看起来像是一根长刺的东西。

"看起来像是一根刺。"我说。

"是一根刺。你可以把它取出来，但是要小心，因为刺上有毒。"

我用大拇指和食指把那根木刺拔了出来，皮肤上没有留下其他痕迹，只有一个伤口上的小血点。

"这一切对我来说简直是个难解的谜团，"我说道，"事情不但没搞清楚，反而越来越模糊了。"

"恰恰相反，"他答道，"很快就会水落石出的，只需弄清几个遗漏的环节，案情就会真相大白。"

进屋后我几乎忘记了我们的同伴，他仍站在门口，神情恐惧，绞着双手，独自悲伤。可突然间，他绝望地尖叫起来。

"财宝不见了！"他说，"他们抢走了财宝！我们就是从那个洞口取下财宝的，是我帮他取下的！我是最后一个见到他的人！昨晚离开他下楼时还听见他锁了门。"

"那是什么时间？"

"十点钟。现在他死了，我就是嫌疑犯，警察来了会怀疑是我干的，肯定会怀疑是我。可你们不会这样想吧，两位先生？你们绝对不相信是我吧？如果是我干的，我还会把你们往这儿带吗？哦，天哪！我真要疯了！"

他甩胳膊，跳脚，疯也似的痉挛。

"您不用怕，不要紧张——舒尔托先生，"福尔摩斯说，轻轻拍拍他的肩膀，"听我一句话，坐车去警署报案，您应当处处配合他们才对。我们在这儿等您回来。"

这矮个子茫然地服从着，我们听见他摸黑跌跌撞撞地走下楼梯。

第六章　福尔摩斯的推断

"我说，华生，"福尔摩斯搓着手说道，"现在我们还有半小时，咱们要好好利用起来。我对你说过，这个案子差不多快要了结了，但不能因过分的自信而出差错。案情看来似乎很简单，但其中可能隐藏着更深奥的东西。"

"简单？"我不由得问道。

"当然简单，"听他说话的口气，像是临床教授在给学生讲课，"请你坐在那个角落里，别让你的脚印把事情弄复杂了。现在开始工作吧！首先，这些人是怎么进来的，又是怎么出去的？这扇门从昨天夜里一直没有开过。窗户怎么样？"

他手提着灯走了过去，自言自语地大声嘟囔着他所观察到的情况。

"窗户是从里面闩着的，窗框也很结实，边上没有合页。让我们打开窗户看看，附近没有漏水管，房顶也够不着，然而还是有人从窗户爬上来了。昨夜下了点小雨，在窗台上留下了一只脚印。这里有一个圆形泥印记，地板上也有一个，书桌旁边也有。看这里，华生！这的确是很不错的论证。"

我看着这些边界清晰的圆形印记。

"这可不是脚印。"我说。

"这对我们来说是有价值得多的东西，这是一根木棍留下的印子。你看窗台上有一个脚印，是带有宽的金属后跟的沉重靴子留下的，此外这是木脚的印记。"

"是那个木头腿的男子。"

"正是这样。除了这个，还有一个人——一个帮手，本领高强。你爬墙爬得上来吗，医生？"

我探出窗外看了看，月光还照亮着屋角。我们离地面足有六十英尺，向外边墙面上看，看不见一处可以踏脚的地方，连一条砖缝都看不见。"爬墙是没法爬上来的。"我回答说。

"没人帮忙，是爬不上来。试想想，要是这上面有个朋友，他将角落里那根粗绳朝你扔下来，再将绳子的一端牢牢地拴在墙上的大挂钩上。我想，只要你是个有力气的人，即便装着一条木腿，也能爬上来。当然，你可以用同样的方式下去，你的同伙再将绳子收回去，从大挂钩上解下来，关上窗子，从里面闩上，从来的地方逃走。还有一个值得注意的细节，"他指着绳子继续说，"我们那位装有木腿的朋友虽然爬墙功夫不错，但不是职业水手。他的手一点也不粗硬。我的放大镜显示出绳子上不止一处有斑斑血迹，特别是在绳子的末端。我推断他是在以很快的速度顺着绳子爬下来时，磨破了手掌皮。"

"这一切都不错。"我说，"可是案情变得更复杂了。这个神秘的同伙是怎么回事？他又是怎么进入屋内的呢？"

"是啊，那个同伙！"福尔摩斯沉思地重复着，"这个同伙，他作案的特征很有意思，给这件普通的案件增添了几分神秘的色彩。我推测这个同伙在英国的犯罪编年史上开辟了新的领域——尽管类似的案例在印度已有先例，如果我的记忆不错的话，是在塞内冈比亚。"

"那他怎么进来的？"我重复道，"房门是闩着的，窗子是爬不上来的，是通过烟囱进来的吗？"

"壁炉太小了。"他答道，"我已经考虑过这个可能性了。"

"那又是怎么进来的呢？"我坚持问道。

"你没有应用我的思想方法。"他说，摇摇头，"我不是跟你说过很多次，排除完全不可能的情况，剩下来的，无论多么令人难以置信，那就是事实的真相吗？我们断定他不是从门、窗或者烟囱进来的，我们也断定他不是预先躲藏在屋子里，因为这里无处藏身。那么他是从哪儿进来的呢？"

"他是从屋顶上那个洞口进来的。"我说。

"当然是从那里进来的，我敢肯定。如果你乐意给我提下灯，我们可以把搜索范围扩大到房顶上那个找到财宝的密室。"

他爬上梯子，一手抓住一根椽木，翻身上了阁楼。接着探出头来伸手接过灯，我也跟着上了阁楼。

阁楼长约十英尺，宽六英尺。地板是用橡木架成的，橡木之间铺了一层薄薄的条板和灰泥。这样，走路时必须踩在一根根橡木上。屋顶呈人字形，这就是这座房子的真正屋顶了。阁楼里没有任何家具，多年的灰尘积了厚厚的一层。

"你看看这里，"福尔摩斯手扶着那倾斜的墙壁说道，"这就是通向屋顶外面的那个暗门。这个暗门推开，外面就是房顶，坡度较缓，第一个人就是从这里进来的。我们找找看这个人有没有留下一些能显示出他个人特征的痕迹。"

他把灯放在地板上，这时我看到他露出惊异的神色，这是我今晚第二次看见他露出这种表情。我顺着他的目光看过去，也不由得浑身发冷。

地板上到处都是赤脚的脚印——清晰、清楚、完整，但是大小还不到普通男子的一半。

"福尔摩斯，"我低语道，"做了这件可怕事情的是一个孩子。"

他立即就恢复了自制。

"我一开始也吃了一惊。"他说，"但是这件事是相当正常的。我一时忘记了，我早该预料到的。这里没有更多值得了解的东西了，我们下去吧。"

"你是怎么看呢？那些脚印。"我们刚回到下面的屋里，我就问他。

"我亲爱的华生，还是你自己来分析分析吧。"他有点不耐烦地说道，"你知道我的思想和方法，拿来应用，等你做出结论，咱们可以互相参证。"

"我怎么也想不出个所以然来。"我答道。

"你马上就会完全明白了，"他胸有成竹地说道，"我看这儿也没有别的重要情况了，不过还是再查一遍看看。"

他拿出放大镜和卷尺，跪在地板上，又是测量，又是比较，又是检查。他那细长的鼻子离地板只有几英寸，深陷的眼睛闪闪发亮，滴溜溜直转，如同鸟的眼睛。他动作敏捷、无声、诡秘，就像训练有素的猎犬在寻找气味。我不禁想到：如果他用自己的精力和才智来犯罪，而不是维护法律，那他会是一个多么可怕的罪犯啊。他一面检查，一面不停地嘀咕着，最后惊喜地呼叫起来。

"我们真是运气不错。"他说，"现在不应该有什么问题了。那第一个进来的运气不佳，失脚踩到柏油上了。你看，因为油瓶裂了，里面的油流了出来。在这个气味难闻的、被弄得一塌糊涂的东西旁边，有他的清楚分明的小脚印。"

"那么这又能说明什么呢？"我问道。

"嗯，仅仅说明我们已经逮住他了而已。"他说，"我知道狗能够追踪这气味直到世界尽头。如果说，一群猎犬能够穿越一个郡追逐一条被猎的鲱鱼，那么，一条经过特殊训练的猎狗追踪这样刺鼻的气味能够追多远呢？这听起来就像比例运算法的一道算术题。答案应该是——但是，啊呀！举世公认的法律代表来了。"

楼下传来了沉重的脚步声和嗓门响亮的喧嚷声，大厅的门猛烈地响着，打开了。

"他们还没来，"福尔摩斯说，"你先摸一摸这人的胳膊和腿，是什么感觉？"

"肌肉僵硬得像木头。"我回答。

"一点不错。肌肉强烈收缩，比普通的死后强直还要僵硬。加上脸上的这种希波克拉底的微笑，也叫'痉笑'，你对此又做何解释呢？"

"中了生物碱的剧毒，"我回答说，"一种类似马钱子碱的物质，会产生类破伤风肌肉强直。"

"我一看到他面部收缩的肌肉就想到了这一点。一进屋我就想立刻弄清这种剧毒是怎样进入他体内的。你已经看到了，我发现了一根毫不费力就能扎进或射进他头皮的刺。你看，似乎当时死者正直坐在椅子里，被刺扎中的部位正好对着天花板上那个洞。再检查一下这根刺。"

我小心翼翼地取出那根刺放到灯光下，发现是一根又长又尖的黑刺，刺尖发亮，涂有胶质物，但已经干了，较钝的那一端用刀削圆了。

"是英国本土的荆刺吗？"他问道。

"不！肯定不是！"

"有了这些材料，你就能够得出合理的推论了。可是正规军来了，所以辅助部队可以撤退了。"

他正说着，过道里响起了脚步声，越来越近。一个身穿灰色衣服的粗壮汉子，迈着沉重的脚步走进屋来。

他脸色发红，结实，血气旺盛，一双很小的眼睛闪烁着，从肿胀肥胖的眼皮下往外敏锐地看着。紧跟在他身后的是一名身穿制服的巡官和仍在发抖的塞笛厄斯·舒尔托。

"不像话!"他以一种沉闷暗哑的声音叫道,"真不像话!这些人都是谁?啊,这所房子好像养兔场似的,屋里全是人!"

"您一定还认识我吧,埃瑟尔尼·琼斯先生。"福尔摩斯静静地说。

"啊,当然,认识的啦!"他呼哧呼哧地说,"您不就是喜欢推理的理论家,歇洛克·福尔摩斯先生吗?怎么会不认得!我永远忘不了,那次您向我们演说关于主教门珍宝案的起因和您的推论结果。没错,您把我们引上了正轨。不过,您得承认,破案主要还是靠运气好,不是靠您推理的指导。"

"那不过是一个非常简单的推理。"

"得了,得了!不要不好意思承认嘛。这里到底是怎么回事?糟糕透了!糟糕透了!看来这里只有严酷的事实,不需要理论推理。说来也巧,我正好因为办另一个案子来到诺伍德!报案时我正在警察局。你认为这个人是怎么死的?"

"啊,这样的案子似乎用不着我的理论。"福尔摩斯冷冷地说。

"不,不,有时还真能被你说中。天哪,我听说门是锁着的,可价值五十万英镑的珠宝怎么会不翼而飞呢?窗子呢?"

"窗户锁得很牢,可窗台上有脚印。"

"好啦,好啦,如果窗户关得很严实,那脚印与此事就毫无关系了。这是普通常识。这个人可能一下子暴病而死,然后珍宝就无影无踪了。哈,我倒有个推论,我也时常灵机一动。出去吧,巡官,还有你,舒尔托先生。您和您的朋友可以留下,福尔摩斯先生,您认为这是怎么回事?舒尔托自己承认,昨晚他是和他的哥哥在一起的。哥哥疾病发作而死亡,舒尔托就趁机带着珠宝走了。我这看法怎么样?"

"然后死者就很细心地起身把门反锁了。"

"哼!这里确实有漏洞。让我们在这件事上运用常识。这位塞笛厄斯·舒尔托昨晚是和他的哥哥在一起,吵过架,这是我们知道的情况。哥哥死了,珠宝丢了,这个我们也知道。塞笛厄斯离开之后,没有人见过他哥哥,他的床也没有睡过。塞笛厄斯内心一定非常恐慌,瞧他的脸——哼,很不正常。您看,我在向塞笛厄斯撒网了,他已经难逃法网。"

"您还没有完全掌握事实情况。"福尔摩斯说,"这根木刺,我有充分的根据说是毒刺,刺在了死者的头皮上,伤痕您可以看得出来。这张纸,上面写有字，在桌上捡到的。纸旁边还有一把奇怪的绑着石头的木棒。这些您怎么解释呢？"

"方方面面都证实了我的推测。"肥胖的警官自负地说，"屋子里满是印度古玩，刺是塞笛厄斯带来的。如果刺有毒，塞笛厄斯也可以用它来杀人。这张纸不过是变戏法中惯用的障眼法，没有任何意义。唯一的问题是：他是怎样出去的？哈，有了，屋顶上有个洞。"

由于身体肥胖，他费了九牛二虎之力才爬上梯子，从洞口挤进阁楼。不一会儿，我们就听见他得意地喊道他找到暗门了。

"他有时也能找到某种证据，"福尔摩斯耸了耸肩膀说道，"他偶尔也有清醒的头脑。法国有句老话：'和有才智的愚人更难相处。'"

"你们看！"琼斯从梯子上下来时说道，"总而言之，事实胜于雄辩。我对此案的看法已经得到了证实，有一个暗门通向屋顶，门是半开着的。"

"开门的是我。"

"哦，是吗？那么，你已经注意到了？"对这一发现他似乎有一点垂头丧气，"唔，不管是谁注意到的，反正这说明了那位先生是怎么离开这里的，巡官！"

"是，先生，"过道里有声音传来。

"请舒尔托先生过来。——舒尔托先生，我的职责是通知你，你所要说的任何话语都可能对你不利。我以女王的名义逮捕你，因为你与你哥哥的死亡有牵连。"

"啊，你们看见了！我不是早就预料！"可怜的小个子叫道，伸出双手，眼睛对着我们一个一个看过来。

"不用着急，舒尔托先生，"福尔摩斯说，"我想我一定要为您洗清冤屈。"

"不要说大话随便许诺，理论家先生，不要狮子大开口！"侦探立即打断他的话，"这可没有你想的那么容易。"

"琼斯先生，我不仅要洗清他的罪名，还可以免费告诉你昨晚来到这房间的两名凶手之中其中一人的姓名和模样。他的姓名——我有充分的理由断定——是乔纳森·斯莫尔。他文化程度低，个子矮小，精力充沛，右腿断了，装有一条木腿，但木腿内侧已磨损了。左脚靴子的底呈方形而且粗糙，鞋跟钉有铁掌。他是个中年人，皮肤晒得黝黑，曾经是名囚犯。这些特征，加上他手掌脱落了很多皮，这些事实可能对你有用。另一人嘛——"

"啊！还有另一个人？"琼斯的话音中带着嘲讽，但是我不难看出，他还是被福尔摩斯的精确分析打动了。

"这是一个十分怪异的人。"福尔摩斯说道，并转过身来，"我希望很快就能把这两个人介绍给你，华生，我跟你说句话。"

他领着我走到楼梯口。

"这件意外的遭遇，"他说，"使我们差点忘了此行的目的。"

"我刚刚一直在想这一点，"我答道，"不应该让摩斯坦小姐留在这所倒霉的房子里。"

"对，你应该送她回家。她和塞西尔·福雷斯特太太一起住在下坎贝维尔，不是很远。如果你愿意再坐马车回来，我在这里等你，但是你会不会感到太累了啊？"

"累不坏。这件事稀奇古怪，不弄明白真相我是不能休息的。我生活中经历的怪事不少，但是可以跟你说，今天晚上一下子碰到这么多怪事，使我的神经太震动，太兴奋了。反正已经到了这一步，我要和你一起看这个案子结案。"

"有你在这里，对我帮助很大。"他答道，"我们自己单独进行，琼斯老兄高兴怎么干就怎么干，让他异想天开去吧。把摩斯坦小姐送回家后，请去河边莱姆贝斯区品庆巷三号，右边第三幢楼住着一个做鸟类标本的人，名叫谢尔曼。他的窗户上画着一只老狼抓了一只野兔。敲门叫醒那老头，替我向他问声好，告诉他我急着要借他的托比，把托比随车带来。"

"我猜是条狗吧。"

"对，是条奇特的混血狗，嗅觉极灵敏。我宁愿让托比来帮我，也不愿意让伦敦所有警察力量来帮我——托比比他们全部人都得力的多。"

"我把它带回来，"我说道，"现在是一点钟，如果能换到一辆快马，我就能在三点以前赶回来。"

"我还要向伯恩斯通太太和那个印度仆人询问一些情况。塞笛厄斯先生告诉我，那人睡在隔壁的阁楼里。然后，我要研究伟大的琼斯的方法，并且聆听他那不够微妙的嘲讽。'我们已经习惯，有些人对他们不了解的事物却偏要挖苦。'歌德总是说得言简意赅。"

第七章　木桶的插曲

　　警察带来一辆马车，我立即护送摩斯坦小姐乘坐此车回家。她原本是一个天使般的女子，但是在危难之中，如果有比她更脆弱的人，她就总是能够保持镇定自若。我找到她时，她正安坐在受惊的女管家身旁，神色从容安详。然而到了车上，她却忍不住了。先是晕倒，接着便嘤嘤地失声而泣——想必是当天夜里的冒险经历使她饱受折磨的结果。后来她告诉我，当时她怪我一路上冷若冰霜，和她相当疏远。她绝没有猜到我内心的激烈斗争，也不知道我是努力抑制着感情才装着冷淡的。最初在花园里两手相握的时候，我已经将我的同情和爱情传达给她了。我觉得我虽然饱经世故，要是没有这一天的奇异经历，也很难了解到她那温柔而又勇敢的天性。

　　然而我思想斗争很激烈，倾慕的话语虽到嘴边，又咽了下去。她弱小无助，精神和神经都受到了刺激，此时向她求爱，未免有乘人危难之虞。更令我为难的是：如果福尔摩斯成功了，她将成为很富有的继承人。像我这样一个收入菲薄的医生乘机与她亲近，这公平吗？体面吗？她难道不会认为我不过是个庸俗之徒，无非是冲着她的财富来的吗？我不敢冒险让她产生这种想法，这批阿格拉财宝成了一条不可逾越的鸿沟，把我俩分隔开来。

　　我们抵达塞西尔·福雷斯特太太家的时候，已经快凌晨两点了。好几个小时以前仆人们就睡下了，不过福雷斯特太太一直对摩斯坦小姐收到的奇异的信感兴趣，所以她坐在那里等她回来。她亲自开了门，她是一位优美雅致的中年妇女，看到她温存地搂着摩斯坦小姐的腰，听到她像母亲般地问候她，我感到欣慰。显然在这里她不仅仅是拿工资的雇工，也是受尊敬的朋友。

　　经摩斯坦小姐介绍后，福雷斯特夫人热情地邀我进屋，想听我讲讲今晚的奇异遭遇。可是我只能解释说我还有重任在身，并且诚恳地答应日后一定再来拜访，禀报案情的进展情况。当车子回程，我转身再看一眼，见两人依然立在台阶上——两个手挽手紧挨在一起的端丽身影。门半开着，客厅的灯光透过彩色玻璃照出来，我能看见挂着的晴雨表和光亮的楼梯扶手。

我们一度全身心地沉浸在这件神秘的案件之中，在这心情忧郁的时候，瞥见了这宁静温馨的家庭小景，令人感到无限欣慰。

关于今晚所发生的一切，我越想越觉得费解。当车轮辘辘地行驶在煤气灯映照下的静寂街道时，我回顾了这一连串的离奇事件。原来的问题现在至少已十分清楚了——摩斯坦上尉的暴死，寄赠珍珠，报纸上的无名广告和奇怪的信件——这些事件已经全然揭晓，然而却把我们引入了更为深奥、更为悲惨而又神秘莫测的境界，印度财宝、摩斯坦行李中发现的奇特图案、舒尔托少校临死时的奇怪场景、财宝的重新发现和随之而来的财宝发现者的被害，与谋杀有关的种种怪象：那些脚印、怪异的凶器、写着和摩斯坦上尉的图案上的字相同的字的破纸——面对这样一座迷宫，除非是福尔摩斯那样有天赋的人，别的人是无法找到任何线索的。

品庆巷是莱姆贝斯区尽头的一排破旧的两层楼砖房，我在三号门上敲了很久才听到响动。终于，百叶窗里露出了一丝烛光，窗子里露出一个人头。

"快走开，你这醉鬼流氓，"那张脸说，"如果你再吵闹，我就打开狗笼子，放出四十三条狗来咬你。"

"如果你能放出一条狗来，那敢情好，我就是为这个来的。"我说。

"快走开！"那声音吼道，"看哪，我这口袋里有一把锤子，要是你不赶快逃走，我就把锤子扔到你头上！"

"但我要的不是锤子，而是一条狗呀。"我叫道。

"没工夫跟你废话。"谢尔曼先生叫道，"走开，我数到三就扔了。"

"歇洛克·福尔摩斯……"这几个字似乎有不可思议的魔力，刚一出口，楼窗立即关上，不到一分钟，屋门就开了。谢尔曼先生是个细长的瘦老头儿，佝偻着背，脖子青筋暴露，戴一副蓝光眼镜。

"歇洛克·福尔摩斯先生的朋友永远受欢迎。"他说，"进屋来，先生。当心有狗獾，它咬人。啊，去、去、去！想咬这位先生？"他说的是一只从笼子里探出头来，长着一双红眼睛的顽皮鼬鼠。又说道："别介意，先生。那不过是一只蜥蜴，没有毒牙，我让它在屋里自由活动，是为了让它吃甲虫的。您别介意我刚才小小的失礼，因为孩子们常来捣乱，还有许多人经常到巷子里来敲门，把我吵醒。福尔摩斯先生想要什么呢，先生？"

"他想要你的一条狗。"

"啊，那准是托比。"

"对，正是托比。"

"托比在左手第七只笼子里。"

他举着蜡烛，在他收养的奇禽异兽之间慢慢地穿行。在微光中，我隐约看见每个角落里都有闪亮的眼睛冲着我们龇牙咧嘴。就连我们的头顶上的椽子上也栖着一排一本正经的野鸟，它们被我们的声响吵醒了，懒洋洋地将重心从一条腿移到另一条腿。

托比是条耳朵下垂的丑陋的长毛狗，是长毛垂耳狗和杂种猎狗的混血，毛色有棕有白，步态笨拙蹒跚。它在略做迟疑之后，接受了那位年老的博物学者递到我手里的一块糖，这样结成了同盟之后，它就跟随我进入了马车，毫无障碍地与我做伴。我再次回到彭地治利小屋时，王宫的钟刚敲过三点。我发现那位前职业拳击家麦克默多已经被作为从犯抓起来了，他和舒尔托先生两人都被押送到警察局去了。两名警察守着那扇狭窄的大门，但我一提起福尔摩斯的姓名，他们就让我带着狗进去了。

福尔摩斯站在台阶上，衔着烟斗，两手插在口袋里。

"啊，你把狗带来了！"他说，"好狗，不错！埃瑟尔尼·琼斯走了。刚才你离开以后，我跟他两个人拉开架势吵了一架。他不但把朋友塞笛厄斯逮捕，还把看门人、女管家、印度用人全都抓走了。这地方就我们两个了，楼上一个警官还在。把狗留在这儿，和我到楼上去。"

我们把托比拴在厅里的桌腿上，又爬上了阁楼。那间屋子依然和我们离开时一样，只是用床单盖住了死者的尸体。一个疲惫不堪的警官斜倚在角落里。

"警官，借用一下你的牛眼警灯，"我的朋友转身对我说道，"请帮我把这张纸板系在我脖子上，好让它挂在我胸前。多谢了。现在我得脱下靴子和袜子，华生，待会儿请你把我的鞋袜带到下面去——我要试作一次小小的攀登。请把我的手绢放在柏油中略沾一点。现在，请再跟我上阁楼一趟。"

我们从洞口爬上去，福尔摩斯再一次用灯照了照灰尘上的脚印。

"我希望你特别注意这些脚印，"他说，"有没有发现什么值得注意的东西？"

"这是小孩或矮小妇人的脚印。"我答道。

"除脚印的大小外，没别的吗？"

"好像跟别的脚印没什么两样。"

"才不呢！看这儿，这是灰尘上一只右脚印，我在这脚印旁再踩上一个。主要区别在哪儿？"

"你的脚趾是并拢的，那只脚印上的脚趾是分开的。"

"很对，要点就在这里，记住这一点。现在，请你过来，到这扇活动天窗旁边来闻闻木质结构部分的气味好吗？我就站在这里，因为我手里有这条手帕。"

我照他吩咐的做了，立即闻到一股像柏油似的强烈气味。

"这就是他出去时踏脚的地方。如果你能够闻出这种气味，那我认为托比就不会有困难。现在下楼去，把狗放开，等着看我施展绳技家布朗丁的神技吧！"

我出了房屋，到了花园里，歇洛克·福尔摩斯已经在屋顶上了。他胸前挂着灯，像只大萤火虫似的在屋脊上慢慢地爬行，爬到烟囱后面消失了一会儿，但很快又出现了，然后翻到屋脊另一面，又看不见了。我马上绕到屋后，看见他正坐在屋檐角上。

"是你吗，华生？"他叫道。

"是我。"

"就是从这个地方下去的。下面是什么东西，黑乎乎的？"

"一只水桶。"

"有盖吗？"

"有盖。"

"有梯子没有？"

"没有。"

"这个该死的东西！这地方好险。既然他能从这里爬上来，我也能从这里下去。这水管很坚固。管他怎么样，我下来啦！"

随着一阵窸窸窣窣的声音，灯光平稳地沿着墙壁滑了下来。而后，福尔摩斯轻轻一跳就落到了木桶上，又蹦到地面上。

"追踪这个人不难！"福尔摩斯边说边穿着鞋袜，"他一路上把屋瓦全都踩得松动了。他仓促之中，掉下了这件东西。正如你们医生的行话，这证实了我的'诊断'正确无误。"

他拿给我看的东西是个小袋子，确切地说，一只用彩色草编成的烟袋，外面装饰着几颗俗气的珠子，形状大小很像烟盒。里面装着六根黑色的木刺，一头尖，一头圆，和刺到巴塞洛缪·舒尔托头上的那根一模一样。

"这是危险的凶器，"他说，"当心别伤着你自己。得到它我高兴极了，因为可能他所有的凶器全在这里了，再也用不着担心他拿它来对付咱们了。我宁愿挨枪子儿也不愿中毒刺。华生，你还能跑六英里的路吗？"

"没问题。"我说。

"你那条腿支持得住吗？"

"哦，可以。"

"你到了，小狗！可靠的老托比，嗅一下这东西。"他将那块蘸过柏油的手帕放到狗鼻子底下，那条狗分开四条毛发蓬松的腿站在那里，脑袋极其可笑地一翘，就像是行家在嗅著名葡萄酒的香味一样。然后，福尔摩斯把那条手帕扔到一边，将一条结实的狗链系在狗脖子上，再牵着它到水桶脚下。

这狗立刻不住地发出夹着呼噜声的吠叫，把狗鼻子直往地上嗅，狗尾巴竖起，啪嗒啪嗒地跟踪气味跑去，狗绳都绷紧了，逼得我们紧随后面奔跑。

东方渐渐发白，在清冷的晨曦中已经可以望见远处的景物。方正庞大的宅屋，肃穆矗立，连它那黯然惨淡的窗户、光秃的高墙，一起都孤独冷清地留在了我们身后。我们的路线是向右穿过宅园地，在纵横交错的沟沟坎坎坑坑洼洼中奔上奔下、跨进跨出。

到处都散布着污秽的垃圾堆和荒芜的小树丛，给人一种阴森森的凶兆，正好烘托出昨夜那场人间悲剧的凄惨氛围。

托比跑到墙界处，在墙的阴影下焦急地吠叫，最后在一个角落里停了下来。那里长着一棵小小的山毛榉树。两墙相接处有几块砖头已经松动，墙缝也有磨损，墙角砖已经磨圆了，像是经常被人用作从墙上爬上爬下的落脚点。福尔摩斯爬上了墙，从我手中接过托比，把它送到了墙那边。

"这里有木腿人的手印，"我爬上了墙站在他身边时，他这样跟我说，"你看，那白色灰泥上有一点模糊的血渍。昨天以来没有下过很大的雨，真是幸运！尽管已经过去二十八小时，气味还会留在路上。"

我承认，当我想到这段时间里伦敦道路上曾经通过的交通量，不觉有所怀疑。然而，我很快就释然了。托比没有半分迟疑或是突然改变方向，只是一直以它特殊的方式蹒跚前进，显然柏油刺鼻的气味盖过了所有干扰。

福尔摩斯说："不要以为我能破这个案子全靠有人不小心踩上化学药品这一点。我知道有多种不同的方法可以帮助我找到凶手。但既然命运让这一方法落到咱们手中，咱们就得把这一最便捷的方法用起来，要是弃而不用，那可就罪过了。不过这样一来，这个案子就显得太平淡无奇了，不像咱们认为的那样非得动脑子不可了。要是缺了这一明显的线索，我破了案，倒是从中大有收获哩。"

"是真功夫，十足的真功夫。"我说，"我绝对相信，福尔摩斯。本案你获得线索的方法，比在杰斐逊·霍普案子中的方法，那是不知要高明多少了。这个案子，在我看来实在是深奥费解。比如说吧，你对那个木腿人的情况怎么了解得那么有把握呢？"

"啊哈，我说老兄！事情本身就是简单得很嘛。我不想故弄玄虚。这是摆在面上的明显事实。两个主管囚犯营的军官听到了一个重大的藏宝秘密，一个名叫乔纳森·斯莫尔的英国人给他们绘制了一张藏宝图。你还记得我们在摩斯坦上尉的遗物中看到的那张图上的名字吧，他代表自己和他的同伙签了名——即所谓的'四个签名'。两个军官——也许是其中之一——借助这张图纸，得到了珍宝，把它带回了国。我们设想一下，他没有履行最初许诺的条件。那么我现在要问，为什么斯莫尔自己没有取走珍宝呢？答案是显而易见的。那张图表上注明的日期正是摩斯坦处于与罪犯们有密切接触的时候。乔纳森·斯莫尔没有得到这份宝藏，因为他和他的合伙人本身就是罪犯，又无法逃脱。"

"这只不过是推测啊。"我说。

"不只是推测,这是唯一符合事实的假设。让我们看看这个假设与以后的事态发展是如何吻合的。舒尔托上校得了财宝后过了几年安稳的日子,后来收到一封来自印度的信,这信吓得他丧魂落魄。为什么呢?"

"信里说他欺骗过的人出狱了。"

"或是越狱逃跑了。那就更不得了啦,因为他肯定知道他们的刑期,否则他不会这样惊慌失措。然后他会怎么做呢?他处处提防木腿人——请注意,是一个白种人,他不是曾误把一个白种商人打伤了吗?而图纸上只有一个白种人的姓名,其他几个全是印度人或回教徒的名字。因此我会蛮有把握地说木腿人就是乔纳森·斯莫尔,你认为这样的理论有什么漏洞?"

"没有,推理得极清楚、精确。"

"好,现在,让我们用乔纳森·斯莫尔的立场来看问题。他到英国来怀有两个目的。一是他要争回自己应得的宝物,再就是向欺骗了他的那个人报仇。他找到了舒尔托的住处,还极有可能买通了他家里的什么人作为内线。有个男仆,叫拉尔·拉奥,这个人我们没见过。伯恩斯通太太对他没有好印象,说他品质不好。乔纳森·斯莫尔不知道宝物藏在什么地方。因为除了少校和一个已经过世的忠心耿耿的老仆人之外,别的人对此都全然不知。忽然有一天,乔纳森·斯莫尔获悉舒尔托少校病危,已经卧床不起,他生怕藏宝的秘密随着少校的去世被带走了。他狂暴地冲破守卫的警戒,夺路来到垂死者的窗前。由于两个儿子都在场,他不敢贸然入内。对死者的疯狂仇恨使乔纳森·斯莫尔当夜再次潜入室内,在少校的私人文件中翻找搜查,妄想从中发现有关藏宝地点的记录。

最后在卡片上简短留言,作为他来访的纪念。他无疑事先就计划好:如果他杀了少校,他会在尸体上留下记号,表明这不是普通的谋杀,而是——从四名合伙人的观点看来——某种带有正义性的行动。这类想入非非和稀奇古怪的主意在罪犯年鉴上常常见到,通常对于罪犯是谁能提供有价值的线索。所有这些你都听明白了吗?"

"很明白。"

"那么乔纳森·斯莫尔如何采取进一步的行动呢?他只能继续暗地里留心别人搜寻财宝的动静。也许他离开了英国,有时回来探听情况。后来阁楼被发现了，他立刻得到了消息。这又证明他是有内线的。乔纳森装有木腿，绝不可能爬上巴塞洛缪·舒尔托家的顶楼，但他带来了一个相当古怪的同伙，此人爬上屋顶，却赤脚踩进了柏油里，所以我找来了托比，还让一个脚筋受伤的领半薪的军官跛着脚跑了六英里路。"

"那么说，杀人凶手是乔纳森的同谋，不是他自己。"

"是这样。把人杀死，乔纳森本人还相当恼火。根据他进了屋子以后多处有顿足的迹象，可以做出这个判断。他同巴塞洛缪·舒尔托无冤无仇，至多把他捆起来，塞上嘴就可以了。他才不想把自己的头往绞索里套呢。可是没办法，他的同谋一时野性发作，用毒刺杀了人。这样，乔纳森·斯莫尔留下条子，盗了藏宝箱，逃走了。

"这就是我所能解释的一连串事件的经过。说到这个人的外貌，他一定是个中年人，由于多年来被关押在安达曼群岛那样热得像火炉的地方，脸上一定被烈日晒得很黑。他身材的高矮，可以从他步伐的长短计算出来。我们知道他脸上有胡须，塞笛厄斯曾看见他站在窗前，对他那毛发浓密的脸印象极深。其他的我就不得而知了。"

"那个同伙呢？"

"啊，这也没有什么很神秘的。不过你很快就会知道全部情况了。早晨的空气多么美妙啊！看那块浮动的小小云彩，好像是一只巨大的火烈鸟的粉红羽毛一样，现在太阳的红色边缘已经越过伦敦的云层了。太阳照在了许多人的身上，但是，我敢打赌，这些人担负的使命都没有你我的这样古怪。我们小小的抱负和努力在伟大的自然力面前是何等渺小！琼·里克特的著作你读得怎样了？"

"略知一二。我是读过卡莱尔的作品后再读他的著作的。"

"这如同顺着小溪找到了湖泊。他说过一句奇特而意味深长的话：'人的真正伟大在于他能意识到自己的渺小。'此话论及了比较和鉴别的力量，这种力量本身就是崇高的证明，里克特的作品中含有丰富的精神营养。你带手枪了吗？"

"我有手杖。"

"要打入他们的巢穴，用得着这类东西。我把乔纳森交给你，他的同伙如果不听话，我就一枪毙了他。"

他说着就摸出了左轮手枪，嵌上两颗子弹，把枪放回到外衣右口袋里。

我们这时已经跟随托比跑在通往伦敦市区的大路上，两边是半乡村式的别墅。现在开始进入条条街道。劳动者和码头工人都开始忙碌起来，尚未梳洗的妇女们在卸门板，冲洗门前石阶。四方房顶的酒店刚开门营业，粗壮的汉子们从店里喝过早酒出来，用袖子抹着胡髭。野狗跑上来好奇地呆望着我们匆匆赶路，可是我们这只忠贞不贰的托比心无旁骛，只顾鼻子冲着地面，一直向前，有时吠叫一声，说明气味还浓着呢。

我们走过了斯特里瑟姆区、布瑞克斯顿区、坎伯韦尔区，绕过奥瓦尔区东边的几条小道，才来到了肯宁顿路。我们所追踪的人走了一条弯弯曲曲的路，以免被人察觉。只要旁边有平行的小道可走，他们决不走大路。在肯宁顿街的尽头，他们向左转，穿过证券街、麦尔斯街，从而转入骑士街。在这里，托比忽然停步不前，前前后后地跑来跑去，一只耳朵竖着，一只耳朵下垂，转了几个圈子，一副犹疑不决的模样，还不时昂首看我们一眼，好像让我们对它左右为难的处境给予同情和指示似的。

"见鬼，这狗怎么啦？"福尔摩斯咆哮道，"他们肯定不会乘坐马车或是乘气球离开的。"

"也许他们在这里站了一些时候。"我说。

"啊！没事，它又走了。"福尔摩斯说，声调是放心的。

它的确又走了，因为它再次转圈嗅了一阵以后，突然下了决心，以前所未有的精力与决心往前冲去。那气味似乎比以前要强得多了，因为它甚至没有把鼻子凑到地面，只是把拴它的皮带拉得笔直，还试图跑起来。我可以从福尔摩斯眼睛里闪烁的光芒看到他认为我们此行已经接近尾声了。穿过"九榆树"，我们来到白鹰饭店附近的布罗德里克和纳尔逊大储木场。托比兴奋得发狂似的，从侧门跑进了储木场，那里的锯木工已经上班。它穿过锯屑和刨花，向前奔去，然后绕着两堆木头之间的过道跑到一条小路上，最后得意地叫了一声，跳到了放在手推车上的一只大木桶上。托比伸着舌头，眨巴着眼睛站在木桶上，想从我们这儿得到嘉奖。桶板和车轮上沾满了黑色的液体，空气中散发着浓厚的柏油的气味。福尔摩斯和我面面相觑，禁不住同时哈哈大笑起来。

第八章　贝克街小分队

"现在该怎么办？"我问，"托比已靠不住了。"

"它是按自己的想法行事的，"福尔摩斯把它从木桶上抱下来，带它走出了木场，"你只要想一想伦敦市内每天的柏油运输量，就不会对我们跟错了目标感到奇怪了。现在柏油的用途很广，特别是树木采伐的旺季，所以不能怪罪可怜的托比。"

"我们最好回到气味混杂的地方去。"我建议。

"对，而且幸运的是，我们用不着走很远了。显然，在骑士街的拐角，让托比困惑的是，相反的方向有着两种不同的气味。我们走的是错误路线。现在只要走另外那条就行了。"

要做到这一点没有什么困难。我们把托比领到了它犯错误的骑士街，它马上就转了一大圈，最后就向着新的方向冲出去了。

"我们必须小心，不要让它把我们带到柏油木桶原来被运出来的地方。"我说。

"我早就想到这点了。可你注意到没有，托比是在便道上跑着，而运油桶的车应该是在马路上走的。这一次我们应该没走错。"

托比朝河滨跑去，穿过贝尔蒙特区和王子街，又穿过布罗统街的巷尾，直奔河边，那里有个木材搭建的码头。托比带我们跑到码头边，站在那里猖猖狂吠，两眼望着黑色的水面。

"我们的运气不好，"福尔摩斯说，"他们从这里乘船跑啦。"

几条方头平底船和轻舟小艇泊在水上，系在码头边。我们把托比带到各条船上兜了一圈，虽然它闻得很认真，可是没有做出任何反应。

紧靠简陋的码头边有一座小砖屋，小窗口挂出一块木牌，木牌上印着大字"莫迪凯·史密斯",下面是"出租船,按时按日计费"。屋门上还有一块字牌,上面说这里另备有汽船——码头上有一大堆焦炭,正是船用燃料,说明确有汽船。歇洛克·福尔摩斯默默环顾一下四周,一脸懊丧。

"情况不妙,"他说,"这帮家伙比我想象的要狡猾。看来他们早已隐藏了行踪,想来他们事先已作了周密安排。"

他刚朝门口走去,门打了开来,冲出一个六岁光景的卷发男孩,后面一个结实的红脸女人,拿着一块海绵追过来。

"杰克,回来洗澡,"她叫道,"回来,小冤家,你老子回来了看到你这副模样,有你好瞧的。"

"亲爱的小朋友!"福尔摩斯计上心来地说,"真是一个脸颊红润的小家伙啊!好吧,杰克,你想要什么东西吗?"

这小孩想了一会儿。

"我要一个先令。"他说。

"没有你更想要的东西了吗?"

"我更想要两个先令。"这位奇才想了一会儿之后说。

"喏,给你!接住了!——真是个好孩子,史密斯太太!"

"愿主保佑您,先生,他就是这么淘气,早就这样。我简直管不了他,特别是我那口子有时出门不在家的时候。"

"他不在家吗?"福尔摩斯用失望的口气说道,"很遗憾,我正想找史密斯先生说说话呢。"

"他昨天早晨就走了,先生,说实话,我开始担心起他来了。要是船的事,先生,找我也一样。"

"我想租一租他的汽船。"

"哎哟,真不巧,先生,汽船正好给他开走了。我也正担心着呢,船上煤不多,不够开到沃尔威奇再绕回来。要是他用驳船,我就不担心了。有时候跑远程到格雷夫桑德,活儿多的话,还得在那儿耽搁。可是这汽船没了煤怎么使?"

"他可能已经在中途哪个码头买了煤。"

"可能吧,先生,但他从不这样做。我老听他念叨零售的煤太贵了。再说，我不喜欢那个装了木腿的人，模样丑陋，说起话来一口外国腔。他常往这儿跑，闹不清有什么鬼事。"

"木腿人？"福尔摩斯惊讶地问。

"是的，先生，那个猴毛黑脸的家伙常来找我男人。昨天晚上就是他把我男人叫起来的。更怪的是，我男人知道他会来，早把汽船发动了。说真的，先生，我就是放心不下。"

"不过，亲爱的史密斯太太，"福尔摩斯耸耸肩膀说，"你这是没事自己吓唬自己呢。你怎么能肯定昨天晚上来的就是那个木腿人呢？我不明白你怎么能这么肯定。"

"他的声音，先生。我听得出他的声音，是那种有点沙哑的粗嗓门。他敲窗子——大概是三点的时候。'起床，伙计，'他说，'该集合了。'我男人叫醒了吉姆——吉姆是我的大儿子——他们就走了，连一句话也没有跟我说。我听到那木腿在石块上撞的声音。"

"那个装木腿的是一个人来的吗？"

"说不好，先生，我没听见还有别人。"

"真遗憾，史密斯太太，我要租这只汽艇，大家都说它跑得快——让我想想，这只汽艇叫什么名字来着？"

"'曙光号'，先生。"

"啊，不就是那只船舷上有一道宽宽的黄线的绿色旧汽艇吗？"

"不，不是的。它就跟河上那些收拾得十分整洁的小船一样，新上的油漆，黑色的船身上面有两道红线。"

"谢谢，希望史密斯很快就回来。我要顺河下去，要是看见'曙光号'，我会告诉他您在牵挂不放心呢。您说是黑烟筒？"

"不，先生，黑颜色有白的线。"

"啊，对的，船身是黑颜色。那就再见了，史密斯太太。华生，这儿有条小舢板，叫划船的把咱们送到河对岸去。"

"和那种人打交道，"上了船后，福尔摩斯说，"决不能让他们觉得所提供的情况对你非常有用处，否则他们会装聋作哑的。你若是装着不很乐意听他们的话，你就很可能得到想要了解的一切。"

"我们要做的事似乎很清楚了。"

"那你说,下一步该怎么办?"

"雇一条汽船往下游追踪'曙光'号。"

"我亲爱的伙伴,这会是一件庞大的任务。它可能停泊在从这里到格林尼治之间河流两岸的任何一个码头。桥下有一处地方是上岸的地方,有几英里长,完全是个迷宫。如果你独自去干,恐怕得费上好几天时间才能把这些地方搜个遍。"

"那么,找警察。"

"不,我很可能到最后关头才叫上琼斯。他这人不坏,我不愿意在专业方面做任何可能有损于他的事情。不过既然我们已经走了这么远了,我想自己来解决这件事。"

"我们能不能登广告向码头管理人员打听消息呢?"

"那就更加不妙了!这样一来,那些逃犯必然知道我们正对他们紧追不舍,说不定会逼得他们逃出国境呢。他们何尝不打算远走高飞,可是他们只要知道自己的处境绝对安全,就不急着仓皇逃窜了。我们可以借助琼斯的努力——他对此案的高见必然在报上登出来,那些逃犯读了会以为我们大家全都搞错了方向,他们大可以逍遥法外了。"

"那我们怎么办呢?"我问道,这时我们到了磨坊岸监狱前面,上了岸。

"乘这辆马车吧。回家,吃早饭,睡一个钟头觉,很可能今晚我们还得跑路呢。车夫,到邮局门前请停一停。托比要留下,也许还用得上它。"

我们在大彼得街邮局门前暂停,福尔摩斯进去发了一封电报。

"你知道是给谁发电报?"他上了车之后问我。

"我怎么会知道!"

"还记得在杰斐逊·霍普案子里我们雇的贝克街侦探小分队吗?"

"记得。"我笑着道。

"现在他们可派上大用场了。如果他们失败了,我另有办法。但我要先试试他们。电报就是发给小队长,邋里邋遢的维金斯。我想,不等我们用完早餐,他和他的伙伴就会赶来了。"

早晨八九点钟,一夜的奔波之后,我早已精疲力竭,走起路来一瘸一拐的。我缺少我朋友所具有的那种对职业的热情，也没有把这案件看成是一道深奥的智力难题。

就巴塞洛缪·舒尔托的死亡而论，我听到的有关他的好话很少，我对谋杀他的人也没有强烈的反感。然而，这份宝藏就不同了。这份宝藏，或者说，这份宝藏的一部分理所当然地属于摩斯坦小姐。如果有机会重新找到这份宝藏，我准备为此献出生命。的确，如果我找到了这份宝藏，这宝藏就很可能将她置于我永远攀爬不到之处。但是，如果爱情会受到这种想法的影响，那它就是渺小而自私的。如果福尔摩斯能够设法找到那些罪犯，我就更有十倍的理由去继续寻找宝藏。

回到寓所，我洗了个澡，换了衣服，精神又重新振作起来。我下楼后，发现早餐已摆好，福尔摩斯正在倒咖啡。

"你看这个，"他笑着说道，指着一张摊开的报纸，"精力旺盛的琼斯和那个无处不在的记者已经给本案定性了。这案子也够你受的了，最好先吃点火腿蛋吧！"

我从他手中拿过报纸，看着那篇短讯，标题是"诺伍德的神秘凶杀案"。

《旗帜报》消息：

昨夜十二时左右，诺伍德樱沼别墅主人巴塞洛缪·舒尔托先生在房内身亡，系为谋杀。记者获悉，舒尔托先生身上未发现暴力痕迹，但其父遗下的一批印度珍宝悉数遭窃。死者及现场为歇洛克·福尔摩斯先生及华生医生首先发现，他们系由死者胞弟塞笛厄斯·舒尔托先生陪同往访。值得庆幸的是，警局著名的侦探埃瑟尔尼·琼斯当时在诺伍德警察分局，接到报警后半小时内赶至现场。他训练有素，经验丰富，一到现场就找对了侦察的方向，结果死者之弟塞笛厄斯·舒尔托因重大嫌疑被捕，同时被捕的还有女管家伯恩斯通太太、印度仆人拉尔·拉奥及守门人麦克默多。现已确证，凶手对房屋十分熟悉，琼斯先生运用他那娴熟的技术经敏锐的观察后确信：凶手绝无可能经由门窗进入室内，必定是穿过屋顶的一个暗门潜至与死者卧室相通的某个房间里。

"这不是太精彩了吗？"福尔摩斯端起咖啡，咧嘴笑道，"你怎么看？"

"我想我们也差点被当作罪犯给逮捕了。"

"我也这样想。没准他头脑再一冲动,咱们的人身安全就都保不住了。"

这时门铃大响,我听见我们的房东赫德森太太惊愕地高声与人争吵。

"天哪!福尔摩斯,"我半站起身来说道,"他们真的来抓我们来了。"

"不会!还没有糟到这个地步。这是贝克大街侦察小分队——非官方的支队来了。"

在他说话之间,楼下响起一片急骤的噼噼啪啪赤足登梯声、叽里呱啦说话声,接着便冲进十来个衣衫褴褛、蓬头垢面的街头流浪儿。一帮子人吵吵嚷嚷,却是一进屋就迅速站齐一排,面朝我们听候命令。其中一个稍高稍大一点的,站到前面来,神气十足的样子,像是队长,但是一身破衣烂衫,显得滑稽可笑。

"先生,接到你的命令后我马上带他们来了,"他说,"车费是三先令六便士。"

"拿着,"福尔摩斯拿出一枚银币给他,"以后他们向你报告,维金斯,你再一人来找我。这么闹哄哄地来了一大帮人,我的房屋可装不了。不过,来了也好,都好生听听我的命令吧。我要找一条叫'曙光'号的汽船,船主叫莫迪凯·史密斯。船身黑色,有两道红线,黑色的烟囱上有条白道道。这条船在下游的某个地方。我要一个男孩守在密尔班克教养所对面的莫迪凯·史密斯码头,船一回来立即报告。你们必须分组守在两岸搜寻,一有情况立即报告。都听明白了吗?"

"是,长官!"维金斯答道。

"按老规矩给报酬。谁找到那只船,多给一个金币。今天的钱预先付给你们。现在就出发吧!"

他给了他们每人一个先令,孩子们闹哄哄地下楼去了。我看见他们一会儿便消失在街头了。

"如果汽艇漂浮在河面上,他们会找到的。"福尔摩斯站起身来,点上烟斗,"他们无处不在,就是我们的顺风耳、千里眼。希望他们在傍晚前能找到这只船。这期间我们无事可做,只有等待结果了。在找到'曙光号'或史密斯的下落之前,让我们把那些支离破碎的线索先搁在一边吧。"

"托比可以吃剩下的这些东西。福尔摩斯,你要睡觉吗?"

"不，我不累。我的身体很奇怪。我从来不记得由于工作而疲倦，但是懒散却会让我完全垮掉。我要抽烟，要把我美丽的客户告诉我们的这件怪事想一想。如果说有什么任务是容易完成的，那我们手上的这桩案子就应该属于这一类。木腿人不是到处都有的，但是另外一个人我想必定是，绝对独一无二的。"

"说说那另一个人！"

"我无意把他神秘化，真的。可能你有自己的高见。现在把他的痕迹考虑考虑。小脚印，脚趾模样是没有穿过鞋的赤脚，石头木柄锤子，行动轻巧敏捷，微型毒镖。对此你有何高见？"

"是个蛮子！"我喊道，"或许是乔纳森·斯莫尔的同伙中的一个印度人。"

"不太像，"他说，"最初见到这种稀奇古怪的武器时我也这么想过。但那些奇特的脚印使我改变了自己的看法。印度半岛有矮小的土著，但都不会留下这类脚印。印度土著的脚长而瘦。穿凉鞋的回教徒的拇指与其他脚趾是分开的，因为鞋绳正好在拇指与其他脚趾之间穿过。还有那些木刺，只能用一种方式发射，那就是从吹管里发射。那么，我们上哪儿去找蛮子呢？"

"南美洲！"我脱口而出。

福尔摩斯伸手从书架上拿下一本厚厚的大书来。

"这是新出版的地理词典的第一卷，算是最新的权威性著作了，且看上面怎么写的吧。'安达曼群岛位于孟加拉湾，在苏门答腊以北三百四十英里处。'嗯！嗯！这些都是什么——气候潮湿，多珊瑚暗礁，产沙鱼，布莱尔港，囚犯营，拉特兰岛——啊，在这里呢！'安达曼群岛的土著居民也许可称为地球上最小的种族。尽管某些人类学家认为非洲的布须曼人、挖植物根做食物的美国印第安人和火地岛人才是世界上最矮小的种族。岛上居民平均身高在四英尺以下，不过许多完全长成的成年人可能比四英尺还要矮许多。这些人凶猛、郁闷、倔强，不过一旦得到他们的信任，他们就能够提供最忠诚的友谊。'记住这一点，华生。这儿，你听听这个。'该土著形态奇特，生有畸形大头，凶狠小眼，乖丑脸相，其手脚尤为细小。因生性凶狠、乖僻、倔强，英人官员虽曾竭尽全力以求争取，终不可得。海难船员偶遇即祸，非

死于其木柄石锤之击碎脑壳,即死于其毒箭之射杀。此类屠戮,辄行人肉盛筵以终。'

"好极啦,真是一群可敬可亲的人!华生,如果让这家伙逍遥自在,这件事会极其恐怖。我想,既然如此,乔纳森·斯莫尔雇用他恐怕也是迫不得已。"

"但他怎么会找到这位奇特的同伙的呢?"

"啊,这我就说不上了。但既然我们已认定乔纳森·斯莫尔来自安达曼,那么这个人和他在一起也就不足为怪了。毫无疑问,我们很快就会知道一切的。华生,你看起来很疲倦,躺在那张沙发上,我来催你入睡吧。"

我舒展四肢躺下。他从角落里拿出小提琴来,开始奏起一种低沉的、梦一般的曲调——是他自己创作的,没错,他具有即兴创作的卓越才能。我至今仍依稀记得,他那瘦削的手臂、诚挚的面孔,以及琴弦上下起伏的动作。我好像平静地漂浮在音乐旋律的柔和海面上,不觉渐渐进入梦乡。在梦中,摩斯坦小姐凝视着我,脸上带着甜美的微笑。

第九章　线索中断

我一觉醒来，已是傍晚时分了。我的体力有所恢复，精神也清爽多了。福尔摩斯还像我睡前那样坐在那里，小提琴已被搁置一旁。他正在埋头读一本书。我醒来时有了动静，他向我望过来，我注意到他脸色晦暗，心中烦闷。

"你睡得好香啊，"他说，"我还怕我们的讲话声吵醒了你呢。"

"我什么也没听见，"我答道，"是维金斯带来了什么新消息吗？"

"不幸得很，还没有。我感到惊讶而又失望。我预计到这个时候肯定会有消息的。维金斯刚才报告，没找到汽船的任何踪影。真让人着急，因为每时每刻都很重要。"

"我能干点什么？我的精力完全恢复过来了，外出再干一整晚完全没有问题。"

"不，我们什么也做不了，只能等待。如果我们出去了，消息来了人却不在，会误事的。你有事请便，但我必须在这里等候。"

"那我就上坎伯韦尔跑一趟，去看塞西尔·福雷斯特夫人。昨天她叫我去的。"

"去看塞西尔·福雷斯特夫人？"福尔摩斯问道，两眼闪光，含着笑意。

"嗯，当然也看看摩斯坦小姐，她们都等着了解情况，很着急。"

"我还不想让她们知道得太多。"福尔摩斯说，"女人永不可信赖——再好也不可信。"

我没有停留下来和他就这种恶劣的观点进行辩论。

"我一两个小时之内就会回来。"我说。

"好！祝你好运！不过，我说，要是你过河，你不妨把托比还回去，因为我想现在我们好像不会再用得着它了。"

我带着狗，到了品庆巷，把它还给了那个饲养动物的谢尔曼老头，给了他半个金镑作为酬谢。到了福雷斯特夫人家，我发现摩斯坦小姐经过一夜的历险，略有倦容，但还是急切地要听消息。福雷斯特夫人也是一幅好奇难耐的样子。我把我们所做的一切都告诉了他们，然而却删掉了悲剧中较为恐怖的部分。尽管我讲到了巴塞洛缪之死，但死者那狰狞的面貌和致死的恶毒手法则略过不提。然而仅仅是这些情况也足以使两位女士惊诧万分了。

"好一个传奇故事！"福雷斯特太太大声嚷道，"一个受害的女郎、价值五十万英镑的财宝、一个黑脸的吃人生番，还有一个装木腿的暴徒。只是传奇中充当主角的换了他们，而不是原来的旧式龙骑兵和邪恶的伯爵。"

"还好有两位前来相救的骑士。"摩斯坦小姐欢快地看着我说。

"摩斯坦小姐，这次搜寻对你的命运起了决定性的作用，可我觉得你并不那么激动。试想想，一旦拥有了这么多的财富，世界任你逍遥，那该是多么美妙啊！"令我欣慰的是，她并没有对此表现得欣喜若狂。相反，她摇摇头，对此事表现得很淡漠。

"塞笛厄斯·舒尔托先生，我倒是很替他担心。"她说，"其余怎么样，我不太在乎。我觉得他的心肠、行为始终是很厚道，很可敬的。我们有责任要给他洗刷掉横加的冤屈，还他应有的清白。"

我从坎伯韦尔出来已是黄昏，到家天就黑了。我的同伴不见了，只有他的烟斗和书放在椅子旁边，我到处寻找，希望找到一张便条，但哪里也没有。

"歇洛克·福尔摩斯先生是出去了吗？"赫德森太太进来放窗帘，我便对她这么说。

"没有，先生。他到自己房间去了，先生。你知道吗，先生，"她把声音压低，用令人发怵的耳语说，"我担心他的身体呢。"

"为什么呢，赫德森太太？"

"唔，他那么奇怪，先生。你走了以后，他走了又走，上上下下，走个不停，直到我听烦了他的脚步声。后来我还听见他自言自语，喃喃不休，只要听见门铃声，他就跑到楼梯口问道，'赫德森太太，是谁啊？'现在他把自己关在屋里,我听见他还像刚才那样走来走去的。先生,但愿他别是生病了。我壮着胆问他要不要吃点退热的药,他转头看了我一眼——先生,那模样吓得我不知如何是好,急忙逃出了他的屋子。"

"我想你用不着担心,赫德森太太,"我说,"我以前见过他这个样子。他心里有事,所以心神不宁。"

我尽量以轻快的口气和我们忠实的房东太太交谈,但当我在这个漫漫长夜里不断听到他沉重的脚步声时,自己也跟着不安起来。我知道,他那急切的心情因暂时无所作为而越发变得焦躁不安。

早餐时,他显得疲倦憔悴,面颊微微泛红。

"你这不是在自己拖垮自己嘛,老兄,"我提醒他,"我听见你走了一夜。"

"睡不着呀。"他回答道,"事情成了死结,解不开,心急如焚。所有大困难都克服了,想不到给这么一点小障碍堵死,真叫人气不过。知道了凶手、汽船,什么都掌握了,就是得不到消息。其他方面也都行动起来了,能想到的办法也全都用上了。整个一条河的两岸都已经搜遍,就是没结果。史密斯太太那边也不见她丈夫的音讯。我都想到要么他们把船给凿沉了,可那也不像,没有可能,讲不大通。"

"要不然就是史密斯太太误导了我们。"

"不对,我认为这一点可以忽略不计。我叫人问过了,是有那样的一艘汽艇。"

"它会不会逆流而上了呢?"

"我也考虑过这个可能性了,有一支搜寻队伍会一直搜寻到里奇蒙。如果今天没有消息,明天我自己会出发,我要去找那名男子而不是那艘汽艇。不过,肯定,肯定,我们会听到一些消息的。"

然而,这一天依然如故,杳无音讯。维金斯和搜索队方面都没有传来只言片语。各家报纸都刊载了有关诺伍德惨案的报道。所有文章都对倒霉的塞笛厄斯·舒尔托持有敌意。各报除透露将于次日验尸之外,别无其他新情况。晚上,我又去了坎伯韦尔,向两位女士通报了我们出师不利的情况。我回到寓所时,发现福尔摩斯情绪低落,愁眉不展,对我的询问爱搭不理的。

他整夜埋头做一个玄妙的化学分析，闻到蒸馏器加热后散发的气味，我待不下去，逃离了那个房间。直到第二天清早，我还听到试管的撞击声，我知道他还在做那个臭气熏天的实验。拂晓时分，我惊醒了，惊奇地发现他就站在我床边，身穿粗糙的水手服装，外面套着一件粗呢大衣，脖子上围着一条红围巾。

"华生，我要去一趟上游，"他说，"我考虑再三，觉得只有这条路可走，无论如何值得一试。"

"那我和你一起去吧？"我说。

"不，你留下来，留下来做我的代表。我本来不愿意去，维金斯昨晚让人很泄气，可是今天很可能会有消息来。凡是有来信、来电，都由你代拆，任何消息都按照你的判断行事，请你代劳，行吗？"

"不胜荣幸。"

"你同我大概没法联络，电报收不到，我自己也说不准自己会在哪里。运气好一点，时间不长就能回来，回来总有这样那样的情况告诉你。"

到了早饭时候，我没有听到有关他的任何消息。然而，我打开《旗帜报》的时候，却发现有关这桩案件的新的暗示。

"至于诺伍德悲剧，我们有理由认为这件事比原先假定的更加复杂和神秘。新的证据表明塞笛厄斯·舒尔托先生绝不可能与这件事有任何牵连。他和那名管家伯恩斯通太太昨晚都已获释。然而，关于谁是真正的罪犯，人们认为，警察已经掌握了有关线索，伦敦警察厅的埃瑟尔尼·琼斯先生以干练精明著称，他即将起诉罪犯。任何时刻都有可能逮捕更多的人。"

迄今为止，案件的进展倒还差强人意。我想，我们的朋友塞笛厄斯总算平安无恙了。我倒纳闷新线索指的是什么，看来这又是警方掩盖其无能的托词吧！

我把报纸丢在桌上，此时目光瞥见了寻人启事栏内的一则广告，是这样写的：

　　寻人——兹有船主莫迪凯·史密斯及其子吉姆于上周二凌晨三时左右乘汽艇"曙光"号驶离史密斯码头，至今未归。该汽艇为黑色，有两道红线，烟囱也为黑色，上有一白道。如有知史密斯及"曙光"号汽艇下落者，请通知史密斯太太。地址：史密斯码头或贝克大街221号B室，酬金5英镑。

这则启事显然是福尔摩斯刊登出去的，贝克街的地址足以证明这一点。这种聪明的举措令我惊叹，因为逃犯们看到启事后会认为，这不过是妻子出于对丈夫的担心之举，而不会看出其中的真正意图。

这一天过得特别漫长，每听到敲门声或穿过街道的急促的脚步声，我都以为是福尔摩斯回来了，或者是见到启事的人来报信了。我试着看书，但脑子里尽是奇异的追踪和我们所追踪的那两个极不相配的可恶的逃犯形象。

我甚至会冒出这样的想法，会不会是我的同伴推理上犯了根本性错误？一开始的大前提就是错的，那么他丰富活跃的心思臆断出的奇奇怪怪的推论就都是错的，这不也是可能的吗？虽说我至今还不曾发现他犯过错误，然而智者千虑也难免有一失。我想，他可能由于逻辑过于精细而犯了错误——他手里有比较简单、更为常规的解释时，却宁愿选择微妙而古怪的说法。但是，另外一方面，我自己看到过证据，我听到过他推理的根据。我回想起曾经发生的一长串奇异的怪事，其中许多本身微不足道，但却都指向同一方向。我没法不承认，即使福尔摩斯的解释是错误的，事件的真相也一定是同样离奇而出人意料的。

下午三点，铃声大作。大厅里传来威严的讲话声音。出于我意料之外，不是别人，是埃瑟尔尼·琼斯先生来了。他的态度和在诺伍德踌躇满志地接管这件案子时判若两人。那时他粗暴无礼，自诩为专家，而现在神态谦恭有礼，而且带有歉意。

"日安，先生，日安，"他说道，"我想福尔摩斯先生出门了。"

"对了，我不敢肯定他什么时候回来，请你稍坐。等一下好吗？请坐在那边的椅子上，来一支雪茄烟好吗？"

"好吧，谢谢了。"他说，用红绸巾擦了擦脸。

"再来一杯威士忌加苏打，怎么样？"

"好吧，就来半杯。到了这时候天气还这么热，我的心情又这么烦闷。你还记得我对诺伍德案的理解吗？"

"记得你做出了一种推断。"

"咳，这桩案子，我现在不得不重新考虑。原先法网把舒尔托先生罩得好好儿的，不料，先生，咔地一下裂开漏洞，给他跑掉了。他拿得出不在犯罪现场的证明，硬得没话讲。他离开哥哥的屋子出来以后，一直有这个人那个人同他在一起，没有一刻离开过别人的眼皮，压根儿就不可能是他去爬屋顶钻暗门。这么一来，案子就难了，我在警署的威望也发生了动摇。我很想得到点支援和帮助。"

"有时候我们都会需要帮助的。"我说。

"你的朋友歇洛克·福尔摩斯先生是了不起的人，先生，"他说，嗓音喑哑，语气推心置腹，"他是不会遭到失败的人。我知道这个年轻人探究过许多案件，但是我没见过不能被他搞得真相大白的案件。他的方法不是正规的，在匆匆提出理论的时候稍稍有点快，但是，整个说来，我认为他本来可以成为极其有前途的警官的，我真是望尘莫及，而且我不在乎有谁知道这一点。今天早上我得到他的电报，从电报上我知道他已经掌握了舒尔托案子的一些线索。这就是他的电文。"

他把电报从口袋里掏出来，递给我。发电时间为十二时，地址是白杨镇：

"请速到贝克大街，如我尚未归来可稍候，我已追踪到舒尔托一案中那帮匪徒的踪迹。如果你愿意在结案时在场的话，今晚可与我们同行。"

"这可太好了！显然他已找到了正确的方向。"

"啊，他也会出差错？"琼斯得意地说，"就连我们最好的侦探也会出错呢。当然，这也许是空欢喜一场，但作为警官，我有责任抓住每一个机会。门口有人，可能是他来了。"

我们听到沉重的脚步朝楼上来，还伴随着一个人因呼吸困难而发出的喘息声。来人中途停了两次，好像是爬楼梯太吃力，但终于走进屋来。凭他的外表与我们刚才所听到的声音看，他果然是位老者，穿一身水手服，外面套着破旧的粗呢上衣，纽扣一直扣到喉部。弯腰曲背，两条腿在打战，很痛苦得气喘吁吁，全靠拄着一根橡木粗棍，身体才能站住，要耸动两肩才能喘一口大气。一条彩色围巾围到下巴颏，脸部不大能看见，除了一对深色的眼睛闪烁有光，就是白眉毛和白胡须。整个看上去，他像是一位年事已高、令人尊敬的航海老前辈，只是看来晚景不佳，穷困潦倒。

"老人家，有什么事吗？"我问道。

"歇洛克·福尔摩斯先生在吗？"他说。

"不在，不过我代表他。你有什么要告诉他的事尽管告诉我好了。"

"我只能告诉他本人。"他说。

"但是我告诉你我是代表他的啊。是有关莫迪凯·史密斯的船的事吗？"

"是啊，我知道它在哪里。我还知道他在追踪的人在哪里。我也知道宝藏在哪里。这件事我一清二楚。"

"那就告诉我好了，我一定转告他。"

"我只能告诉他本人。"老人又说了一遍，显出他那种性急易怒而又执拗的脾气。

"那好吧，那您就等他吧。"

"不行！不行！我不能搭上一天的工夫，谁都讨不了好。既然福尔摩斯不在家，那他就自己想办法去打听好了。我看你们两个面目可憎，一个字也不告诉你们！"

说着他便朝门口走去，但埃瑟尔尼·琼斯拦住了他。

"请等一等，朋友，"他说，"你带来了重要的消息，你不能走，不管你愿不愿意，我们得留住你，直到我们的朋友回来。"

老人想夺门而逃，但埃瑟尔尼·琼斯用他那宽大的背挡住了门。老人知道走是走不了了。

"岂有此理！"他嚷着，愤怒地用拐杖敲击着地板，"我来这里是要见一位朋友，可你们两个素不相识的人竟抓住我不放，这般无礼地对待我！"

"您别着急，"我说，"我不会让您白等。请坐到沙发这儿，不用等多久啦。坐，坐。"

他气得呼哧呼哧吹胡髭，一屁股坐下，双手掩着脸。琼斯和我重又抽起了雪茄，自顾说话。不料，冷不丁冒出了福尔摩斯说话的声音。

"我说，二位也给我一支雪茄抽抽吧。"他说。

我们两个都腾地从椅子上跳起。坐在我们旁边的正是福尔摩斯，笑容可掬。

"福尔摩斯！"我兴奋地叫道，"是你呀！老头儿呢？"

"老人就在这里。"他说，递出一堆白色的毛发，"他在这里——假发、络腮胡子、眉毛，还有其他所有东西。我认为我的化装相当不错，不过我倒没指望能经得住这样的考验。"

"啊，你这无赖！"琼斯叫道，高兴得很，"你真可以当演员，还是很少有的演员呢。你有着恰如其分的济贫院的那种咳嗽，你那软弱双腿的表演每周值十英镑。不过，我想我认出了你的眼神。你要知道，你不能这么容易就从我们手里逃脱的。"

"我乔装成这副模样，已经工作整整一天了。"福尔摩斯一边说着，一边点上雪茄，"你们知道，有不少罪犯歹徒渐渐地都能认出我了——特别是我们这位朋友把我侦破过的案件撰写成书发表出来以后，我只能乔装改扮上路了。你接到我的电报了吗？"

"接到了，所以我才到这儿来了。"琼斯说，"你的案件进展如何？"

"毫无进展。抓起来的人已经放掉了两个，另外两个也没有充分证据。"

"那不要紧，一会儿我们用另外两个人给你换过来。可是，你老兄务必得听我的安排了。职务上的功劳，都归你，这个没有问题。就是一切行动要听我的，你同意吗？"

"全部同意，只要你帮我把人抓住就行。"

"好，那么第一件事，我要用一艘警察快艇——汽艇，今晚七点，去威斯敏斯特码头待命。"

"好办，好办，那儿常备有一艘，但我得去对面打个电话落实一下。"

"我还要两名健壮的警员，以防凶手反抗。"

"船里有两三个，还要什么？"

"捉到凶手后我们即可获得财宝，我想这位朋友肯定乐意将财宝箱先送到那位年轻小姐手里——财宝的一半归她。让她第一个打开箱子。嘿，华生，怎么样？"

"我十分乐意。"

"相当不正规的做法，"琼斯摇头说，"然而，这件事整个都是不正规的，我想我们得睁只眼闭只眼了。那份宝藏以后必须交给当局，正式调查以后才能发还。"

"一定,这事很容易办。还有一点,我很想从乔纳森·斯莫尔本人那里听到这件事的几处细节。你知道我喜欢弄清楚经手案子的细节,只要在有效监守的情况下,你不反对我和他在我的房间或是别的地方进行一次非正式谈话吧?"

"好吧,您说了算。我现在还没有证据证明真有乔纳森·斯莫尔这个人。如果您抓到这个人,我没理由反对您讯问他。"

"这就是说,你都答应了?"

"没问题!还有别的事吗?"

"我一定要请你和我们一起共进晚餐,半小时后即可开饭。我有牡蛎、一对山鸡,还有上等的白酒——华生,你还从来没有领教过我的厨艺呢。"

第十章　凶手的末日

我们这顿饭吃得很快活。福尔摩斯精神好起来的时候,谈兴极浓,这一晚正是他精神状态极佳的时刻,高兴得简直不能自已。

我还从来不曾见他这么兴高采烈过。他滔滔不绝——从神怪剧谈到中世纪陶器,从斯特拉迪瓦里小提琴谈到锡兰的佛教、未来的战争,对哪一方面他似乎都有过特别的研究。由于他这两天走投无路,情绪消沉,现在反而更显得开朗,口若悬河,妙语连珠。

埃瑟尔尼·琼斯在休闲时是个随和的人,兴致勃勃地饱餐了一顿。我自己一想到全案就要了结,也感到欢欣鼓舞,我也明白福尔摩斯兴奋的原因。宾主三人只顾开怀畅饮,其间,谁也没提起我们聚在这里为的是哪般。

饭桌收拾干净后,福尔摩斯看了看表,又斟满三杯葡萄酒。

"为今晚小小的冒险活动干杯!"他说,"好,我们该动身了。华生,带上手枪了吗?"

"抽屉里有一支军用左轮手枪。"

"最好带上,以防万一。我看见马车已等在门口了,我让车夫六点半来的。"

当我们到达威斯敏斯特码头时,刚刚过了七点钟。警察的汽艇已在那里等候我们了。福尔摩斯用挑剔的眼光看着这只船。

"船上有没有警察的标志?"他问道。

"有的,边上有盏绿灯。"

"最好把它摘下来。"

那盏灯拿走了,我们先后登上船,缆绳解开,船就启航了。琼斯、福尔摩斯和我坐在船尾,船上有一人掌舵,一人管机器,还有两个健壮的警察坐在前面。

"到哪里?"琼斯问道。

"到伦敦塔,告诉他们停在雅格布森船坞对面。"

我们的汽艇显然是能够行驶得很快的那一种。我们飞快地驶过装满货物的长列驳船,好像它们是静止不动的那样。

当我们又超过一艘小汽船,把它远远甩在了后面时,福尔摩斯满意地微笑着。

"以我们这样的速度,河上的船都能超得过。"他说。

"那不见得,但是比这还要快的船确实不多。"

"我们必须追上'曙光号',那是条有名的快艇。现在我要把情况告诉你,华生。你想得到吗,那么一点小事就把我弄得晕头转向?"

"是呀。"

"我一门心思做化学分析,从而使头脑得到了彻底的休息。一位大政治家曾说过,变换工作是最好的休息,确实如此。当我成功地做完了碳氢化合物溶解实验后,又回到了舒尔托的案子上,把整个案情重新思考了一遍。我派出去的孩子把上游、下游找了个遍,但毫无结果。那条船既没有停靠在哪个码头,也没有返回。我想也不可能为了掩盖踪迹而把船沉入水底,但如果什么地方也找不到,凿船也不是不可能。我知道,这个叫乔纳森·斯莫尔的人有些狡猾,但我想他还不至于有如此周密的安排。那通常是受过高等教育的人才能干的事。后来我回想起来,他有时肯定在伦敦逗留一段时候——他对樱沼别墅的监视一直没断过,这件事就能证明这一点——所以他不可能说走就走,至少他需要点时间,哪怕一天也好,为他的出逃远行做些准备——起码有这种可能。这是我的第一层考虑。"

"在我看来,这种可能性极小,"我说道,"他在行动之前,想必早已对未来的远行做好了安排。"

"不,我基本上不这么想。他的藏身之地对他而言太重要了,除非他确信不需要时,他是不会放弃的。但是,我忽然有了第二种想法。乔纳森·斯莫尔必定想到他的同伴外貌特殊,不管让他穿得怎样严密,总是会引起议论的,并且还可能联系到诺伍德的悲剧上去。他很敏锐,会看到这一点。借着黑暗的掩护,他们从总部出发,他会希望在天亮以前回去。照史密斯太太的说法,他们搞到船的时候是凌晨三点以后了。天就要大亮了,再过一小时左右行人就多起来了。因此,我断定他们不可能跑得很远。他们出大钱封住史密斯的嘴,租下他的船做最后逃跑用,盗了宝箱匆匆回到窝里,等上一两天,利用这点时间看看报上登的消息、言论,听听有什么风声,再趁黑夜赶到格雷夫桑德,或者唐兹锚地,去上船出海。他们早有安排打算,逃往美洲或者其他殖民地。"

"可汽船呢?他们不可能把汽船也带回住处吧。"

"当然不能。我想尽管还没能找到汽船,但它不会离得太远。然后,我又把自己置于乔纳森·斯莫尔的位置上,以他的能力设想此事。他可能会想,如果确有警察在追踪他,那么把汽船送回去或将它停靠在某个码头都会轻易被警察发现。那么怎样才能把船藏起来,在需要时用起来又方便呢?如果我换了他,我会怎么办呢?我只能想出一个办法。我会把船送到某个船坞或修理站,来个小修理。这样既可把船隐藏起来,又可以提前几小时通知他们,很快得到汽船。"

"我看这事再简单不过了。"

"只有最简单的事情才最容易被忽视呢。我决心照这个想法去干。我穿了一身普通的水手服,立刻动身到下游的码头逐个盘查。去了十五个码头都扑了空,到了第十六家——雅格布森码头——才得知两天前有个装木腿的人送'曙光号'前来修理,说是船舵有点失灵。工头说,'那船一点毛病也没有。它就在那里,有红色线的那艘。'正在此时来了一个人,不是别人,正是那位失踪了的船主——莫迪凯·史密斯。他喝得烂醉。我当然不会认识他,但是他吼出自己的姓名和汽艇的名字。'今天晚上八点我要这船,'他说——'八点整,记住,因为我有两位绅士,他们可是不耐烦等的。'他们肯定付了他不少钱,因为他身上钱很多,对着船厂里的人卖弄他的先令。我跟了他一段路,但是他钻到一所小酒馆里去了。我就回到船坞。正走着,碰上我一个小帮手,我就让他留在那里,盯住汽船。叫他站在河边,一见他们有动静,马上向我们挥手帕。我们等候在河上,保持一定距离,要是再不能人赃俱获,那真是怪事。"

"不管凶手是不是他们，你这计划实在周密，"琼斯说，"不过这事情要是搁在我手里，我就派一队警察到雅格布森船坞，他们一露脸，当场逮捕。"

"决不能这么办。乔纳森·斯莫尔是个非常狡猾的家伙。他肯定会派人在前面探路，一有风吹草动，又去躲上一个星期。"

"但你应该盯住莫迪凯·史密斯，这样就能找到他们的窝了。"

"那样我会白白浪费了一整天。我想史密斯十之八九不知道他们待在哪儿。他只要有了酒喝，有了钱拿，别的事情不会过问，只听他们的调遣。各方面的可能性我都考虑过了，这是最好的办法了。"

在我们谈话进行的过程中，我们的船飞快地驶过横跨泰晤士河上的一连串桥梁。我们经过伦敦的商业区时，落日的余晖正好照射在圣保罗教堂顶上的十字架上。我们到达伦敦塔时，已是暮色苍茫了。

"这就是雅格布森船坞，"福尔摩斯指着在萨里那一边密密麻麻的船桅和帆缆索具说，"让我们的船在这些驳船的掩护之下慢慢地在这里游弋吧。"他从口袋里拿出一架夜用望远镜，对着河岸看了一阵。

"我看到我的哨兵在岗位上，"他说，"但是看不到手帕。"

"要不然我们往下游去一点，在那里等他们。"琼斯急切地说。

这时我们都很心急，就连警察和司炉工也一样，而他们对于正在发生什么事只有模糊的了解。

"不要什么事都想当然。"福尔摩斯回答道，"当然，十之八九他们要顺水下去，可是我们不能定死。我们在这个地方可以看见船坞的出入口，而他们那边不容易看见我们。今晚没有雾，月亮很好。我们就在这里等着吧。看那边煤气灯下面，人多拥挤。"

"都是船坞下工的工人。"

"他们看上去肮脏粗俗，但每个人的内心里都闪烁着一丝永不泯灭的火花，单从外表是看不到这一点的。人都是不解的谜！"

"有人说，人是有灵性的动物。"我说。

"温伍德·里德对这个问题很有见地，"福尔摩斯说道，"他说个体的人是个难解的谜团，但是聚集在群体中，人便有了精确而实在的规律。举例说吧，你永远也不能预见到一个人将要做什么事，但是你可以准确地说出一般人会怎么办——个性截然不同，而共性是经久不变的，统计学家都是这么说的。我看见有一条手绢！那边肯定有人在挥动白色的东西。"

"是有，那就是你的小男孩，"我叫道，"我能清楚地看见他。"

"而那边是'曙光号'，"福尔摩斯叫道，"还驶得飞快！全速前进，机械师。跟在那艘有黄色灯光的汽艇后面。上帝，要是它追过我们，我就永远不能原谅自己了！"

那艘汽艇悄悄地滑出船坞入口，穿行在两三艘小船之间，所以在我们看见它以前它已经加了速。此刻它顺流而下，靠近岸边，速度惊人。琼斯严肃地看着这艘汽艇，摇摇头。

"这船太快了，"他说，"恐怕我们赶不上它了。"

"我们一定要赶上它！"福尔摩斯咬牙切齿地大叫道，"司炉，快添煤！让船尽全力前进！就是让船着了火，也在所不惜，一定要追上他们！"

我们紧跟在贼船后面。船上炉火熊熊，发动机铿锵作响，就像是一个巨大的金属心脏。又尖又直的船头划破宁静的水面，在船舷左右两侧激起滚滚的浪花。

随着轮机的每一次悸动，船变成了有生命的钢铁动物，我们跟它一起惊跳、震颤。一盏大艏灯向前射出一道长长的摇曳的黄色光芒。右前方的水上有一个暗影，那就是"曙光号"，拖在它后面翻滚的白色浪花说明它的速度有多快。我们从一艘艘驳船、汽轮、商船之间横穿侧绕飞掠过去。黑暗中有声音在向我们呼喊，"曙光号"依然隆隆遁逃，我们则依然紧追不舍。

"加煤，伙计，加煤！"福尔摩斯对着机舱喊道，"最大限度地多烧出蒸汽。"锅炉里熊熊的烈火照着他那一张焦急的鹰一般的脸孔。

"我想我们已赶上一些了。"琼斯盯着"曙光号"说。

"当然，"我说，"再过几分钟就赶上了。"

就在这时候，发生了不幸的意外。一条拖着三条驳船的拖船横在我们面前。我们急转船舵，才避免了相撞事故。

我们绕过它们，恢复了航道，但在这以前，"曙光号"已经驶出两百码去了。然而，它仍然清晰在望，而且那朦胧不清、捉摸不定的傍晚正在变为星光闪烁的晴朗夜空。我们的锅炉已经竭尽全力，脆弱的船体外壳随着驱动我们前进的狂野动力而不住颤抖、嘎吱作响。我们已经飞速通过泰晤士河静止的深水处，经过西印度码头，顺流而下到了长长的德特福德河段，在绕过多格斯岛以后又继续前进。我们前面原来模糊不清的一团东西此刻已经清清楚楚地化为轻巧精致的"曙光号"。

琼斯用探照灯照过去，甲板上的人影历历可见。有个人坐在船尾，他两膝夹着一件黑色的东西，旁边还有一堆黑乎乎的物体，看上去像是一只纽芬兰狗。有一个男孩把着舵柄。在炉火的红光映照下，我能看见老史密斯赤裸着上身，在拼命地铲煤添火。他们起初也许还拿不准我们是否真的在追赶他们，但此刻看到我们不遗余力地穷追不舍，才确信大事不好。追到格林尼治的时候，我们落后大约三百步距离。到了布莱克沃尔的时候，相距已不到二百五十步。我在跌打滚爬的一生中，去过许多国家，打过不少猎，追逐野兽无数，都没有像这次飞驰在泰晤士河上疯狂追人的场面惊心动魄。我们和前船正在一步步接近。

在夜晚的寂静中，我们能听到他们船上机器的喘息声和当啷声。船尾的男子仍旧蹲伏在甲板上，他双臂舞动着，好像很忙的样子，还时不时地抬头看看，估量着我们和他们之间还有多少距离。我们越逼越近了。琼斯使劲喊着要他们停下来。我们落后于他们不到四艘船的长度了，两艘船都飞速前进。这里的河段清澈，一边的岸上是巴金莱佛尔，另外一边是阴郁的普拉姆斯戴德沼泽地。

经我们一喊，坐在船尾的人暴跳起来，向我们挥动双拳，高声大骂。他身材魁梧，体格健壮，叉着双腿立于船尾，我们看到他右边的大腿下支着一根木柱。听到他尖厉刺耳的怒骂声，蜷曲在他身边的黑影动了动，站了起来，原来是个矮种人——我见过的最矮小的人——长着一个畸形的大脑袋，满头乱蓬蓬的毛发。一看到这个野蛮怪异的蛮子，福尔摩斯早已掏出了手枪，我也跟着掏出手枪。他裹着一件黑色的像是外套又像是毯子的东西，只露出半张脸，我从未见过如此狰狞的模样。他那极小的眼睛燃烧着仇恨的凶光，极厚的嘴唇向外翻着，发出半兽性的愤怒的吼叫，向我们龇牙咧嘴。

"他一抬手咱们就开枪！"福尔摩斯悄声说道。

这时我们与"曙光号"只有一船之隔了，几乎可以触摸到这条船了。那个白人叉着两腿，尖声诅咒着，那面目可憎的野人在我们船灯的照耀下，龇着黄牙，向我们切齿狂叫着。

还好我们能把他们看得清楚，看到那黑鬼从披毯中倏地抽出一根像木尺般的短圆木棒举到唇边，我们立即双枪齐发，见他应声跌倒，双手高举，闷叫一声，滚下水去。刹那间，我看着他一对狠毒的眼睛消失在白色的漩涡之中。与此同时，木腿人冲向船舱，抢过舵猛地扳转过来，"曙光号"便朝南岸直冲过去。我们的船从他的船尾擦过，仅相隔几英尺总算没有相撞。我们立刻绕个弯来追赶它，对方的船接近河岸。岸上是荒凉的旷野，月光照着空旷的沼泽地，地上是一片片死水和一堆堆腐败的植物。噗的一声，汽船在泥滩上搁浅了，船头耸向天空，船尾没于河水中。凶手跳出汽船，但木腿立即整个儿陷入了泥沼中。他拼命挣扎，但丝毫动弹不得。他狂呼乱叫着在泥中猛蹬左脚，但这只能使他的木腿在泥泞的河岸上越陷越深。

当我们的船驶近岸边的时候，他已经被固定在那里，动弹不得。我们只能扔过去一根绳子套在他肩膀上，把他拽了出来，然后像拖臭鱼一样把他拉到我们身边。史密斯父子俩，垂头丧气地坐在他们的船上，听到命令时，才顺从地过到这边船上来。我们把"曙光号"拽出来，系在我们的船尾。船板上有一只坚固结实、做工精致的印度铁箱，这分明就是那个给舒尔托父子带来厄运的珍宝箱了。铁箱相当沉重，没有钥匙。

我们小心地将它搬到我们自己的小船舱里。我们再次缓慢地沿河上溯，一面将我们的探照灯向所有方向扫射，但是没有那野人的踪迹。也许泰晤士河河底的淤泥里躺着那位访问我们英国的奇异的人。

"看这里，"福尔摩斯指着那木制的舱口说，"我们拔枪的动作还是不够快。"正在我们刚才站着的地方，确切无疑地钉着一枚我们知之甚详的杀人毒刺。那必定是在我们开枪的时候射到我们之间来的。福尔摩斯对它微微一笑，像平常那样轻松地耸耸肩，但是我承认，我一想到那天晚上可怕的死亡曾经离我们那么近，就觉得懊丧。

第十一章　了不得的阿格拉财宝

犯人坐在船舱里，面前摆着的是他为之历尽千辛万苦、等待多年才得到的铁箱子。他的皮肤被烈日晒得黝黑，眼睛里露出凶狠蛮横的光芒。脸上皱纹纵横，如同布着一张破网，这一切表明他饱尝了野外生活的艰难困苦。他那胡子拉碴的下巴向外高高突出，表明他是那种不达目的决不罢休的人。他黑色的卷发已近灰白，看上去五十来岁。尽管他发怒时浓黑的眉毛和凶狠的下巴狰狞可怕，但在他心平气和的时候，那张脸却并不让人生厌。

此刻他坐在那里，上了手铐的双手放在膝上，脑袋低垂在胸前，同时他用敏锐、闪烁的目光注视着成为他恶行之源的那口箱子。在我看来，他僵硬而克制的面容上似乎忧愁多于恼怒。有一次他仰头看我，眼睛里闪着一种类似幽默的光。

"唔，乔纳森·斯莫尔，"福尔摩斯说，一面点燃了雪茄，"局面弄成这样，我很抱歉。"

"先生，我也很遗憾，"他坦诚地答道，"我想这次我逃不脱杀人越货的罪名了。但我敢发誓，我并没有存心杀害舒尔托先生。是那个小畜生——童格，射出一支毒箭要了他的命。这事一点也没有我的份儿，先生，而且当时我也像失去亲人那样难受，我用绳子抽打了那小魔头一顿。可是人死不能复生，我也无能为力了。"

"抽雪茄，"福尔摩斯说，"你身上都湿了，我这酒你喝上一口，防防寒。那么，我问你，这么个矮小没力气的黑人，你凭什么指望他能够制服得了舒尔托先生，好让你拉绳子爬窗进屋呢？"

"听您这么说，就像您是在现场目睹了似的，先生。我本想这房里是不会有人了。他一家的生活习惯，我都摸得挺熟悉。这个时间，舒尔托先生总是下楼吃晚饭去。坦白说——我知道坦白是我最好的辩护——如果当时屋里待着的是老舒尔托少校,我会毫不犹豫掐死他,轻松得就像吸这根烟。但我没料到因为害死小舒尔托而被你们逮住了,我和他可是无冤无仇的呀。"

"现在你是在苏格兰场的埃瑟尔尼·琼斯警官押解下,过一会儿,他会把你带到我的房间。我先了解一下案件的真相。你必须老实交代,如果你这么办了,或许我还能帮助你。我想我能证明那毒刺上的毒性发作得很快,没等你爬进屋里,舒尔托先生就死了。"

"是这样的,先生。我从窗子爬进去的时候,我看见他对我狞笑,脑袋歪在肩膀上,我一生中从来没有受过这样的惊吓。这让我大受震动,先生。要是童格没有爬走的话,我差一点就宰了他。所以他才会落下木棍和飞镖的,他是这样告诉我的。而我敢说,这些东西一定帮助了你们追踪到我们,尽管我说不好你们怎么能一直追踪我们。我对你们没有恶意。不过这的确看来是件怪事,"他苦笑着又说,"我有权拥有五十万英镑,但我前半生却在安达曼群岛建造防波堤,而下半生还可能在达特穆尔挖排水沟。从我偶然碰上商人阿奇梅特,并与阿格拉珍宝有了关系的那一天起,我就开始厄运当头了。谁拥有这宗珍宝,必然会招灾引祸——阿奇梅特因此惨遭杀身之祸,舒尔托少校因为盗宝而担惊受怕,而我则要终生服苦役了。"

正在这时,琼斯那宽大的脸和厚实的肩膀伸进了我们这间小小的船舱。

"你们倒像是家庭聚会似的,"他说道,"我想喝一杯那瓶里的酒,福尔摩斯。好了,我觉得我们大家应该庆祝一下。可惜那一个没叫咱们给活捉,也没办法,由不得咱们。我说,福尔摩斯,亏得您计划安排周到,才能把他们给追上。"

"结果好,就是功德圆满嘛。"福尔摩斯说,"可是真没想到'曙光号'能有那么快。"

"史密斯说,'曙光号'这条船,在泰晤士河上是数得过来的。今天只要再有一个人帮他搭把手开船,我们永远别想赶得上他。他赌咒发誓说,他压根儿就不知道诺伍德的事。"

"他的确不知道,"犯人大声说道,"一丝半点都不知道。我选中了这条汽船是因为我听说他有快艇之称。我对他没透露过半点风声,只是付给了他一大笔钱。如果他能把我们送到葛雷夫圣德的开往巴西的'翡翠'号轮船上,会再给他一大笔钱。"

"唔,要是他没有做什么错事,那我们一定不会亏待他。虽然我们抓犯人的时候雷厉风行,但我们在给他们定罪方面是慎重的。"这位神气活现的琼斯已经开始凭借这次抓人而摆起架子来了,注意到这一点倒很有趣。从福尔摩斯脸上的微笑看来,我知道这句话也没有逃过他的注意。

"我们马上就要到沃克斯霍尔桥了,"琼斯说,"我们应该把你、华生医生和这口宝藏箱一起送到岸上。不用我说,您知道我这样做要担当多么大的风险——这是违反常规的。当然啦,我们有约在先,但我有责任派一名警官与您同行,这珍宝可是价值连城啊。您大概打算坐车去,对吗?"

"对,我乘车去。"

"真遗憾没有钥匙,不然我们可以先清点一下,您恐怕也得把它砸开才行。乔纳森·斯莫尔,钥匙在哪里?"

"在河底下。"乔纳森·斯莫尔不情愿地回答。

"哼!你制造这点麻烦完全多余,我们把你人赃俱获,丢掉把钥匙管个屁用!不过,医生,不用我叮嘱您了,千万小心。把宝箱带回到贝克街来,去警署以前,我们一起等您。"

我带着分量不轻的铁箱,由一名和善、直率的警官陪着,在沃克斯霍尔桥下了船。一刻钟后我们便到了赛西尔·福雷斯特夫人家。这么晚了,还有人来访,仆人很是吃惊。她说,赛西尔·福雷斯特夫人整晚一直没在家,可能很迟才回来。但摩斯坦小姐在客厅里,所以我拿着铁箱进了客厅。那位善解人意的警官留守在马车里。

她坐在开着的窗子前面,身上穿的是某种白色的透明织物,在颈部和腰部略略点缀着一些猩红色。她靠在柳条椅上,灯光透过灯罩柔和地照着她,照在她甜蜜端庄的脸上,在她波浪形浓密的头发上染上了一种暗淡的金属闪光。洁白的手臂垂在椅子一侧,她整个姿势和形体都流露出非常迷人的忧郁。然而,一听到我的脚步声她就一跃而起,一抹惊讶与愉悦的红晕染上她苍白的双颊。

"我听到马车声响,"她说道,"还以为是福雷斯特夫人提早回来了呢,真没想到居然是您。您给我带来什么消息了吗？"

"我带来的东西可比'消息'好得多，"我把铁箱放在桌子上，强抑着内心的沉重，做出兴高采烈的样子说道，"我带来的东西比世界上任何消息都宝贵——我给您带来了财富。"

她瞥了一眼那只铁箱。

"它就是那宗珍宝吗？"她神情冷漠地问道。

"是呀，里面就是阿格拉大财宝。一半属于您，一半属于塞笛厄斯·舒尔托先生。你们二人各得二十多万英镑之巨。您想想，每年利息就是一万英镑。英国没有更富裕的年轻女士了吧，这不是大可庆幸的事吗？"

我的高兴表示得大概有些过分，她察觉到我的祝贺是一只不含金的金戒指，并非真诚。我见她稍稍抬了一下眼眉，不自然地望我一眼。

"要说我得到了宝物，"她说，"那是多亏您的帮助。"

"不，不。"我答道，"不是我的功劳，应该归功于我的朋友歇洛克·福尔摩斯。像他那样善于分析的人，也费了不少精力才找到线索。要是换了我，说什么也无能为力。即便如此，到了最后一刻，我们还差点功亏一篑。"

"华生大夫，请坐下来，到底发生了什么事，全跟我说说吧。"她说。

我简单地介绍了我和她上次见面后所发生的事情：福尔摩斯使出搜索的新招；"曙光号"的发现；埃瑟尔尼·琼斯再度涉足本案；夜间历险；泰晤士河上惊心动魄的追踪。她张着嘴巴，瞪着大眼睛听着我的讲述。当我讲到毒刺差点要了我们的命时，她脸色惨白，几乎晕倒。

"这没什么，"我急忙给她倒水的时候她说，"我已经好了。听到因为我而让我的朋友们处于这样大的危险之中，我真感到震惊。"

"这都过去了，"我答道，"这没什么。我不再把可怕的细节告诉你了。让我们来看看比较光明的事情吧。宝藏在这里。有什么能比宝藏更令人喜悦的呢？我得到许可把它带来，我想你可能高兴第一个看到它。"

"这真叫我非常感兴趣。"她说道，可话音中并没有热切渴望之意。无疑，她想到我们花了如此惨重的代价赢得的战利品，如果她表示漠不关心的话，那就未免太不近人情了。

"多漂亮的箱子啊！"她说道，弯腰看着那个铁箱，"是印度造的吧？"

"对，它是印度本内雷斯打造的金属制品。"

"真够重的！"她叫道，试着提起铁箱，"光箱子本身就值很多钱。钥匙在哪里？"

"给那个乔纳森·斯莫尔丢到泰晤士河里了。"我回答，"拿福雷斯特太太的拨火棒借用一下。"

宝箱正面有一个粗重的铁环，做成一尊坐佛的形象。我拿拨火棒的尖端插入铁环中做杠杆向外撬动，铁环嘣的一声跳掉了，我用颤抖的手把箱盖掀开。我们二人站在那里，都惊呆了。是个空箱！

怪不得那么沉，这铁箱的每面箱板都有三分之二英寸厚，非常结实坚固，做工极精致，是专门用来藏宝物的一类箱子。可是里面连宝物的粒屑也没有一点，是只一无所有的空盒。

"财宝不见了。"摩斯坦小姐平静地说。

我听出了她话中的含意，一个巨大的阴影从我心中消失了。想当初，压在我心头的阿格拉财宝有说不出的沉重，如今终于挪开了。

这种想法无疑是自私的、不忠诚的，也是错误的，但是我知道：横在我们两人中间的金钱障碍已荡然无存了。

"感谢上帝！"我从内心发出一声喊叫。

她带着询问的微笑看着我。

"为什么这么说呢？"她问道。

"因为，我敢向你开口了。"我说着，握住了她的手，她没有缩回，"因为，我爱你，玛丽。我作为一个普通的男人，可以爱上一个普通的女人了。这宝物，这财富，一直封住了我的嘴。现在好了，财富没有了，我可以告诉你，我是多么爱你呀。所以我说'感谢上帝'……"

"那么，我也要说'感谢上帝'。"她含情脉脉地说，我把她揽到了怀里。

不管谁丢失了财宝，我知道，那天晚上我得到了我的珍宝。

第十二章　乔纳森·斯莫尔传奇

那位警官非常有耐性，他等了很久，我才出来，回到车上。我把箱子拿给他看时，他的脸色阴沉下来。

"奖金全完了！"他伤心地说，"财宝不见了，报酬也落了空。要不山姆·布朗和我今晚每人可以得到十英镑呢！"

"塞笛厄斯·舒尔托是个有钱的人，"我说，"无论财宝在不在，他都会酬谢你们的。"但警官泄气地直摇头。

"这件事真差劲，"他说，"恐怕琼斯先生也会这么想的。"

警官所预料的果然不错。当我回到了贝克大街，给琼斯先生看那空无一物的珍宝箱时，他的脸色变得很难看。他和福尔摩斯以及那个犯人也是刚到，因为他们中途改变了计划，先去警局做了汇报。我的朋友福尔摩斯懒洋洋地斜倚在扶手椅上，依旧和平时一样一副没精打采的样子。那个逃犯乔纳森·斯莫尔木然地坐在他对面，把木腿搭在好腿上面。

我展示那口空箱子的时候，他在椅子上往后一靠，大笑起来。

"这是你干的，乔纳森·斯莫尔。"埃瑟尔尼·琼斯恼怒地说。

"对，我已经把宝藏放到你们永远找不到的地方了。"他欢欣鼓舞地说道，"那是我的宝藏，要是我不能拥有这份战利品，我就努力想办法不让其他任何人得到。我告诉你们，除了在安达曼罪犯营的那三个人和我本人，任何活着的人都没有权利拥有它。现在我知道我不能利用这份宝藏了，我还知道他们也不能。我们一直守着那四个签名的承诺。嗯，我有数，他们会同意我这么做。宁可都扔进泰晤士河，也绝不给舒尔托、摩斯坦的家人和朋友。我们干掉了阿奇梅特并不是为了让他们去发财。全部财宝跟钥匙，跟童格一块儿走了。我眼看着要给你们追上了，就把宝物扔到了永远保险的地方。

你们出来忙活了这一阵子，一个便士也捞不到。"

"你在骗人，乔纳森·斯莫尔！"埃瑟尔尼·琼斯厉声道，"如果你想把财宝扔进泰晤士河，连箱子一块扔不是更省事吗？"

"我扔得省事，你们捞起来也省事。"他狡黠地斜睨着双眼说道，"你们有能耐抓住我，就有能耐从河底找到铁箱子。现在我把财宝撒到了五英里的河道里，找起来就难了。我这是不得已的法子，当你们快要追上我时，我急得都快要疯了。不过，光悲伤有什么用？我这一生起起落落，但明白了一个道理：不吃后悔药。"

"乔纳森·斯莫尔，这可是件非常严重的事了，"琼斯侦探说道，"如果你能协助维护法律的公道，而不是蓄意破坏的话，在判刑时你还有从轻发落的机会。"

"公道！"这个犯人咆哮道，"说得好漂亮！如果这笔珍宝不是我们的，又是谁的？让我放弃珍宝，把它拱手让给那些不费吹灰之力坐享其成的人，这才算是公道吗？你们知道我是如何历尽千辛万苦才获得这一大笔财富的吗？我在那热病流行的地方待了长长的二十年，整天在美洲红树下干活，整夜被人用铁链子拴在肮脏的罪犯小屋里，蚊子叮，打摆子，受每一个爱向白人报复的该死的黑脸警察欺侮。这就是我怎样挣得阿格拉宝藏的。我付出了这样的代价，却要让另外的人享受这份宝藏，我忍受不了这种情况。而你们却对我说什么法律！我宁愿上二十次绞架，或者让童格的毒刺射中，也不愿意活在牢房里，却让别人拿着本应该属于我的钱舒舒服服地住在宫殿里。"

乔纳森·斯莫尔坚毅沉静的面容变得激动狂躁，一发不可收拾地说起话来。他两眼发光，手铐在挥动的双手上当啷作响，眼见这个人如此狂暴、激烈，我才理解为什么当初舒尔托少校听说这个吃了亏的囚徒要来找他算账时，便吓得失魂落魄。

"别忘了，我们对这一切原本是一无所知的。"福尔摩斯轻声说道，"你没跟我们讲过自己的身世，也就不明白你所说的那份本应属于你的是什么样的公正了。"

"啊，先生，你对我说的话还算公道，虽然多亏了你，我才有幸戴上这副手铐，但我不会记恨你的。这很公正，也算光明正大。你如果想听我的身世，我就给你说说。老天在上，我说的字字句句都是实话。劳驾你把杯子放在我身旁，好让我能在口干时把嘴唇凑过去。

"我本是英国伍斯特郡人，生于珀肖尔城附近。我敢说，如果你去找的话，现在还有很多姓斯莫尔的族人住在那里。我常常想回家看看，可是我从来没有给家族带来过什么荣誉和体面，恐怕家里的人也未必欢迎我回去。他们都是些老实巴交的农民，经常上教堂做礼拜，在邻里远近闻名而且受人尊敬，而我却一直有点儿吊儿郎当。

"然而，大概十八岁的时候，我终于不再给他们添麻烦了，因为我和一个姑娘的关系弄得一团糟，只能通过当兵吃军饷来摆脱麻烦，我加入了即将开拔到印度去的第三部队。

"然而，我命中注定不该长时间当兵。我刚刚学会了走鹅步，学会了摆弄滑膛枪，就傻得跳进恒河去游泳。幸运的是，我那个连的中士约翰·霍尔德当时也在水里，他是部队里最棒的游泳能手之一。我游到河中心，给一条鳄鱼咬了，咬断了右腿，像外科医生截掉了那么干脆，只剩下大腿。大量失血，又受惊吓，昏了过去，差一点就要淹死，多亏霍尔德救了我，拖住我游到岸上。我住院养了五个月，后来绑一根木棍当腿，跛着出了院。我残疾退伍，丢掉军籍，拖着条残腿，很难找工作。

"可想而知，我当时有多倒运，还不到二十岁就成了一个无用瘸子。但不久我交上了好运。一个叫阿伯尔·怀特的人在那里经营靛青园。他想雇个监工，监管苦力干活。他碰巧是我们团长的朋友，因那次事故，团长对我特别关照。简单地说吧，团长极力推荐了我。干这种活主要是骑在马上，虽然我瘸腿，但不太碍事，因为我的左腿还能控制得了马鞍。我的工作就是骑着马在庄园里巡视，监管苦力干活，哪个偷懒就报告主人。

"我的待遇优厚，还有个舒适的住所。这一切使我心满意足，打定了主意准备在靛青种植场度过余生。怀特先生为人和善，他常来到我的小屋和我一道抽烟，因为在那里，白人之间都很热情亲切，不像住在这里的人们那样。

"可是好景不长。突然有一天，大叛乱爆发了，事先并没有任何征兆。头一个月印度表面上风平浪静，就像萨里和肯特一样。下一个月，二十万黑鬼发泄心头的愤怒，印度完全成了地狱。先生们，你们当然知道这一切——比我要知道的多得多，这是很可能的，因为我很少看报纸什么的。我只知道自己亲眼看见的东西。我们的种植园所在的地方叫作穆特哈，它靠近印度西北各省的边界。一夜又一夜，天空被烧房的熊熊烈火照亮，一天又一天，我们看到小批的欧洲人带着妻子儿女经过我们的住宅区走向阿格拉，那里离军队最近。

"阿贝尔·怀特先生很固执，他认为事情一定是给夸大了，一定马上就会被平定的。他照样坐在凉台上喝他的威士忌苏打水，抽他的方头雪茄烟，不知周围已经火烧屁股。当然啦，我们都守着他，我，还有多森夫妻俩，多森是管账、管工。好了，大难临头的一天到啦。这天我去了离种植园很远的地方，黄昏时候才骑在马上慢慢往回走。我忽然看见在深水沟里有一大堆什么东西，赶马过去一看，吓得魂儿都没了，是多森的老婆，给剁成了肉块堆在一起，尸体叫豺狼野狗吃了一半。多森本人趴在不远的地方，已经死去，手里还握着没了子弹的空枪。前面躺着四个印度兵尸体，全都摞在一起。我掉转马头，却不知道何去何从，就在这时，我看见阿伯尔·怀特家的房屋浓烟滚滚，火苗已窜到屋顶。我知道救不了主人，再去过问只会白白丢掉自己的一条命。从我站立的地方我看见几百名黑鬼子披着红色的斗篷，正围着燃烧的房屋乱跳乱叫。他们中有几个人已瞄准了我，两发子弹从我耳边呼啸而过。于是我扭转马头穿过稻田一路狂奔，深夜才安全抵达阿格拉城。

"然而事实证明，阿格拉城也并非安全地带。整个印度全国就像被捅了的马蜂窝，英国人也只能聚集在他们枪弹射程之内的小片地带之内，其他地方的英国人则成了无助的逃难者。这是几百万人对几百人的战争。最残酷的是，与我们作战的敌人不管是步兵、骑兵或炮兵，都是当初我们精选出来的将士，而且经过了我们的教育和训练，他们使用我们的武器，连军号吹的也是我们的曲调。在阿格拉驻军的有孟加拉第三火枪团，其中有些锡克族士兵，两个马队和一个连的炮兵。

"由职员和商人组成了一支志愿部队，我带着我的木腿加入了这支部队。七月初，我们到沙更吉去打叛军，一时间我们把他们打了回去，但是弹药用完了，我们只能撤回到城里。

"四面八方迎接我们的只有最坏的消息——这没有什么好奇怪的，因为只要你们看看地图就会明白：我们正处在叛乱的中心地带。以东一百多英里的地方是勒克瑙，以南差不多距离的地方是坎普尔。从各个方位看，到处都是酷刑、谋杀和暴行。

"阿格拉城是个大地方，各种各样稀奇古怪的魔鬼教派、狂热教徒都集中在那里。我们成了一小撮，缩在弯弯曲曲的窄道里，没法防卫。我们长官就过河在阿格拉古堡建立阵地。不知几位先生听说或者读到过这个古堡没有，那可是个非常奇怪的地方——我还是第一次到了这么奇怪的地方，那里的旮旮旯旯我都去了。首先，那地方出奇大，估摸着周围加在一起得有好几英亩吧。

"古堡里有一部分造得挺现代的，容纳得下所有的驻军、女人、孩子和辎重还绰绰有余。但这一现代部分的面积远不及那块古老的部分大，那儿从没人去过，满是蝎子和蜈蚣。那里到处是废弃的大厅、盘曲的过道和长廊，进去的人很容易迷路，因此很少有人进去，但偶尔也有人打着火把去探险。

"在古堡前面有一条小河流过，成了天然的护城河。古堡的两侧和后面有许多出入口，应该派兵把守。当然，内城和我军驻扎管辖的区域，也应该布防。但是我们人手不够，几乎没有足够的人力看守古堡内的各个角落和照顾所有的炮位。那不计其数的堡门要派重兵把守是绝对不可能的。我们的做法是，在古堡的中央设立一个中心防卫室，每个堡门由一个白人率领两三个当地兵设岗把守。

"我被挑中在夜里某几个钟点负责守卫城堡西南侧一扇孤立的小门。我手下有两名锡克族士兵，我奉命在出事的时候鸣枪示警，那样就有中央警卫室援兵来帮我们。然而，这个警卫室离我足有二百步远，而且这段距离包括各种迷宫似的通道和走廊，如果真有人攻打这扇门的话，我极其怀疑他们能不能及时赶到并且发挥作用。

"可是我还得意着呢。让我当了个小头目，站上岗，我到底还是个新兵呢，又是个断腿残疾。同两个旁遮普邦士兵在一起这么守了两夜。两人都是高个头儿，相貌很凶，一个叫穆罕默德·辛格，一个叫阿卜杜拉·汗，都是老兵，还在齐连瓦拉同我们打仗交过手。他们英语讲得很好，可是我没能听到他们讲什么话。两个人总是喜欢站在一块儿,整夜用听不懂的锡克土话嘀里嘟噜讲个不停。

"我总是独自一人站在堡门外,眼盯着宽阔弯曲的河流和大城市里闪烁的灯火。咚咚的鼓声,当当的锣声,以及吸了鸦片烟和麻醉品的叛军在狂呼乱叫,整夜都在提醒我们对岸就有危险的敌人。每隔两小时,巡夜的军官到各个卡哨巡视,以确保平安无事。

"当班的第三天,天空阴沉沉的,下着小雨。在这种天气里站上几小时真让人难受。我几次试图和那两个锡克人搭话,但这两个家伙不搭理我。凌晨两点钟,巡夜的来了,这才稍稍消除了一夜的劳累。

"我知道这两个人不愿意和我搭讪,便放下枪拿出烟斗,打算划根火柴吸烟。突然之间,两个锡克人朝我猛扑过来,其中一个抢过我的枪打开保险,瞄准我的头,而另一个拿出一把刀架在我的脖子上,咬牙切齿地说,如果我胆敢动一步,就一刀扎进我的喉咙。

"我的第一个想法是:这些家伙是和叛军一气的,而且这就是一次进攻的开始。如果我们守的门落到印度兵手中,这地方就一定会失陷,妇女和儿童就会遭到像在坎普尔那样的命运。也许你们会认为我只是在为自己说话,但是我认真对你们说,当我想到这一点的时候,尽管我感觉到刀尖在咽喉上,还是张开了嘴准备喊叫,哪怕这是我最后的呼叫,这叫声也许会向警卫室里的人报警。刀抵住我的人好像看出我的心思,我正不顾一切要喊,他赶快在我耳朵边说:'别叫,你放心,堡垒没有事,河这一边,一个叛兵也没有。'听口气他讲的是真话,我想从这个人的黄眼睛里看得出来,我一出声就没命。我就没有出声,等着看他们要把我怎么样。

"'听我说,先生。'两个人中更高、脸也更凶的一个,大家都叫他阿卜杜拉·汗的,这时说话了,'你要么跟我们走,要么永远都出不了声音。事情重大,犹豫不得。要么向上帝起誓你保证真心实意和我们合作到底,要么我们今晚就把你的尸体扔进沟里,然后加入叛军兄弟中,没有其他的路。是生是死,你自己拿主意!我们限你三分钟做出决定。时间短促,在查岗的人再来之前,一切都要办妥。'

"'我怎么决定呢?'我说,'你还没有告诉我,你们到底要我做什么呢。

可是我有言在先，如果是任何关系到古堡安危的事情，那就不能从命了。你一刀扎进去结果我好了，悉听尊便。'

"'不是什么危害城堡的事'，他说，'我们只要求你做你的同胞到这里来要做的事。我们让你发财。今天晚上，如果你和我们合作，我们就凭着这把刀对你发誓，我们还立下任何锡克人都不会违反的三重誓言，把得来的财物公平地给你一份。宝藏的四分之一归你，我们这样做是最公平的了。'

"'你们说的什么财宝？'我问他们，'我当然想同你们一起发财，但总得告诉我怎么回事。'

"'你要发誓，'他说，'以你父亲的身骨、你母亲的贞节、你宗教的十字起誓，你的手不做不利于我们的事，你的嘴不讲不利于我们的话，无论是现在还是今后，怎么样？'

"我说：'我起誓，只要城堡不受到威胁。'

"'我的同伴和我一同起誓分给你四分之一的财宝，我们四人平分。'

"我说：'我们只有三个人。'

"'不，多斯特·阿克巴尔必须得一份。等候他的这段时间我会告诉你到底是怎么回事。穆罕默德·辛格，你去门口望风，他们来了通知我们。先生，事情是这样的，我知道欧洲人是守信用的，所以我信得过你，把事情告诉你。你要是一个撒谎成性的印度教徒，就算你在那伪善的神庙里向神明发了多少重誓，到头来还是会让你血染此刀，将你沉尸河底的。但是锡克教徒了解英国人，英国人也了解我们。现在言归正传，你听我道来。

"'在印度北部的省里有个土王，他的领地虽然不大，却有巨富家财。他的财产有一部分是从父亲手里继承下来的，更多的是他自己搜刮得来的。他爱财如命，却很吝啬。动乱爆发的时候，他是骑墙派——他既支持印度兵又支持东印度公司的主权统治。然而，没过多久，在他看来，白人倒霉的日子来到了，因为在整个印度他只听到白人死亡和被推翻的消息。但是，他是个小心谨慎的人，他制订了这样的计划，那就是不管发生什么事，他至少能留下一半财富。他把金银藏在地窖里，最值钱的珠宝和最好的珍珠放在一个铁箱子里，派一个他信得过的仆人化装成商人，把这口箱子带到阿格拉城堡放着，直等到局势平息。

"'这样做，如果叛兵胜利，金钱银钱能保住；如果英国公司得胜，珍珠宝贝能够保全。他把钱财这么分开，就投向了叛兵，因为他周边的叛兵势力很强大。这么做，先生试想，他总得效忠于一方，他的财产总会有一方保护。

"'这个假扮的商人过来了，化名叫阿奇梅特，现在在阿格拉城里，准备私下进入城堡。他一路来有个陪同人叫多斯特·阿克巴尔，是我的兄弟，他知道这个秘密。阿克巴尔答应今晚带他从边门进入城堡。他选定了我们把守的这个地方。等一会儿他就会到，知道穆罕默德·辛格和我在这里等候。这地方很偏僻，没人知道他会来。从此再没人知道阿奇梅特这个商人了，而王公的巨额财宝就归我们平分了，你看怎么样？'

"在我的故乡伍斯特郡，对人的生命看得极重，认为是神圣不可侵犯的；可是当你的周围战火连天，血肉横飞的时候，每个关头都面临死亡的威胁，那就另当别论了。至于商人阿奇梅特的生死，对我来说轻如鸿毛，一谈到珍宝，我的心就动了。我想象着我携宝回到故乡后将怎样享用它，想象着父老乡亲看到过去坏事做绝的不良少年衣锦还乡，口袋里装满了金钱，他们那吃惊得目瞪口呆的样子。

"因此，我已经下了决心。然而，阿卜杜拉·汗以为我在踌躇，便想进一步说服我。

"'想想看吧，先生，'他说，'如果这个人被司令官抓住了，他就会被绞死或是枪毙，他的财富被政府拿走，那就谁也得不到好处。现在，既然是我们来抓他，那我们为什么不把剩下的事情也都做了呢？珠宝放在我们这里，和放在公司的金库里是一样的。这批财宝，足够叫我们每个人大富大贵。谁也不会知道这件事，我们在这儿，同谁也不沾边。你看还有比这主意更好的吗？你得表个态度，先生，你同我们一道呢，还是要叫我们把你当敌人。'

"'我死心塌地同你们一块儿干。'我说。

"'很好。'他对我说，把火枪还给了我，'你瞧，我们信得过你，你讲话同我们一样，说到做到，不食言。现在我们就等我兄弟带商人过来。'

"'你兄弟知道你要干什么吗？'我问。

"'这是他的主意，全是他一手策划的。我们到门边去和穆罕默德·辛格

一起守门吧.'

"雨还在一个劲儿地下,雨季才开始呢。天空中满是棕色的乌云,咫尺之遥不见一物。堡门前是一条深壕,某些地段几乎没有积水,很容易进来。我心中直打鼓,我怎么会与两个粗野的旁遮普人站在一起,等待一个商人前来送死呢。

"忽然我的目光瞥见了沟对岸有一盏罩灯一闪一闪地发亮。它一会儿被土墩挡住,一会儿又重新出现了,灯光缓缓地朝我们这边移动。

"'他们来了!'我喊道。

"'你要像例行公事那样盘问他,'阿卜杜拉低声说道,'千万别让他起疑,然后派我们把他押进来。你站在这里守卫,剩下的事我们去干。准备好把灯罩揭开,这样我们才能弄清楚究竟是不是那个人。'

"灯光摇曳着前进,时停时走,直到我能看见护城河对岸有两个黑色人影。我听任他们爬下河岸斜坡,溅着泥浆通过沼泽地,然后向上爬到城堡的这扇门前,他们爬到一半的时候,我查问他们的身份。'谁在那里走动?'我低声喝道。

"'自己人。'来人回答说。我拎起提灯,向他们直照。走在前面的是个锡克人,长黑胡须快齐腰了,他的个头儿出奇高大,除了巨人表演,我还没见过身体如此高大的人。另一个却是个滚圆的矮胖子,缠个大黄包头,双手捧着样东西,用围巾包裹着。他好像害怕得在发抖,手抖得像发疟疾一样,脑袋左右摇摆,一对小眼珠子朝四面忽闪眨巴,活像只出洞老鼠,探头探脑。我想到要杀这么个人,心有不忍,但一想到财宝,我的心就硬了。他看到我是白人便高兴地朝我跑过来。

"'先生,求你保护,'他喘着粗气道,'保护我这可怜的商人阿奇梅特。我从拉吉普塔诺来,来阿格拉城堡避难。他们认为我是白人军队的朋友,便抢我的东西,用鞭子抽我,还侮辱我,谢天谢地,今晚我又安全了,我和我的东西都安全了!'

"'包裹里是什么?'我问。

"'一只铁箱,'他答道,'里面有一两件家传的东西,这些东西对别人来说,不值几个钱,可是对我来说,如果丢掉它实在可惜。我并不是个乞丐,

我会报答您的，年轻的先生，连同您的长官，如果他允许我在此地避难的话。'

"我再也不能和这个人说下去了。我越看他那张受惊吓的胖脸，越觉得硬起心肠杀他实在不易，最好赶快让这件事情结束。

"'把他带到中央警卫室去。'我说。那两个锡克人从这商人的两边包抄上去，而那巨人走在后面：他们就这样通过黑暗的门道行进。从来没有一个人这样地被死亡所包围。我拿着灯留在门道里。

"我听到他们均衡的脚步声在荒凉的走廊里回响。突然，脚步声停止了，我听到说话声和扭打声，还有重击的声音。

"一会儿脚步声冲我这边过来，一个人喘着大气奔过来。我慌忙把灯向长廊上一照，只见那个胖子在没命地跑，满脸是血，那个大胡须锡克人像只猛虎紧追在他后头，手里挥着一把刀。我从来没见过像这小个子商人跑得这样快的，锡克大个子追不上他。我要是放他过去，出了堡垒，他准能跑掉。这时我的心本已软了，可是一念及他的财宝，我马上狠狠心。他正好到我跟前，我把枪往他腿下一扫，他立刻滚倒在地上，像只中弹的兔子。

"没等他爬起来，锡克人扑上去，在他的肋旁连刺两刀。他躺在原地没了声息，也不动弹了。我想他跌倒时可能已经死了。三位先生，我是说到做到的。不管对我有利的，还是不利的，我全都照实说了。"

他停了下来，伸出戴手铐的手去拿福尔摩斯为他倒好的威士忌和水。这个人的所作所为令我毛骨悚然，这不仅因为他是这桩血腥事件的参与者，更因为他说起这桩事来如数家珍，满不在乎。

不管他将来受到什么惩罚，都别想从我这里得到丝毫同情。福尔摩斯和琼斯坐在那儿，双手扶在膝上，深感兴趣地听着他的故事，他们的脸上也流露出厌恶之色。乔纳森·斯莫尔似乎也看到了这些，所以在他接下来叙述事情的经过时，其声音和神情都带有几分挑衅的味道。

"不用说，这件事情很糟糕。"他说，"但我想知道，有多少人处在我的位置会宁肯挨刀也不要那些宝物。而且，一旦他进了城堡，那就不是他死便是我亡。如果他出去了，整个事情就会暴露，我就会受到军事法庭的审判，很可能被枪毙，因为人们在那种时候是不会很宽大的。"

"把你的故事说下去。"福尔摩斯简短地说。

"好。我们把人扛到里面，阿卜杜拉、阿克巴尔和我。这个人个子不高，分量可不轻。穆罕默德·辛格留在那儿守门。我们把人扛到了锡克人早就找好的一个地方，这地方离堡门很远，弯弯绕绕的过道通到一座大空屋，屋子的砖墙都碎了，在一个角落的地上有一个坑，正好埋尸首。我们就把商人阿奇梅特扔进去，拿碎砖、土来盖上堆好。完了后再回头看那个铁箱。

"财宝就在他被击倒的地方。那箱子就是现在摆在桌子上这只开着的箱子，钥匙用丝带系在雕花的提柄上。我们打开箱子，灯光照着珠宝。那和我小时候在珀肖尔时从书本中读到的和想象的一模一样，闪闪发亮，令人眼花缭乱。大饱眼福后，我们拿出所有的珠宝并开了张清单。共有一百四十三颗上等钻石，其中一颗叫'莫卧儿大帝'的，据说是现存第二大宝石。还有九十七块非常美丽的翡翠，一百七十块红宝石（有些并不大）、缟玛瑙、猫眼石、土耳其玉和一些我当时叫不出名的宝石，但后来我就认得了。

"此外，还有三百颗上等珍珠，其中十二颗镶在一个金项链上。

"顺便说一下，这十二颗珍珠不知被什么人从铁箱中拿去了。当我从舒尔托家拿回铁箱重新打开看时，发现那十二颗珍珠不知去向了。

"这些珍宝清点完毕，就又放回箱内，拿到门口给穆罕默德·辛格看。之后，我们再一次庄严宣誓：彼此团结一致，严守秘密。大家一致同意先将这份抢来的财宝暂时放在一个安全的地方，等到全印度大局稳定后，四个人再平分。我们不能当时就分，因为如果人们发现了我们身上藏有这么贵重的宝石，就会怀疑，而且城堡里没有隐私，也没有我们能藏匿这些东西的地方。所以我们拿着这箱子到了埋葬尸体的大厅，在一堵保存最好的墙底砖头下面，挖了一个洞，把宝藏放了进去。我们仔细地记住这个地方，第二天我画了四张平面图，每人一张，并且把四个人的签名写在平面图下方，因为我们起了誓，要每个人代表所有四个人行动。这样就谁也不能钻空子。我可以把手放在心窝上说，我从来没有违背这个誓言。

"印度大叛乱后来怎么样，不用我在诸位先生面前多啰唆。威尔逊占领德里，科林爵士收复勒克瑙，叛兵就瓦解了。新的部队不断开到，纳诺·萨希布逃到国外，格里瑟德上校快速率领一支纵队到了阿格拉，把叛军全部肃清。全国逐渐恢复和平，我们四人望眼欲穿，时间到了，眼看可以平分横财。可是怎么也想不到，希望一下子泡汤，我们四个给逮捕起来，罪名是谋杀阿奇梅特。

"事情是这样发生的。王公把财宝交给阿奇梅特是因为认为他这人可靠，但东方人生性多疑，于是他又派了一个更可靠的心腹暗察阿奇梅特的行踪，并命令他紧紧盯住阿奇梅特，于是他像影子一样跟着他，那天夜里他跟在阿奇梅特身后，看着他进了城堡。当然，他认为阿奇梅特在城堡里安顿好了，所以第二天就请求进入城堡，但再也找不到阿奇梅特的下落。他觉得此事蹊跷，就和守卫班长说了，班长通报指挥官，结果对全堡做了一次彻底的搜查，发现了尸体。

"就在我们认为平安无事的时候，四个人一齐被捕，并以谋杀罪论处——我们中有三个人当天夜里守在城门口，第四个人据悉是和被害人一同来的。在审判中对珍宝只字未提，因为土王已被黜免并驱除出境，没有人与此有特别的关系了。但是这宗谋杀案证据确凿，我们四个人难脱干系。三个锡克人被判终身监禁，而我被判处死刑，后来改判为终身监禁，也和他们一样了。

"然后，我们发现自己处境相当奇特。我们四个人全都镣铐加身，极少有机会能出狱。与此同时，我们每个人心中都有一个秘密，只要我们有机会利用那笔宝藏，也许就可以让我们每一个人住到王宫里去。一方面我们要忍受每一个自命不凡的小官吏的踢打，还要吃米饭和喝凉水，而此时一笔巨大的财富现成地在外面等待我们随时去取，这简直是煎熬。这种情况原可能让我发疯的，不过我一直是相当顽固的人，所以我就支撑着自己等待时机。

"最后，时机好像来了。我给调地方了，从阿格拉调往马德拉斯，从马德拉斯又调往安达曼的布莱尔岛。这个地方白种犯人很少，而我一开始又表现良好，很快就享受特殊待遇，让我在好望镇独自有一间小茅屋住下。那是个小地方，在哈里厄特山脚下，没什么人管。那地方很闷气，流行热病。我们开垦出来一小块空地，离我们不远处有吃人的野人部落，他们一看见你就朝你发毒箭。

"我们整天挖沟修渠、种山药，此外还有其他的杂七杂八的劳役，整天忙个不停，只有晚上有点时间自由安排。另外，我学会了为外科医生配药，从他那儿学了点粗浅的外科医术。我时时刻刻都在寻找出逃的机会，但此地离陆地足有数百英里，而且这一带的海域几乎没有风，逃跑非常困难。

"萨莫顿大夫是个爱玩的年轻人，其他年轻官员常去他屋里整夜玩牌。我配药的外科手术室就在他起居室的隔壁，两房隔着一个小窗。

"当我感到寂寞无聊的时候，我通常就关了医务室的灯，站在窗前听他们谈话，看他们玩牌。本来我也喜欢玩牌——别人玩牌在一旁观战也挺过瘾的。玩牌的常客有舒尔托少校、摩斯坦上尉和布朗布利·布朗中尉。他们都是当地土人的部队指挥官，还有军医本人和两三个监狱管理人员。这几个狱警都是赌技精湛的行家，打一手刁滑稳胜的牌。他们几个人结成一伙倒也玩得痛快。

"唔，有一件事很快就让我大为吃惊，那就是军人总是输牌，而平民总是赢。记住，我不是说玩牌的时候有人玩什么花样，但情况就是这样。这些监狱方面的家伙自从到了安达曼群岛以后，几乎不做别的什么事情，只是玩牌，而且他们在一定程度上熟悉彼此的技法，而其他人玩牌只是为了消遣时光，并且不管怎样把牌打出去就算数。军官们一夜又一夜地变得更穷，而他们越穷就越想玩牌。舒尔托少校输得最惨。

"起先赌现钞、金饰，很快这些就没了，只好赌期票，赌注更是越来越大。有时候也给他扳回一点，就胆子大起来，马上运气又不好，比以前输得更惨。为了这个他整天愁眉苦脸团团转，拼命喝酒来消除烦恼。

"有天晚上他输得比哪一回都惨。我坐在自己茅屋里，看着他和摩斯坦上尉摇摇晃晃回军营去。他们两个是好朋友，像兄弟一样形影不离。少校赌输了在骂人。

"'摩斯坦，我全完了。'路过茅屋时他说，'我得辞职，完蛋了。'

"'别瞎说，老兄！'上尉拍着他的肩膀说，'更糟的事情我也见过，但是……'我就听到这些，但足以引起我的思考。

"几天后舒尔托少校在海滩上散步，我乘机和他攀谈起来。

"'少校，我有事请教。'我说。

"'什么事，乔纳森·斯莫尔？'他从嘴上拿下雪茄，问道。

"'先生,我想请教您,'我说,'有一份埋藏的珍宝应该交给谁最合适。我知道有一笔价值五十万镑的财宝埋在哪儿,由于我自己不能享用,我想最好应该把它交给有关当局,说不定会减轻我的刑期呢。'

"'乔纳森·斯莫尔,五十万镑?'他喘气都粗了,两眼紧紧地盯住我,看我说的是否当真。

"'一点不错,先生——全是珍珠首饰,在那儿埋着等人去取呢。说来也怪,这些珍宝的原主,已被放逐远走他乡了,不能享用这份财宝。谁捷足先登,财宝就归谁了。'

"'交给政府,乔纳森·斯莫尔,'他结结巴巴地说,'交给政府。'但他这话说得迟迟疑疑的,我心里知道我打动他了。

"'那么你认为,先生,我应该把这件事告诉总督吗?'我轻声说。

"'唔,唔,做任何事情一定不要急急忙忙,不然你可能会后悔的。让我听听全部情况,乔纳森·斯莫尔,把真实情况告诉我。'

"我把情况全部同他讲了。有的话没实说,不能让他知道宝藏在什么地方。听我讲完,他站在那儿呆成根木头,脑子一定在飞快地转。我看得出来,他不住地抿嘴唇,心里一定在进行一场思想斗争。

"'这个事关系重大,乔纳森·斯莫尔。'最后他开口说话,'你别跟旁人说,一个字也不能说,回头我再找你。'

"两天以后,他同他的朋友摩斯坦上尉半夜里提了灯到我小屋来。

"'我要摩斯坦上尉也来听听你亲口讲讲这件事,乔纳森·斯莫尔。'他说。

"我又重新讲了一遍,跟前头讲给少校听的一样。

"'听起来是真的,对吗?'他说,'倒值得一干,是吗?'

"摩斯坦上尉点了点头。

"'听我说,乔纳森·斯莫尔,'少校道,'我和我这位朋友研究过了。我们认为,你的这个秘密与政府无关,完全是你个人的私事,该怎么处理,你自己有权决定。现在的问题是,你要求什么样的回报?如果能达成协议,这件事我们愿意代你去办,至少可以去调查一下。'他说话时极力保持镇定,一副满不在乎的样子,可他的眼神里流露出兴奋和贪婪的神态。

"'关于这点,先生们,'我答道,也尽力显出冷漠的态度,可是我和他一样内心激动不已。'就我现在的处境来说,交易的条件只有一个——我要你们帮助我恢复人身自由,也帮助我的三个伙伴恢复自由,然后我们结成伙伴关系,我们给你们五分之一的珍宝,你们两个均分。'

　　"'哼!'他说道,'五分之一!这可不值得冒风险啊。'

　　"'每人平均能有五万多镑呢。'我说。

　　"'但是我们怎么能让你们得到自由呢?你知道得很清楚,你要求的事情是做不到的。'

　　"'才不是呢,'我答道,'我已经把这件事情彻底想过了,一直想到最后的细节。我们要逃跑,唯一的障碍是弄不到适合远航的船只,也没有能够维持我们远航的给养。加尔各答或是马德拉斯有许多小艇和小帆船,它们都能符合我们的要求。你们弄一条船过来,我们会想办法在夜里上船,如果你们把我们送上印度任何一部分的海岸,那我们要求的事你们就算做到了。'

　　"'如果只你一个人,倒还好办。'他说。

　　"'要么一起跑,要么一个也不跑。我们都发过誓的。我们四个人一条心,一起行动。'

　　"'你瞧,摩斯坦,'他说,'乔纳森·斯莫尔这个人还真言而有信,不把朋友扔下不管,我看能信得过他。'

　　"'这可是掉脑袋的事,'摩斯坦说,'不过,你说得对,这笔钱可解决我们的大问题啦。'

　　"'乔纳森·斯莫尔,我想我们只好答应你了。'少校说,'当然,我们先得证实你说的是不是事实。告诉我们箱子藏在哪儿,我好请假乘每月一趟的轮船回印度调查一下。'

　　"'别着急,'他越着急我越冷静。我说,'我得先问问另外三个朋友,看他们同不同意。跟你说吧,我一个人说了不算数,只有我们四个人全同意了才行。'

　　"'胡说,'他打断了我的话,抢着说道,'我们的协议关那三个黑鬼什么事?'

　　"'黑也好,蓝也好,'我说,'反正他们和我发过誓,必须一起行动。'

"唔，这样说了之后就有了第二次会面，这次穆罕默德·辛格、阿卜杜拉·汗、多斯特·阿克巴尔都在场。我们把这件事又讨论了一遍，最后达成了一致意见。我们向这两名军官提供阿格拉城堡那个部分的地图，标明那堵墙的什么地方藏有宝藏。舒尔托少校应该到印度去看我们说的话是不是真的。如果他发现了那口箱子，他应该把箱子留在那里，应该派出一条配备有远航给养的小帆船，这条帆船应该停泊在拉特兰群岛附近，我们应该向那条帆船行进，最后舒尔托回去服役。那时摩斯坦上尉应该请假，在阿格拉和我们会面，我们应该在那里最后分割宝藏，他把少校和他自己的那两份拿走。

"这一切我们都庄严地立下了誓言，用心里能想到的和嘴上能说出来的最庄重的誓言作为保证。我整夜未眠，用纸笔绘制出两份藏宝图，于次日的凌晨交给了他们，上面有四个人的签名——阿卜杜拉、阿克巴尔、穆罕默德和我。

"好了，先生们，我讲了一个很长的故事，想必你们都听烦了吧？我知道琼斯先生一定不耐烦了，急着要把我关进拘留所他才放心，我就尽量简短说吧。舒尔托，这个贼浑蛋，去了印度，一去再也没返。不多久，摩斯坦上尉拿一张名单给我看，印度开往英国的邮轮旅客名单中就有舒尔托。又听说是他死了叔叔，留下一笔遗产给他，他就退伍离开了部队。这小子坏到这种程度，骗了我们不算，连摩斯坦他也骗进去，骗了五个人。摩斯坦在这之后马上去了阿格拉，果然不出所料，宝藏给盗走了。舒尔托这个恶棍畜生，这个贼流氓，偷走了宝物一个人独吞，讲的条件他一条也不遵守，我们给他白坑了。

"从此之后，我活着就是为了报仇，我日日夜夜想着报仇。我不顾一切，管不了什么法律，也不怕被绞死。一心想着逃跑，抓到舒尔托，亲手掐死他——这就是我唯一的心愿。相比之下，阿格拉财宝在我的心目中已无足轻重，重要的是杀掉舒尔托。

"我这一生，下过不少的决心，立志要办些事，而且没有一件是办不成的。然而，历尽艰难困苦我才捞到机会。我跟你们说过，我学过一点医学知识。有一天，萨莫顿大夫因高烧卧床不起，安达曼群岛上一个小生番病得快要死了，他找了个僻静的地方等死，一个囚犯发现了他，把他抬了回来。

"虽然他凶恶得像一条小蛇，我还是给他治病。两个月后，他完全恢复了健康，能下地行走了。他有点喜欢上我了，很少再回到树林中去，总是在我的小屋附近转悠。我跟他学了他们的土话，这使他对我更加敬畏了。

"童格——小野人的名字——是个出色的船夫，他有一只巨大宽敞的独木船。当我发现他忠于我，愿意为我做任何事的时候，我知道逃跑的时机来了。我把我的遭遇都告诉了他，要他在某夜划船到一个旧码头，在那里接我上船，我知道那个码头从未设过岗哨。我指点他带几瓢淡水、许多山药、椰子和白薯，作为干粮在路上食用。

"这个小童格，他坚定而真诚。谁的伙伴也不能比他更加忠诚。在刚才说过的那个晚上，他驾船到了那个码头。然而，恰巧那里有一个看守囚犯的人——一个卑鄙的帕塞恩人，他从来不放过任何机会侮辱和伤害我。我一直起誓要报仇，这会儿我的机会可是来了。似乎命运把他安排在那里，让我在离开这个岛以前能结清这笔账。他站在岸边，背对着我，卡宾枪扛在肩头。我四面一看，想找块石头把他的脑浆打出来，但是没找到。

"忽然我心头开了窍，不有了吗，伸手就是嘛。我悄悄坐下，把木腿解下来，猛跳三跳就到了他跟前，他卡宾枪还没来得及从肩上卸下来，我迎面就死劲儿往他脑门上敲。你们可以看见这木头上有个裂口，就是那天敲的。我身体失了重心，和他一块儿摔倒在地上，我爬了起来，可他躺在那儿一动不动了。我朝独木舟走去，不到一个钟头我们就出海了。童格带上他所有的家当，还有武器和神像。他还带来了一根竹子做的长矛和一块安达曼椰树叶编成的席子，我用这些东西做了一面船帆。我们听天由命，在海上漂了十天。到了第十一天，一艘载着马来西亚朝圣者的商船正从新加坡开往吉达港，他们救我们上了船。船上的人都很古怪。不久，童格和我与他们混熟了。他们有一个好的品质，让我们独自呆着，从不问这问那。

"算啦，我要是跟你们讲我和我的小伙伴在海上漂流的全部冒险历程，那会讲到天亮也说不完的，你们会感到太腻味了。我们在世界各处流浪，从这里到那里，可是总有事绊脚，使我们回不了伦敦。可是我每时每刻都念念不忘复仇，连夜里都梦见那个舒尔托，我在梦中杀死他不下一百次了。最后，在三四年以前，我们终于辗转来到了英格兰。我不费吹灰之力就找到了舒尔托的住所。

"我着手调查他有没有变卖那份宝藏，或者他是不是仍然拥有那份宝藏。我和那些能帮助我的人交上了朋友——我不说出姓名来，因为我不想让其他任何人倒霉——于是，我很快就发现他仍然拥有那些珠宝。然后我就以许多方式设法接近他，但是他相当狡猾，而且，除了他的儿子和印度男仆之外，总有两名职业拳击手守卫着他。

"可是有一天我得到消息，他快死了。我赶快去了他的花园里，眼看没能让他死在我的手上，心里着慌，想着不能便宜了他。我从窗子望进去，见他躺在床上，两个儿子一边一个，正想着冲进去冒冒险，拼死也要跟他们三个干一仗，再一看，他张嘴掉了下巴，人已经去了。当天夜里，我偷偷进了他的屋子，搜了他的文件，想找到会不会有宝藏在什么地方的记录，可是一点线索也没有，我只好走掉，心头又恨又火，真没法说。

"临走前想起如果能再见到我的锡克朋友，他们知道我已留下表达我们仇恨的标记，会很高兴的。于是我潦草地写下了我们四人的名字——和图纸上的一样——将纸别在他胸前。被他抢劫和欺骗过的人不在他进入坟墓前给他留下点标记太便宜他了。

"那时，我们靠在集市和其他地方把可怜的童格当作吃人生番展览给公众看来维持生活。他吃生肉，跳土人的战舞，一天下来可得满满一帽子铜板。我还能听到来自樱沼别墅的所有消息。几年来，除了听说他们仍在寻找财宝外，什么消息也没有。

"最终，我们望眼欲穿的那一天终于来到了。珍宝已经被发现了，就藏在巴塞洛缪·舒尔托的化学试验室的屋顶上。我立刻就动身去看那地方，但我不知道我的木腿如何才能爬上那个屋顶。后来我又得知屋顶上有个暗门，也知道了舒尔托先生用晚餐的时间。在我看来，只有通过童格才能轻而易举地把事情办妥。我把童格带出来，拿一根长绳围在他的腰上，他像猫一样攀缘而上，一会儿就穿过了屋顶。

"但是，就像命中注定的那样，巴塞洛缪·舒尔托当时还在房间里，为此他付出了代价。童格认为他杀了巴塞洛缪是很聪明的事，因为当我攀着绳子上去时，我发现他在骄傲地昂首阔步，像孔雀一样。我扑过去拿那绳子的一头打他,并且骂他是嗜血的小魔鬼,这时他十分惊讶。我拿下那口藏宝箱,并且把它放到地面,然后我自己也滑了下来,但我首先在桌子上留下了四个签名,以表明这些珠宝最后回到了最有权利得到它们的那些人手中。然后童格拉起绳子,关上窗子,从他的来路离开。

"这事,我要说的也就这些了。我听船夫说过,那条'曙光号'是快船,我想正好逃走用得着。我就雇用老史密斯的船,如果能把我们安全送上海船的话,还会给他一大笔钱。他当然看得出其中有点名堂,不过他不管闲事。讲了这么多,句句属实。我讲给你们听,诸位先生,我不是想讨好你们,只是因为我知道毫不隐瞒地供出一切是我最好的辩护,让天下人都知道,我这个人是怎么样遭害的,是给舒尔托少校坑苦了的。说到他儿子的死,不是我的罪过。"

"极精彩的陈述,"福尔摩斯说,"这极有趣的案子有了恰当的结局。除了不知道绳子是你自己带上来的这一节外,你所陈述的后半部分全都不出我所料。顺便问一句,我原以为童格的毒刺全丢了,怎么他还在船上朝我们射了一刺呢?"

"先生,是全丢了,但吹管里还剩一根。"

"噢,对了,"福尔摩斯说,"真没想到。"

"还有什么要问的吗?"囚犯殷勤地问道。

"没有了,谢谢!"我的搭档答道。

"好啦,福尔摩斯,"琼斯说道,"我们都知道您是一个犯罪的鉴定专家,我们都唯您之命是从,我应您和您的朋友的要求,已经够通融的了。然而,我有我的职责,我要把这个讲故事的人加上镣铐关进监狱,才能安心。车子已经在外面等候多时了,还有两个警长在楼下待命。我衷心地感谢你们两位的大力相助,在开庭时你们还要出庭做证。晚安。"

"晚安,两位先生。"乔纳森·斯莫尔说。

"你走在前面,乔纳森·斯莫尔。"他们离开房间时琼斯警觉地说,"我要特别小心不要让你像对付安达曼群岛的那些先生们一样用木腿打我。"

"好吧,我们这场小小的戏剧就此收场了。"我们坐在那里抽了一阵烟以后我这样说，"我怕这是我借以研究你的工作方法的最后一次调查了。摩斯坦小姐已经接受我作为她未来的丈夫了。"

他极其沮丧地呻吟了一声。

"我已经料到了，也担心着呢。"他说，"恕我不想对你恭贺。"

我有些不快。

"我选的对象，你觉得不满意吗？"我问。

"一点也不是。她是我生平所见的女士中最可爱的了，而且非常有助于你我所从事的这种工作。她在这方面是有天赋的，她父亲有那么多文件，她就能知道藏好这张阿格拉图，仅这一点就足以证明。可惜，爱情是感情的事，而任何感情都同实际、冷静和理智不相容，我珍视理智高于一切。本人永不结婚，以免影响自己的判断力。"

"我相信，我的判断力能经得起这次考验。你有些累了。"我笑道。

"是的，"他答道，"我是觉得有点累，我得花一星期的时间才能恢复过来。"

"奇怪，"我说，"你这个样子好像应该是个很懒散的人，可是你为什么又时时表现出精力极为充沛的样子呢？"

"是的，"他答道，"我生来就是个懒散的人，但同时又是个精力充沛的人。我常想着歌德的诗句：上帝只把你造成一个人形，却原来是金玉其外，败絮其中。顺便说一下，就这个诺伍德的惨案来说，正如我所推论的，那大房子中有个内线，不是别人，就是那个印度仆人拉尔·拉奥。琼斯实际上已经把这条鱼捞到他的网里去了，琼斯真是功不可没啊！"

"分配得好像很不公平。"我说，"在这件案子里，所有的工作都是你做的，但我得到了妻子，琼斯得到了荣誉，那你得到了什么呢？"

"对于我来说，"歇洛克·福尔摩斯说，"我还有可卡因瓶子。"说着，他伸出他那长胳臂去抓那瓶子。

综合测试

1. _____ 是英国小说家柯南·道尔所写的一部最重要的侦探小说，其中_____ 是他成功塑造的神探形象。

2. _____ 从战场上回来，在朋友的介绍下与福尔摩斯成为同居好友。

3. 在《血字的研究》中，命案发生在_____ 街，凶手留下了_____、_____、_____、_____ 四样痕迹。

4. 《血字的研究》中_____ 成了他们出去寻找凶犯的得力战将，在《四个签名》中，他们再一次出现，虽然没有发现疑凶，但也起了很大作用。

5. 《四个签名》中，一条叫_____ 的狗对寻找线索起到了关键的作用。

6. 说一说你眼中的福尔摩斯。

7. 福尔摩斯的形象为什么会深入人心？

参考答案

1. 《福尔摩斯探案选》 福尔摩斯　2. 华生

3. 劳里斯顿花园　血写的"RACHE"　一枚戒指　两种不同的脚印　几处墙上的指痕

4. 贝克街小分队

5. 托比

6. 略

7. 见本书《阅读指导》

读后感

一个令我敬佩的侦探
——读《福尔摩斯探案选》有感

在英国贝克街211号的房子里，住着一位著名的私家侦探，他不但头脑冷静、观察力敏锐，推理能力更是无人能及。平常他都悠闲地待在家里，抽着烟斗，懒洋洋地等待委托人上门，可一旦接到案子，立刻就会变得如猎犬般敏捷。《博斯科姆比溪谷秘案》《五个橘核》《蓝宝石案》《吸血鬼》……无论多么曲折离奇的案子，到了他的手里，都会很快水落石出。即使你没读过侦探小说，也不会不知道他的名字——福尔摩斯！他所破的每一个案件都惊险离奇，扣人心弦，即使你感到恐怖，却也欲罢不能，这就是我一口气看完了这本书的原因。

福尔摩斯十分重视调查研究。他对自己所承办的案件，几乎毫无例外地要到现场进行仔细的勘查，即使是吸过的烟头、烟灰，未烧完的纸团，灯花的形状，一丝也不肯放过。他善于从各个方面对案件进行分析，在分析研究的基础上，提出一定的假想，提出矛盾和问题，带着这些矛盾和问题，进一步深入调查，然后仔细研究，剖析案情，解决问题。比如《博斯科姆比溪谷秘案》，他就长途跋涉、风尘仆仆赶到现场仔细勘查，从凶手走路步子的大小判断出他大概的身高，从两只脚印的深浅程度不同判断出凶手是个瘸子，又从凶手袭击受害者的部位判断出他是个左撇子，从地上的烟灰判断出凶手吸的是印度雪茄等，通过一系列细致入微的侦查、判断、推理，最终准确地找出了凶手。

福尔摩斯对待案子非常热情，非常认真。他常常不避艰险，废寝忘食，深入虎穴侦查案情，有时深夜里到贼巢进行查访，有时甚至在自己身上进行毒气实验。比如《五个橘核》的案子，他废寝忘食，不惧危险亲自前去抓获凶手。

福尔摩斯善于运用心理学和逻辑学。他认真观察人物的言谈举止、面部表情、心理活动，对周围的环境、人们的反映、报纸的新闻和广告，他都进行仔细的了解，把心理活动与证据材料联系起来，进行周密的逻辑推理。比如《吸血鬼》案，他将凶手的言谈举止、面部表情、相关人物的反应以及周围环境等联系起来，成功地推断出了凶手。

这本书不仅十分有趣，还教我学会了观察、分析与推理，想来学习也应该像破案一样，要善于思考，并掌握正确的思维方式。

图书在版编目(CIP)数据

福尔摩斯探案选 / 顾振彪主编. —延吉：延边人民出版社，2011.9(2021.11 重印)

(阅读 1＋1 工程)

ISBN 978－7－5449－1742－1

Ⅰ.①福… Ⅱ.①顾… Ⅲ.①侦探小说－小说集－英国－现代 Ⅳ.①I561.45

中国版本图书馆 CIP 数据核字(2011)第 179067 号

声　明

本套书在编选过程中，有一部分作者未能取得联系，在此深表歉意。敬请作者见到此声明后尽快与我们联系，以便奉上稿酬。

联系电话:010－84925116－808　　电子邮箱:dywbook@163.com

责任编辑	金成吉
责任校对	沈山明
封面设计	刘小红
出版发行	延边人民出版社
地　　址	吉林省延吉市长白山东路 98 号
邮　　编	133001
网　　址	http://www.ybcbs.com
电　　话	0433－2902107
印　　刷	天津兴湘印务有限公司
版　　次	2011 年 9 月第 1 版
印　　次	2021 年 11 月第 12 次印刷
幅面尺寸	155mm×230mm
印　　张	16.5
字　　数	240 千字
ISBN 978－7－5449－1742－1	
定　　价	40.00 元

如有印装错误，请与出版社发行部联系调换(电话:0433－2902113)